KB141554

공감,
실재에 이르는 길

구도의 **시인 구상** 시 읽기

공감,
실재에 이르는 길

초판 1쇄 찍은날 2021년 3월 15일
초판 1쇄 펴낸날 2021년 3월 18일

지은이 김석준

펴낸이 최윤정
펴낸곳 도서출판 나무와숲 | 등록 2001-000095
주 소 서울특별시 송파구 올림픽로 336 1704호(방이동, 대우유토피아빌딩)
전 화 02)3474-1114 | 팩스 02)3474-1113 | e-mail : namuwasup@namuwasup.com

ISBN 978-89-93632-82-8 03800

구도의 시인
구상 시 읽기

공감,
실재에
이르는 길

김석준 지음

나무와숲

들어가는 글

어느덧 연재한 지 만 10년이 되어 간다. 당초 약속은 일 년 4회만 연재하기로 했던 것으로 기억한다. 그런데 강산이 변한다는 10년 동안 40회를 채웠다. 구상 시인의 시들을 감상한다는 명목이었고, 그 명목을 충실하게 수행했다고 말할 수도 있지만, 늘 감상문이 시의 깊이에 도달하지 못했다는 자책감을 느끼곤 했다.

이미 써진 모든 글은 항상 불만족스럽고, 늘 미진하다는 생각으로 인해 자괴감에 빠진다. 다음에 더 잘 쓸 것이라고 기대하지만, 사실 글은 자기 한계를 넘어서지 못한 채 동일한 범주에 머무는 것 같다. 어쩌면 글을 쓰는 행위는 연금술사의 숙명과 동일하게 실패의 반복으로 점철된 자기 정련의 과정인지도 모른다. 호기롭게 도전하지만, 번번이 좌절의 과정을 재차 맛보게 된다. 글을 쓰는 행위는 자기 수양을 하는 깨달음의 과정으로 형질 전환되어 결국 자기 황홀경을 경험하게 되는 낯선 풍경 속으로 자기를 위치시키게 된다.

늦은 결혼을 하고 춘천에서 산 지 이제 햇수로 10년이 되어 간다. 대인 관계를 거의 하지 않고 집과 도서관만 오가며 하루의 시간을 아이들에게 맞추어 살아왔다. 더불어 아이들과 함께하지 않는 시간만 글을 쓰는 시간으로 할애했다.

뭐랄까? 춘천에서의 10년은 자기를 쓰는 과정의 시간이었다. 마치 구상 시인이 전개한 일련의 시말운동이 역사와 시간 앞에 자기를 발견하는 과정이었듯이, 10년 동안 연재하며 지낸 은둔의 시간은 나를 발견하고 나만의 색깔을 입히는 글쓰기 과정이었다.

3개월에 시 한 편을 10년간 감상하면서 느낀 점은 어떻게 말하는 것이 아니라, 무엇을 말하는가가 시인의 숙명을 결정한다는 사실이다. 시인 구상은 내 삶의 암흑기를 군소리 없이 견디어 낼 수 있는 정신적 자양분이자, 글이 방법으로 흐르지 않게 만들어 준 사표 같은 분이다.

하루도 글을 생각하지 않고 보낸 날이 없다. 물론 10년 동안의 시간이 아이들, 즉 김지언과 김준우를 키우고 그들과 몸으로 모든 의미를 공유하는 시간이었지만, 더 나아가 아이들을 삶의 중심에 위치시키는 자기반성의 삶이었지만, 아이들이 유치원으로 학교로 가고 오는 사이의 시간은 오로지 나에게 봉헌된 일종의 축복된 삶이었다.

사이의 시간을 24시간처럼 활용하며 10년을 살아왔다. 거의 하루도 빼놓지 않고, 컴퓨터 자판 위에서 글을 쓴 것 같다. 오로지 시만 생각하며 시와 진정성으로 자신의 삶을 촘촘하게 채웠던 구상 시인처럼, 나는 '어떻게'가 아니라 '무엇'을 써야 하는지를 고민했던 것 같다.

어둠을 뚫고 비상해야 할 시기가 도래한 것 같다. 이제 침묵의 말을 존중하며 스스로에게 좀 더 정직한 삶을 살아야 한다고 결의를 다진다. 어쩌면 구상 시인의 시들과 만난 10년은 새롭게 나아갈 내 삶의 모색기이자, 글쓰기의 방향이 전환되는 결정적인 순간이었는지도 모른다. 감사하고 소중한 인연이었다.

아이들은 자라 벌써 아빠의 손을 그렇게 많이 필요로 하지 않을 만큼 자기 몫의 삶을 살아가고 있다. 구상 시인의 시들과 보낸 10년의 시간은 철저하게 자기반성을 위해 투사된 시간이었다. 이제 인연의 소중함도 알았고, 표나지 않게 조용히 침묵 속에서 스스로를 실천하는 삶이 중요한 것도 알았다. 늘 감사하고 고맙다. 무탈해서 고맙고, 자기 스스로를 더욱 돌아볼 수 있는 기회가 되어서 감사하다.

그리고 이 책이 나오기까지 소중한 인연들의 공덕에 다시 한 번 감사 드린다. 구상 시인의 따님이신 구자명 소설가, 사위이자 마구 까불며 마음으로 좋아했던 형님 김의규 화백, 구상 시인의 소식지를 통해서 소중한 인연을 만들게 된 이진훈 선생님, 장원상 선생님께 감사드린다. 아, 그리고 이 모든 인연 앞서 여러 선생님을 만날 기회를 만들어 준 김소양 시인께도 엎드려 감사의 인사 드린다.

한 권의 책은 저 혼자만의 업력에 의해서 만들어진 것이 아니라, 많은 분들이 함께 만들어 준 소중한 인연의 결과임을 고백한다. 구상 시인의 시들과의 만남은 저 스스로를 되돌아볼 수 있는 계기가 되었다는 점에서 감사 또 감사하다. 그리고 마지막으로 선택한 작품 56편은 『구상선생기념사업회 소식지』에 발표한 글들이며, 짧은 작품을 실어야 하는 지면 관계로 인해 좋은 시지만 길이가 길어 선에 들지 못한 작품이 많았음도 밝힌다.

그리고 마지막으로 아내 열천冽泉 이성희 씨에게도 늘 고마움을 느낀다. 그는 또 다른 유형의 크산티페이다. 이제 새로운 철학의 시대가 도래할 것이다.

2021. 2. 26 춘천에서

粹然 김석준 배상

1부 존재의 길

2부 생명의 여율

3부 유토피아는 있는가

4부 영혼의 초대

1

존재의 길

시법詩法

사과를 그리다 보면
배가 되고
배를 그리다 보면
사과가 된다.

짓궂은 생각에서
사과를 그리려고
배를 그렸더니
모과가 되었다.

외양外樣도 이렇듯
어긋나는데
사과와 배의 속살이나
그 맛은 어림도 없다.

그 언제나 사과가
사과로 그려지고
배가 배로 그려지고
그 사과와 배의 속살과 맛을
나타내 보일 수가 있을까?

나의 눈과 손에
신령한 힘이 깃들고 내려서
실재實在의 안팎을 고대로 그려낼
그날은 언제일까?

실재에 이르는 길 : 통섭의 시말 혹은 미완의 과제

시인은 구도자, 즉 말의 연금술사이다. 까닭은 고난의 여정 속에서 늘 말의 실재와 만나 이 세계를 진실의 언어로 육화시키는 운명의 타자가 바로 시인에게 부과된 임무이기 때문이다. 따라서 시인에게 시말은 존재론적 정체성이 총체적으로 노정된 영혼의 표상이다. 이를테면 구상 시인의 시 「시법詩法」은 시에 관한 메타적 담론을 기어綺語에 의존하지 않고 간명하게 형상화하고 있는데, 그것은 바로 실재를 실재 그 자체로 그려내는 것이 바로 시인이 담당해야 할 사명이기 때문이다.

그러므로 시인에게 시란 꾸밈의 언어가 아니다. 삶-시간-세계가 현상하는 그곳에 시말이 있고, 진리가 있다. 따라서 시인이란 "짓궂은 생각"과 같은 허구를 조어해 내는 자가 아니라, 자연의 실체나 사물의 본성을 오묘한 섭리의 힘으로 그려내는 자이다.

구상 시인에게 시적 형상화의 순간이란 실재의 실재성이 시현되는 가장 숭고한 순간이자, 언어가 실재를 대리 표상하는 히에로파니Hierophany, 즉 성스러운 기운이 현현되는 순간이다. 역으로 그것은 시인에게 말이란 진리가 현현되는 장소이거나 말이 곧 하나의 로고스를 대변한다는 말과 같다. 때론 말씀의 실상으로부터 점점 더 멀어져만 가는 현대시의 시말운동을 경계하면서, 때론 참된 자아가 어떠해야 하는지를 성찰하면서, 시인은 '말=진리의 현현'이라는 등식이 바로 시말의 실재이기를 염원하고 있다.

따라서 구상 시인에게 시란 'A=B, C, D' 등등의 은유나 환유적 관계와 같은 표현 기법을 찾는 행위가 아니라, 사과를 사과 그 자체로, 배를 배 그 자체로 그려내는 데 있다. 그것은 역으로 시인에게 언어가 그리 중요하지 않다는 말과 같다.

이를테면 구상 시인이 지향하는 시말운동은 이미지화된 말들의 감각적 현현이 아니라, 말 내부에 "신령한 힘"과 같은 절대성을 언표하는 데 있다. 그것이 바로 시인의 시 정신이자, 그가 그렇게도 기어를 경계했던 이유이기도 하다. 때론 다양한 종교적 이념들을 통섭統攝, consilience의 원리로 승화시키면서, 때론 삶-시간-세계 속에 내재된 존재론적 비의를 시말화하면서, 이 세계가 유토피아적 비전을 실현하는 공간이기를 염원하고 있다.

다시 말해서 시 「시법」은 구상 시인이 지향했던 순정한 언어 의식이 고스란히 간직된 시말의 진경이기도 한데, 그것은 바로 저 숭고한 종교적 심성의 바탕 위에 새워진 성스러운 언어의 제국이라 하겠다.

기도

저들은 저들이 하는 바를
모르고 있습니다.

이들도 이들이 하는 바를
모르고 있습니다.

이 눈먼 싸움에서
우리를 건져 주소서.

두 이레 강아지만큼이라도
마음의 눈을 뜨게 하소서.

마음의 눈 : 평화와 사랑을 위한 기도문

시말은 숭고하고, 기도는 사랑이 넘쳐나 이 세계가 바로 평화의 공간이기를 염원해 본다. 구상 시인의 시를 읽노라면 늘 느끼는 마음이 저와 같은데, 아마 그것이 시인이 시를 쓰는 근본 이유일지도 모른다. 마음의 눈 혹은 평화와 사랑을 위한 기도문. 시인은 오늘도 평화와 사랑의 주기도문을 되뇌며 마음의 문을 활짝 열어젖히고 있다.

대저 기도하는 마음은 어떤 마음일까. "저들"과 "이들" 사이에 어떤 갈등의 싹이 가로놓여 있는가. 기도는 하늘에 닿아 진정 신이 지으신 뜻으로 삶-시간-세계를 평화의 공간으로 만들 수 있을까. 우리는 전일한 마음으로 이 세계 전체를 아름다운 유토피아로 건설할 수 있는가. 우리는 저 마음이라는 심급 내부에 인륜성이 실현되는 인간애로 가득 채울 수 있는가.

불가능하다. 그것은 가능하지 않은 시의 서사적 현실이다. 우리는 늘 오욕칠정으로 흔들리거나 저마다의 손익계산서를 가슴에 숨기고 산다. 왜 그런가. 왜 우리는 서로가 서로를 이해하면서 진정성이 구현된 사회를 형성하지 못하는가. 이렇게 살아도 문제가 비등하고, 저렇게 살아도 늘 문제를 불러일으키며 마음의 갈등만을 양산하고 있다. 그렇다면 이 세계는 개혁이 불가능한 구제불능인가. 아니 삶-시간-세계의 진정한 주체가 영원을 표상하는 시간 내부에서 활보한다고 가정할 때, 우리는 온전한 자기를 실현할 수 없는 운명으로 휘어져 있는가. 문제는 마음의 휨 작용이다. 문제는 시간의 분할선 내부를 어떠한 마음자리로 건너는가에 달려 있다.

우리가 살아가는 세계는 늘 이전투구를 일삼고 있다. 우리는 갈등하는 존재이다. 우리는 서로가 서로를 사랑하지 않을 뿐만 아니라, 늘 편가르기를 통해서 상대방을 질시하는 경우가 비일비재하다. 그러한 의미에서 볼 때 시 「기도」는 삶-시간-세계 내부를 마음의 휨 작용으로 수렴시키면서 이것과 저것 사이에 놓인 간극을 해소하고 우리 모두가 평화의 주체이기를 염원하고 있다.

인류의 평화를 염원하는 기도의 마음, 혹은 훼손되지 않은 순결성에의 몽상. 시말은 눈 트임의 지대에서 비등하는 그 무엇인데, 그것은 바로 앎에의 의지가 실현되는 오만의 태도가 아니라 모름을 자각하는 존재의 미적 과정이다. 그러나 범부로 살아가는 우리는 자신이 어디에 서 있는지 정확하게 모를 뿐만 아니라, 인간이 지향해야만 하는 내적 실체가 무엇인지 전혀 모른다.

그런데 구상 시인은 삶-시간-세계 내부에서 자행되는 그 모든 사태들을 마음의 휨 작용, 즉 통섭의 서사학으로 고양시키면서 이 세계 전체가 평화의 전언으로 가득 차기를 염원하고 있다. 따라서 시 「기도」는 구상 시인이 견지한 인간학적 태도가 총체적으로 노정된 마음이 아름다운 작품이다.

구상 시인의 시말운동이 쉽고도 어려운 것은 통섭의 원리가 지배하는 종교적 심성을 시말 속에 응고시키면서, 그 모든 것들을 "마음"의 실천적 원리로 포월하고 있기 때문이다.

그렇다면 시인이 지향하는 마음의 정체가 무엇인가. 기도하는 마음 혹은 "마음의 눈". 시인은 "눈먼 싸움"만 일삼는 이 세계를 훼손되지 않는 순결성을 상징하는 "강아지"의 눈 트임과의 유비를 통해서 저들과 이들 사이에 놓인 갈등을 해소하고 있다. 아름답고 숭고하다. 시인의 마음이여!

말씀의 실상實相

영혼의 눈에 끼었던
무명無明의 백태가 벗겨지며
나를 에워싼 만유일체萬有一體가
말씀임을 깨닫습니다.

노상 무심히 보아오던
손가락이 열 개인 것도
이적異蹟에나 접하듯
새삼 놀라웁고

창밖 울타리 한구석
새로 피는 개나리꽃도
부활의 시범을 보듯
사뭇 황홀합니다.

창창한 우주, 허막虛漠의 바다에
모래알보다도 작은 내가
말씀의 신령한 그 은혜로
이렇게 오물거리고 있음을

상상도 아니요, 상징象徵도 아닌
실상實相으로 깨닫습니다.

말, 그 실재에 이른 존재의 길

　　구상 시인의 시를 읽다 보면 늘 그가 무엇을 지향하는지 알게 된다. 그것은 바로 통섭이 지배하는 조화의 세계이다. 그런데 우리는 조화롭게 상생의 리듬을 타지 못한 채 늘 반목하며 싸운다. 우리는 늘 서로가 서로를 질시하고 미워하면서 자신의 욕망대로 사는데, 그것은 분별지分別智가 만든 작은 지혜의 소산이다.

　　우리는 "말씀의 실상實相"대로 살지 않는다. 그저 우리는 저 어두운 "무명無明"의 바다 속을 헤매다가 문득 자신에게 허여된 "말씀"의 실체가 무엇인지를 묻게 된다. 대저 인간에게 허여된 말의 실체는 무엇인가. 왜 우리는 진리와 그것의 진실을 추구하면서 늘 말씀의 반대편에 선 채 운명의 타자로 소멸하는가. 수많은 사태들이 생기는 삶-시간-세계를 어떤 존재의 문양을 견지한 채 살아가야 하는가.

　　물론 구상 시인은 그 모든 인간학적 사태들을 "말씀", 즉 로고스에 응고시켜 생의 형식 전체를 조망하고 있는데, 그렇다면 시 「말씀의 실상」 내부를 관통하는 말씀의 정체는 무엇인가. 시인에게 말씀이란 로고스, 즉 진리가 발화되는 존재의 모든 것이다. 그것은 "상상"도 아니고, 더군다나 허구적 "상징象徵"도 아니다. 그것은 인간학의 지평 너머에 존재하는 그 무엇을 지시하는 절대성을 띤 언어의 형식이다.

만약 구상 시인의 그것이 그와 같다면, 우리는 어떠한 실상을 가슴에 새긴 채 삶-시간-세계를 영위해야만 하는가.

진리에의 믿음이다. 진리의 진실을 믿는 것 이외에는 별다른 것이 없다. 분명 시인의 그것은 칸트의 정언 명령과도 같은 그 무엇을 말씀의 실상으로 삼은 것 같은데, 그것은 바로 우주가 우주로 존재하게 되는 소이연所以然이다. 시인과 시인을 둘러싼 그 모든 것들이 말씀의 실체로 황홀했고, 또 존재의 "부활"을 신봉하게 된다. 비록 우리가 "백태"낀 눈으로 이 세계를 응시하는 까닭에 늘 미혹에 빠져 사물의 실상을 호도하는 경우가 다반사이지만, 따라서 이 세계를 살아가는 대부분이 왜곡된 거짓에 현혹되어 향락만을 추구하는 경향이 있지만, 시인에게 우주란 한 치의 오차도 없이 자신의 과업을 이룩해 가는 절대 공간인 것은 분명하다.

따라서 말씀의 실상은 곧 세계의 실상이다. 더 나아가 말씀은 곧 존재를 지시하는 진리 그 자체의 목소리이다. 어쩌면 구상 시인이 살아온 일련의 시살이는 존재의 참된 길을 추구하는 인간학의 사표로서의 삶이었는지도 모른다. 왜냐하면 시인에게 시란 진리, 즉 말씀의 실상을 압박하는 외길 위에서만 맛볼 수 있는 일종의 황홀경이기 때문이다.

노란 "개나리꽃"이 전하는 진리의 말씀 혹은 사계절 부활을 알리는 자연의 실재. 말씀이 로고스로 현상하든, 인간학적 진리로 표상되든 상관없이, 우리는 자연이 만들어 놓은 기획에 보조를 맞추면서 살아가는 숙명의 존재임을 명심해야 한다. 어쩌면 구상 시인이 언표한 말씀의 실상은 바로 자연의 인과율이 지배하는 세계 공간 그 자체인지도 모른다. 왜냐하면 저 거대한 자연이라고 호명되는 세계 공간 전체가 말씀의 기획에 의해서 창조된 공간의 실상이기 때문이다. 때론 "개나리꽃" 피는 자연을 완상하면서, 때론 "손가락이 열 개"인 심오한 의미와 뜻을 헤아리면서, 구상 시인은 이 세계 전체가 말씀에 의거해 존재하고 있음을 순백의 전언으로 노래하고 있다.

4월

어린싹과 어린순,
어린잎과 어린 꽃들이
산과 들, 뜨락과 행길에서
일제히 푸른 불길을 뿜고 있다.

온 천지가 눈부시게 환하다.
따스하고 훈훈하다.

누가 이 달을 잔인하다고 탓하지?
너의 마음의 황폐를 계절에다 돌리지 말라!
눈감고 어둡다고 하지들 말라!

4월은 지혜의 어머니,
풋것과 어린것들의 세상.

순수와 생명의 노래

온 세상이 푸르러 생명과 더불어 호흡하는 아름다운 공간이었으면 좋겠다. 까닭은 아무것에게도 훼손되지 않은, 하여 늘 사랑과 평화가 넘치는 세계 공간이 시말이 추구해야 할 최종 가치이기 때문이다. 순수와 생명의 노래 혹은 지혜를 키워 주는 대지의 몽상. 구상 시인의 시말운동이 놀라운 점은 갈등을 불러일으키는 거대한 메타 담론이나 현실적인 역사성을 동심, 즉 순수한 어린이의 마음으로 지양 극복해 이 세계 전체를 순수성으로 가득 채우기를 염원했기 때문이다.

생은 보되 생이 아닌 것을 안 보는 마음, 그것이 바로 동심의 정신성이다. 이 세계는 생명으로 시작해서 다시 또 생명으로 순환하는 아름다운 세계이다. 마치 구상 시인에게 "4월은 지혜의 어머니"를 표상하는 것처럼, 이 세계는 "잔인"한 것이 아니라 혹은 폭력으로 물든 어둠의 공간이 아니라, 사랑의 전언들로 가득 찬 생명의 공간이다.

따스하고 안온하다. 온 천지에 생명이 그득하다. 진리의 깨우침이 "순진"이고 "단순"이며, 끝내는 "소박"한 "어린이 마음"(「거듭남」 중)에서 비롯하는 것처럼, 구상 시인은 이 세계 전체를 투명한 밝음으로 채색하고 있다. 여기도 생명이 움트고 저기도 생명의 "푸른 불길"이 타올라, 온 천지를 생명의 노래로 공명시킨다.

훈훈하다. 생명의 여율呂律이 넘쳐나고 이 세상이 환하다 못해 풍요롭기까지 하다. 누가 4월은 잔인한 달이라고 했던가. 물론 엘리엇이 「황무지」에서 한 말이지만, 어찌 생명의 여여如如로운 리듬이 비등하는 4월이 "잔인"하고 "황폐"한 어둠의 계절이라고 말할 수 있겠는가. 4월은 생명이 서로 화락和樂하는 계절이자, 모든 "어린" 것들이 움터 오는 그야말로 "풋것"들의 세상이자, 어머니의 아가페적인 사랑이 시현되는 계절의 중심이다.

그렇다면 구상 시인은 「유치찬란」 연작을 통해서 무엇을 말하고 싶은 것인가. 훼손되지 않은 순수, 천사 같은 어린이 마음, 그리고 생명의 황홀한 구경이다. 따라서 시인에게 순수성을 표상하는 어린 마음은 영혼을 정화시키는 최종 심급이자, 시인이 이 세계에 흩뿌리고 싶은 최후의 전언인지도 모른다. 왜냐하면 어린이의 순수함만이 이 세계를 구원할 수 있는 유일한 방법이기 때문이다.

때론 거짓 세상에 물든 위선적 세상의 논리에 저항하면서 때론 어른의 세계가 자행하는 그 모든 것들에 부끄러움을 느끼면서 시인은 어린이 마음을 이 세상에 남은 마지막 양심이라고 생각하고 있다. 어쩌면 구상 시인의 그것은 니체의 영원 회귀처럼, 어린이의 마음을 통해서 "거듭남"을 실현시키기를 열망하고 있는지도 모른다.

오늘도 시인은 4월의 봄날 풍경을 완상하면서 생명의 눈 트임을 예찬하고 있다. "어린싹과 어린순"이 여기저기 솟아올랐으며, 마침내 "어린잎과 어린 꽃들이" 들불처럼 번져 가는 4월의 풍경 속에서 생명의 비의秘儀가 무엇인지 순수의 시선으로 바라보고 있다. 따스하고 훈훈하고 안온하다. 새 생명의 노래여! 동심의 꽃망울이여!

그리스도 폴의 강江 20

오늘도 신비神秘의 샘인 하루를
구정물로 살았다.

오물과 폐수로 찬 나의 암거暗渠 속에서
그 청렬淸冽한 수정水精들은
거품을 물고 죽어갔다.

진창 반죽이 된 시간의 무덤!
한가닥 눈물만이 하수구를 빠져나와
이 또한 연탄빛 강에 합류한다.

일월日月도 제 빛을 잃고
은총의 꽃을 피운 사물들도
이지러진 모습으로 조응照應한다.

나의 현존現存과 그 의미가
저 바다에 흘러들어
영원한 푸름을 되찾을
그날은 언제일까?

영원과 하루의 변주 혹은 현존의 의미

　　세계가 점점 오예汚穢와 니탕泥燙 속에 빠져들고 있다. 까닭은
점점 자본의 물욕에 빠져 영혼을 혼탁하게 만들기 때문이다. 사랑은 그
저 허울 좋은 거죽만 남고 사랑 그 자체가 부재함을 다시 확인하게 된
다. 혼탁했고 음탕하게 향락을 향유했으며, 더 이상 자신의 "현존現存과
그 의미"를 찾고 추구하는 시대가 아니다. 철저하게 매트릭스에 매혹
되었고, 또 "은총의 꽃" 같은 아름다운 영혼의 실재에 무관심했으며, 마
침내는 스스로를 "구정물"에 위치시킨 채 아무렇지도 않다는 듯 무심
한 표정으로 소중한 하루를 무의미하게 허비하고 있다.

　　하나의 화두가 삶 앞에 내던져진다. 어떠한 삶의 하루를 살아가야
하는가? 21세기의 궁극적 표상은 자본과 그것이 교묘하게 결탁한 가
상의 유혹적인 이미지들이다. "청렬淸冽한 수정水精"처럼 숭고한 이상을
추구하지 않는다. 주이상스jouissance, 즉 향락을 추구하는 것이 최선이
고, 그저 "시간의 무덤" 같은 어둠 속에 빠진 채 무료한 일상을 살아가
는 것이 차선이다. 꿈이 사라졌다. 희망도 사라졌다. 분명 우리가 살아
가는 이 시대는 꿈과 희망이 부재할 뿐만 아니라, "영원한 푸름" 같은
신적 이상향을 추구하지 않는 것은 너무도 자명하다.

　　구상 시인의 「그리스도 폴의 강 20」은 강의 상징적 표상력과 그것

의 정화하는 힘을 통해서 우리들이 살아가는 이 세계가 구원에 이르기를 염원하는데, 그것이 바로 순교자 그리스도 폴과 상면한 시인의 순정한 의식이라 하겠다. 오늘의 의미를 영원의 의미로 고양시켜 참된 하루하루가 되게 하소서!

그러나 그러한 시인의 바람에도 불구하고 이 세계는 신이 지으신 뜻대로 아름답고 숭고한 뜻에 다가가는 것이 아니라, 점점 "오물과 폐수"로 가득 채워 혼돈의 세상이 되어 가고 있다. 그러한 시대적 상황 속에 「그리스도 폴의 강」 연작이 의미 있는 것은 "그리스도 폴"과 "강"을 이중으로 상호 매개하여 이 세계 전체를 구원의 심급에 이르게 만드는 데 있다. 구상 시인에게 강은 어머니의 포용력이자 사랑이고, 또 갱생이 가능한 영혼의 표징이다.

따라서 강과 같은 마음을 닮아 가는 시인은 시대의 진리를 설파하는 현자를 의미하는 동시에 순교자 그리스도 폴의 상징성을 함의하고 있다. 때론 증오와 폭력이 난무하는 어두운 시대상을 반성하면서, 때론 거짓과 위선으로 점철된 하루를 반성하기도 하면서, 시인은 진리의 진실 앞에 한 발 더 다가가 생에의 형식 전체를 영원 앞에 잇대어 놓고 있다.

"하루"의 참된 의미를 깨닫는다. "오늘"이라는 "신비神秘의 샘"을 맑고 투명하게 가꾸는 것은 물론, 하루의 삶을 청량하고 깨끗하게 만들어 온누리를 진리의 공간으로 만들고 싶다. 물론 시인은 스스로를 암거暗渠, 즉 어둡다 못해 더럽고 지저분한 도랑이라 고백하고 있지만, 어찌 시인이 지향하는 삶의 하루하루가 신적 "푸름"으로 다시 소생하기를 염원하는 희망의 전언이 아니라고 단언할 수 있겠는가?

오늘도 시인은 "그날은 언제일까?" 하고 반문하며 진리의 문턱에 다가가고 있다. 다시 말해서 그날은 언제나 우리들에게 열려 이 세계를 아름다운 세계로 만들 수 있는 소망의 날이자, 우리가 물의 정화를 통해서 새롭게 거듭 태어나는 영원의 오늘이다. 따라서 시인이 열망하는 그날은 바로 오늘 하루를 성실하게 살아가는 과정 속에 있다.

구상 시인의 시말운동이 아름답고 소중한 것은 교언巧言하지 않았고 또 영색슈色과는 너무도 먼 곳에 스스로를 위치시킨 채 순백의 전언을 발화시켰기 때문이다. 그러므로 세상의 욕망하는 전언 저 멀리에서 늘 이 세계가 아름답고 숭고한 그 무엇인가로 휘어지기를 열망했던 구상 시인의 시사詩史적 위의를 다시 반조返照하는 것은 분명히 뜻 깊은 작업 이라 하겠다.

홀로와 더불어

나는 홀로다.
너와는 넘지 못할 담벽이 있고
너와는 건너지 못할 강이 있고
너와는 헤아릴 바 없는 거리가 있다.

나는 더불어다.
나의 옷에 너희의 일손이 담겨 있고
나의 먹이에 너희의 땀이 배어 있고
나의 거처에 너희의 정성이 스며 있다.

이렇듯 나는 홀로서
또한 더불어서 산다.

그래서 우리는 저마다의 삶에
그 평형과 조화를 이뤄야 한다.

나와 너의 변증 : 사랑과 그 타자 사이에의 거리

점점 이 세계가 삭막해져만 가고 있다. 나는 절대로 너를 부르지 않고 홀로 독백의 세계에 빠진다. 대화는 단절되고 무관심한 방백조차 부재하다. 나와 너 사이에 보이지 않는 거대한 벽이 가로놓인다. 나는 홀로다. 나는 너를 사랑하지 않을 뿐만 아니라, 홀로인 나조차 더 이상 사랑하는 것이 불가능하다. 이제 사랑을 사랑하지 않고 믿지 않으며, 또 그로 인해 늘 고독의 심연 속에 나라는 단독자를 유폐시킨다.

현대란 그 자체로 거대한 감옥이다. 우리는 너나할 것 없이 홀로라는 감옥에 갇힌 채 더 이상 너라는 더불어를 부르지 않는다. 소외가 일어나고 더불어 무릎을 맞대고 따스한 인간애를 나누는 것이 가능하지 않다. 홀로가 더불어 잃어버렸다. 홀로가 동감同感의 감동하는 극적인 순간을 망각의 강으로 흘려보낸다. 사랑을 잃고 헤맨다. 생이 더불어와 결별하고 홀로인 채 현대라는 공간을 쓸쓸하게 배회한다.

내가 너를 부른 순간, 나는 너로 인해 동감의 극적인 순간을 마주하게 된다. 함께 더불어 우리가 되자마자 사랑이 눈앞에 펼쳐진다. 더불어는 경이로움의 극치다. 우리는 더불어가 됨으로써 하나가 되고 저 고독이라는 절망을 극복하게 된다. 인류의 맹점이 사라진다. 비록 인간학이라는 것 자체가 홀로와 더불어 사이에서 현동하는 상호 모순된 대극의 운동인 것만은 분명하지만, 우리는 홀로인 나를 더불어인 너로 치환시킴으로써 인륜적 삶이 비로소 가능하게 된다. 나는 너고 너는 나다. 우리는 그렇게 너와 나 사이에 '와'를 매개시킴으로써 우리가 되고 더불어가 된다. 말하자면 구상 시인에게 '와'는 이 세계를 지탱하는 사랑의 공간이자, 비로소 더불어가 되는 인륜적인 공간이기도 하다.

"넘지 못할 담벽"이 무너지고, "건너지 못할 강"도 가뿐하게 건너 너와 나의 아름다운 세계가 펼쳐지게 된다. 사랑, 사랑, 사랑이 더불어와 함께 이 세계를 충만하게 한다. 너와 나 사이의 "헤아릴 바 없는 거리"가 사라지고, 나는 너로 인해 행복이라는 열차에 승선하게 된다. 물론 삶-시간-세계 전체가 홀로 미망의 세계에 당도하도록 예정되어 있지만, 따라서 더불어 했던 그 모든 것들이 홀로로 탄화되어 생 전체를 암흑의 공간 속으로 위치 이동시키게 되어 있지만, 어찌 내가 너를 불러 더불어 살지 않을 수 있겠는가?

두 개의 강 사이에서 배회하게 된다. 때론 홀로라는 고독의 강어귀에 이르러 나 혼자인 채 어둠의 심연으로 추락하기도 하면서, 때론 더불어가 빚어내는 따스한 사랑의 몽상 속에서 사랑해 사랑해를 연발하면서, 우리 모두는 저마다 자신의 삶에 "평형과 조화"를 이루게 된다. 아모르 아모르 더불어 더불어가 연이어 아름답게 탄주되고 홀로가 더불어로 그 존재의 문양을 역전시킨다. 비록 생에의 공간 전체가 홀로와 더불어 사이를 아슬아슬하게 종주하도록 예정된 것만은 사실이지만, 우리는 홀로인 내가 더불어인 너를 부름으로써 비로소 삶-시간-세계의 신비한 비의를 숭고한 인륜성으로 고양시키게 된다.

더불어 더불어 아모르 아모르. 홀로인 내가 너를 불러 더불어 서로 사랑하게 된 순간 이 세계는 인류의 꽃이 피어 "평형과 조화"가 이룩된 아름다운 세상이 되어 있을 것이다. 구상 시인이 염원했던 바로 그 진리의 진실이 투명하게 비추어지는 통섭의 세계 말이다.

구상무상具常無常

이제 세월처럼 흘러가는
남의 세상 속에서
가쁘던 숨결은 식어가고
뉘우침마저 희미해가는 가슴.

나보다도 진해진 그림자를 밟고 서면
꿈결 속에 흔들리는 갈대와 같이
그저 심심해 서 있으면
해어진 호주머니 구멍으로부터
바램과 추억이 새어나가고
꽁초도 사랑도 흘러나가고
무엇도 무엇도 떨어져버리면

나를 취하게 할 아편도 술도 없어
홀로 깨어 있노라.
아무렇지도 않노라.

존재의 길 : 무상에 관하여

　　모든 것은 뜬금없고 그것이 어떤 의미를 겨냥하는지 정확하게 모른다. 그저 길을 떠나는 모든 것은 무상하다. 시간 앞에 우리는 "그림자"로 남고, 단지 "갈대"처럼 흔들리다 의미가 아닌 지대에 당도하게 된다는 사실만을 직감적으로 알게 된다. 가뭇없이 흔들리다 욕망을 지워 버린다. 아니 시간이 부지불식간에 흘러내려 내가 의식했던 모든 것들을 나 아닌 곳, 즉 무無에 위치시킨다. 무상하다. 희미해진다. 바람 앞의 등불이다.

　　존재의 길이 비존재의 의지에 포획되어 죽음 앞에 한 발짝 다가가게 된다. 희망은 "추억"의 뒤편으로 사라지고, "사랑"은 더 이상 사랑할 수 없는 것으로 구조화되어 있다는 사실만을 재차 확인하게 된다. 허망했고 암울했으며, 인간에게 존재했던 모든 감각이 마모 소진되어 생의 형식이 죽음의 형식의 다른 이름임을 깨닫게 된다.

　　모든 것이 "구멍"나고 해져 결국 파멸의 길 앞에 당도하게 된다. 따라서 구상 시인에게 존재의 길이란 허허롭고 모든 것이 희미해져만 가는 혼자만의 운동이다. 사라진다. "세월"은 그렇게 소리 없이 흐르고 또 흘러내려 "꿈결" 같던 생 전체를 타자의 자리에 위치시켜 무상함을 느끼게 만든다.

어떤 삶을 살아가야 하는가? 변화는 필연이고 무無의 작용만이 상常의 존재론적 양태를 선명하게 부조시켜 쓸쓸한 생에의 형식을 반조하게 된다. 젊음을 자랑하던 청춘은 쉬이 사라진다. 아니 보다 정확하게 말해서 젊음은 너무도 빨리 늙음으로 변하고 촘촘했던 삶이 헐거워져 푸석푸석해진다.

세상에 변하지 않는 것은 아무것도 없다. 존재의 길이 시간의 길로 표상되는 한, 무상은 생이 맞닥트린 필연의 결과이다. 만약 생이 무상이라는 마물을 통과하는 운명이라면, "아편"에 취하고 "술"에 취해 몽롱한 상태에 이르는 것이 최선일지도 모른다. 아니 더 정확하게 말해서 생에 허여된 그 모든 것들이 주이상스로 향하는 외길 수순 위를 위태롭게 종주하도록 예정되어 있는 한, 최선도 향락의 향유이고 차선도 에로티즘이다. 상常이라고 믿었던 모든 것이 무상無常으로 변하여 삶전체를 상傷하게 만드는 것이 예정된 수순이라면, 차라리 향유의 극한에 머무는 것이 최선책이다.

그러나 죽음이 삶-시간-세계 전체를 포위하게 된다. 무상의 본질은 죽음, 즉 모든 변화를 수용하는 존재의 외길이다. 존재의 길이 에로티즘으로 향하건, 주이상스로 향하건 상관없이, 그 모든 것들은 무를 확인하는 죽음의 필연적인 과정이다. 홀로 남는다. 마치 무상의 과정이 인간학적 진법에 관한 화두로 휘어져 존재의 본질을 응시하게 만드는 것처럼, 시인 구상은 홀로 중취독성衆醉獨醒하여 인간학의 내밀한 비의를 깨닫게 된다.

세계는 "홀로"이고, 변화는 필연이다. 설령 생 전체 내부를 주이상

스나 에로티즘으로 그득 채운다 할지라도, 그것이 가닿는 지점은 죽음
이다. 에로티즘도 죽음의 본능으로 귀결되고, 주이상스 또한 찬란한
죽음의 제의로 코드 변환된다. 마치 『티벳 사자의 서한』에 언표된 일련
의 서사적 죽음의 과정처럼, 인간에게 허여된 시간은 죽음을 준비하는
과정이고 더 나아가 어쩔 수 없이 숙명처럼 다가오는 고즈넉한 무상의
오묘한 감정이 이 세계를 떠받치는 진리의 실재라고 깨닫는다.

허망하고 무상하다. 생이여! "바램"이여! 우리는 죽음의 과정에
승선하는 미망의 애절한 타자일 뿐이다.

밭 일기日記 43

하늘이 망사를 쓰고
눈이 내린다.

나도 온몸 세포細胞의 문을
활짝 연다.

가슴이 촉촉히
젖어든다.

보도 듣도 못한
계집애 하나를
다시 처음부터
사랑해 보고 싶다.

〈전원교향악田園交響樂〉의
눈먼 소녀에게듯
흰 눈같이 시작하여
흰 눈같이 끝나는
사랑을 말이다.

사랑, 그 아르페지오네를 위한 변주곡

　　바흐의 선율 위를 머뭇거리다 잠시 슈베르트의 현악사중주 〈죽음과 소녀〉에 흠뻑 취해 별천지에 들어선다. 문득 다가온 혼몽 같은 사랑이었다. 아니 잠시 문득 혼돈으로 가득한 일상으로부터 살짝 빠져나와 잊혀져 간 순백의 사랑을 몽상해 본다. 죽어 있던 감각이 깨어나 "온몸 세포細胞의 문"을 활짝 연다.

　　일상이 펼쳐지는 삶의 모습은 지난한 노동의 나날들이다. 차이를 욕망하지만, 늘 동일한 것의 반복만이 겹쳐진 채 나른했다. 반복의 일상은 권태롭고 무료했을 뿐만 아니라, 그저 진부하고 피곤한 것으로 치부되곤 했다. 그러다 문득 엘랑 비탈로 휘어진 역동적인 생에의 형식을 추상하게 되는데, 그것은 바로 순백으로 빛나는 사랑이라는 숭고한 감성이다.

　　꿈을 꾼다. 달콤하고 짜릿한 몽상이 떠오른다. 불현듯 몰아닥친 알수 없는 마물 같은 감성의 체계 앞에 삶은 전혀 예기치 않은 방향으로 흘러내려 삶의 여율呂律이 완전히 뒤바뀐다. 숭고한 사랑의 여율이 비극적 형식, 즉 아르페지오네 현의 울림으로 애잔하게 변주된다. 모든 것은 일거에 무너져 내리고 일상으로부터의 탈주가 비로소 시작된다.

　　그것은 한낱 꿈이었을지도 모른다. 역시 이 세계를 떠받치는 가장 아름다운 존재의 형식은 바로 사랑 아니겠는가? 잠시 혼몽에 취해 아련한 사랑에 도취된다. 지난한 노동의 삶을 보듬어 안은 채 존재의 여율 전체를 유려하게 굽이치는 사랑이야말로 가장 아름답고 숭고한 인륜성이 아닌가?

순백의 음률로 변주된 사랑의 아픔 혹은 전혀 예기치 못했던 서사학의 운명. 시인의 사랑은 그렇게 사랑의 지대에 상처를 색인한 채, 사랑의 불능 상태에 당도하게 되는데, 어쩌면 그것이 바로 "눈먼 소녀"에게 허여된 "흰 눈" 같은 사랑의 정체인지도 모른다. 우리는 그렇게 누구나 다 순백의 사랑의 지대에 머물러 안온한 몽상에 젖는다.

그러나 그러한 시인의 사랑에의 의지도 불구하고, 사랑은 그 순수한 의도와 다르게 사랑 전체를 해체시켜 불모의 지대로 이끄는 경우가 비일비재하다. 물론 사랑의 힘만이 이 세계를 지속시키는 가장 순수한 존재의 형식이라는 사실만은 여전히 유효하지만, 어찌 인간학과 세계 사이에서 빚어지는 일체의 서사학이 사랑과 공명하는 파국의 생성물이 아니라고 단언할 수 있는가?

변질된 사랑의 서사학 혹은 운명에 순응하는 타자. 운명을 믿기로 했다. 더불어 사랑이라는 감정이 가진 순백의 처녀림 또한 소중히 간직하기로 했다. 그런데 문제는 사랑이라는 감정이 아니라, 그 아련한 감정이 가닿는 지점에서 파생되는 관계가 사랑의 본질을 변질시킨다는 사실이다. 너무도 아름다운 눈을 가졌지만 눈먼 소경이었던 제르트뤼드, 그녀를 사랑하지 않는다는 건 불가능에 가깝다. 사랑이 촉촉하게 젖어들어 온 대지를 축복하게 된다. 경이롭고 숭고했으며 영혼을 밝고 투명하게 승화시키는 사랑이 온 세상을 축복하게 된다.

아름다운 눈을 가진 여성을 사랑하고 싶다. 그 눈(眼) 속에 빠져 눈(雪)같이 투명하고 하얀 사랑을 몽상하고 싶다. 그러나 순백의 훼손되지 않은 눈 같은 사랑이 잿빛으로 변한다. 사랑에의 열망이 현실화된 순간, 사랑은 더 이상 사랑할 수 없으므로 코드 변환되거나 순백의 사랑 전체를 잿빛으로 훼손시키게 된다. 제르트뤼드의 청초한 눈이 탐욕과 욕정의 눈빛으로 변색된다. 사랑이 소유의 대상으로 전락한 순간, 전일한 사랑 그 자체가 훼손되어 사랑의 서사학 전체를 파국으로 몰고 가 마침내 몰락에 이르게 된다. "흰 눈같이 시작하여/흰 눈같이 끝나는" 순백의 사랑은 존재하지 않는다.

설령 구상 시인의 사랑에의 몽상이 순백의 전언으로 울려 퍼지는 따스하고 순결한 사랑 그 자체를 사랑하는 순정한 마음인 것만은 분명하지만, 어찌 돌아올 수 없는 강 저 너머로 사랑을 전이시키지 않을 수 있겠는가? 사랑의 마음이 전이되고 실현된다. 순백의 사랑이 소유의 대상으로 탈색되고 변색되어 마침내 '사랑이 없다'를 역설적으로 주장하는 촌극을 연출하게 된다. 왜냐하면 사랑이 가닿는 그 끝 지점에 사랑의 심연이라는 존재의 암울한 그림자가 드리워져 사랑의 슬픔을 아로새기기 때문이다.

순백의 투명한 사랑이 흩어져 상처를 가슴에 뿌리 깊이 색인하게 된다. 사랑이라는 트라우마, 즉 주홍글씨 말이다. 지구는 여전히 돌고 사람은 사랑을 찾아 여기저기 또 배회할 것이다.

신령한 소유所有

이제사 나는 탕아蕩兒가 아버지 품에
되돌아온 심회心懷로
세상 만물을 바라본다.

저 창밖으로 보이는
6월의 젖빛 하늘도
싱그러운 신록 위에 튀는 햇발도
지절대며 날아다니는 참새 떼들도
베란다 화분에 흐드러진 페튜니아도
새롭고 놀랍고 신기하기 그지없다.

한편 아파트 거실을 휘저으며
나불대며 씩씩거리는 손주놈도
돋보기를 쓰고 베갯모 수를 놓는 아내도
앞 행길을 제각기의 모습으로 오가는 이웃도
새삼 사랑스럽고 미쁘고 소중하다.

오오, 곳간의 재물과는 비할 바 없는
신령하고 무한량한 소유!
정녕, 하늘에 계신 아버지 것이
모두 다 내 것이로구나.

참된 소유 혹은 산다는 것의 의미

우리는 늘 분주한 일상을 살아가고, 자기만의 것에 몰두하며 이 세계의 거의 모든 타자에게 무관심으로만 일관하고 있다. 우리는 '너는 너고 나는 나다'라는 분별지에만 익숙해 있다. 우리는 자신만의 욕망의 체계로만 산다. 우리는 이타적 존재가 아니라 이기적 존재이다. 우리는 산다는 것의 의미를 참구하지 않을 뿐만 아니라, 참된 소유의 실체가 무엇인지도 전혀 모른다. 우리는 그저 단지 자기에게 속한 것만을 향유할 뿐, 더 이상 본질에 관한 물음을 제기하지 않는다. 우리는 소유하는 삶만을 추구하지 추호도 존재하는 삶에 관하여 참구하지 않는다.

모든 것이 물화된다. 모든 것이 경화되어 비인간화의 극단에 이른다. 더 많은 것을 소유하기 위해 욕망이라는 덫에 빠진다. 욕망 위에 또 다른 욕망이 덧대어지고, 시뮬라크르한 이미지에 현혹된다. 이 세계는 더 이상 인륜적 가치 같은 것을 믿지 않을 뿐만 아니라, 모든 것을 자본의 표상으로 환원시켜 우리 모두를 물신의 노예로 만들어 버린다.

자본적 이념이 총체적으로 지배하는 이 시대를 살아가는 인간들은 몰락이 예정된 자이거나 "탕아"로 전락하는 자이기도 한데, 그것은 소유에 대한 진정한 의미를 망각하고 있는 까닭에 그러하다. 특히 구상 시인의 시 「신령한 소유」는 참된 소유의 의미를 시말 속에 응결시킨 소중한 작품인데, 우리가 이 세상을 어떠한 태도로 살아가야 하는지에 관한 담론적 사유를 종교적 심성으로 그려내고 있다.

소유는 덧없고 사랑은 영원하다. 말하자면 시인에게 신령한 소유는 일종의 무소유를 실천하는 도덕적 신념의 체계인데, 이는 인간학의 토대 구조를 튼튼하게 떠받치는 성스러운 근본 감성이라 하겠다. "세상만물"이 네 것인 동시에 내 것이고, 우리 모두를 위해 소용되는 공공의 자산이다. 시간의 타자인 우리는 그저 "싱그러운 신록"처럼 저 아름다운 자연을 유유자적하며 완상할 수 있을 뿐, 터럭 하나라도 온전하게 소유할 수 없다. 공수래공수거라 하지 않았던가? 진정한 소유는 이 세계에 속한 것이 아니라, 이 세계에 속할 수 없는 것이거나, 저 절대라고 불리는 창조주의 몫인지도 모른다. 왜냐하면 시간의 타자인 인간은 그 어떤 형식 고하를 막론하고 진정한 주체가 아닌 영원의 타자로 존재하기 때문이다.

그저 시간이 만들어 놓은 문양대로 이 세계를 주유하고 향유하다가, 저 신령한 참된 소유의 의미를 깨달으면 족할 따름이다. 어쩌면 구상 시인이 전개한 일련의 시말운동은 참된 삶의 의미가 무엇인지를 참구하는 깨달음의 전언인지도 모른다. 아니 시인의 그것은 모든 것이 물화된 욕망으로만 치달아 가는 자본주의의 소유욕을 에리히 프롬의 존재의 양식으로 정화시키면서 이 세계가 참된 것들로 그득 채워지기를 열망하고 있다.

때론 이 세상에 존재하는 작은 기쁨들이 진정한 삶의 실체라고 여기면서, 때론 절대자가 살아 숨쉬는 무량한 진리의 공간을 내밀하게 응시하면서, 구상 시인은 자신에게 속했던 그 모든 것들이 자신에게 속하지 않은 것이라고 언명하고 있다. 진리는 저 하늘의 절대자에게 속해 있지, 인간의 영역에 속해 있지 않다.

따라서 이 세계는 신령스런 영기, 즉 말씀이 이루어 낸 신성한 공간인 까닭에 어느 누구도 소유할 수 없다. 이 세계는 섭리가 실현되는 숭고한 공간이자, 사랑의 여울이 여여하게 흘러넘치는 상생의 신비로운 공간이기도 하다. 온갖 것들이 상호 공존하면서, 그 나름의 존재 이유와 의미를 간직한 이 세계 공간 전체가 "하늘에 계신 아버지"의 것임을 선언하면서, 시인은 진리의 문턱을 넘어서 있다.

특히 시 「신령한 소유」는 이 세계를 절대자가 창조한 평등의 공간임을 정갈하게 예증하면서, 그 모든 가치의 체계를 사랑의 여울로 고양시키고 있다. 그저 이 세상에 존재하는 모든 만물의 다채로운 모습을 신비롭고 신령스러운 기운으로 여기면서 시인은 겸허하게 진정한 소유의 의미를 참구하고 있을 따름이다. 다만 우리는 이 세계를 스쳐 지나는 시간의 과객일 뿐, 더는 욕망할 그 무엇이 존재하지 않는다.

초토焦土의 시詩 1

판잣집 유리딱지에
아이들 얼굴이
불타는 해바라기마냥 걸려 있다.

내려 쪼이던 햇발이 눈부시어 돌아선다.
나도 돌아선다.
울상이 된 그림자 나의 뒤를 따른다.

어느 접어든 골목에서 걸음을 멈춘다.
잿더미가 소복한 울타리에
개나리가 망울졌다.

저기 언덕을 내려 달리는
소녀의 미소엔 앞니가 빠져
죄 하나도 없다.

나는 술 취한 듯 흥그러워진다.
그림자 웃으며 앞장을 선다.

비극적인 역사의 유미적 승화

"앞니" 다 빠진 채 천진스레 웃고 있는 아이의 모습이 눈앞에 선하다. 이념의 흉물스러운 재앙을 체험했지만 이데올로기의 상처에 전혀 노출되지 않은 미적 풍경 앞에 시가 말할 수 있는 진실이란 시말을 역사 너머로 위치시켜 언어에 관한 일체의 층위를 미학화하는 행위이다. 특히 구상 시인의 「초토의 시 1」은 이데올로기의 상흔이 색인된 비극적인 역사의식을 유미적으로 승화시킨 전후 최대의 역작에 해당한다 하겠다.

서로 다른 이념이 공존한다는 것은 가능한가? 우리는 늘 그 이념의 그늘진 주름에 따라 다투고 미워하고 갈등하다 끝내는 동족상잔의 비극을 맞이하지 않았는가? 시인이라는 존재가 시대와 상면해서 영혼의 형식으로 이 세계를 위무하고 노래하는 한, 시말은 승화를 요구하는 존재의 숭고한 형식이다. 슬픔이 매만져지고 비극으로 휘어진 언어의 숨결이 시말 속에 점점이 색인된다.

어떤 시간의 형식을 넘어도 생은 늘 동일한 형식의 반복이다. 물론 구상 시인의 그것이 모든 것을 포월하는 승화의 경지를 열망하지만, 우리는 시간의 경계 지대에서 몰락을 몽상하는 추락하는 존재일 따름이다. 역사를 잠시 경유했다 사라지는 모든 것들은 점멸의 운동, 즉 가상이고 추락이다. 희망을 꿈꾸며 이 세계를 사랑의 전언으로 가득 채우기를 열망하지만, 그러나 모든 역사의 지층 밑에 비극이 침전되어 이데올로기의 상흔을 헤집게 만든다.

어쩌면 구상 시인의 「초토의 시」 연작은 사산死産된 이데올로기가 만든 비극성을 예의 주시하면서, 더 이상 숭고한 것으로 존재할 수 없는 파편화된 이념의 언저리를 포월의 정신성으로 승화시킨 영혼의 산물인지도 모른다. 아니 구상 시인에게 이념은 즉자적 실존의 문제를 넘어서지 못할 뿐만 아니라, 모든 비극의 원인이자, 민족의 분열을 획책하는 사악 그 자체를 지시하고 있다.

다시 말해서 이념은 미필적 고의들로만 중층결정된 이 세계의 악이거나 모든 죄의 근원이다. 이념의 순수한 기상이 사라진 지 너무 오래이고, 그저 이념은 욕망으로 퇴화되거나 모든 역사를 불행한 의식으로 가득 채우는 시대의 역린이라 하겠다.

그런 의미에서 볼 때 구상 시인의 「초토의 시 1」은 이념의 시대가 만든 잔혹한 역사적 현실을 서정의 감성으로 노래하면서, 역사의 심연에 자리한 상흔을 하나하나 보듬어 안아 위무하고 있다. 때론 균열된 이념의 체계를 종교적 심성으로 봉합하면서, 때론 천진무구한 "아이들 얼굴"을 무량한 시선으로 바라보면서, 시인은 황량한 대지 위에 드리워진 불길한 "그림자"를 따스한 서정의 온기로 감싸 안고 있다.

따라서 시인에게 "앞니"가 빠진 "소녀의 미소"는 이념의 저편에 올연히 서 있는 순수의 표상이자, 이 세계가 구원해야 할 이념의 실재, 즉 아직 남아 있는 양심이다. 마치 전쟁의 "잿더미" 위에 "개나리" 꽃망울이 벙그는 것처럼, 소녀는 전쟁의 상흔을 치유할 수 있는 인류의 유일한 미래이자, 아직 남아 있다고 믿어지는 희망의 실재라 아니할 수 없다.

설령 시인의 표정이 술에 취해 울상을 짓고 있는 것처럼 보이기는 하지만, 따라서 이데올로기의 전쟁이 남긴 폐허 위에 무기력하게 살아가는 인간 군상을 다양한 양태로 그려낸 것으로 평가되지만, 「초토의 시」 연작 전체는 전쟁의 참혹상을 고발하면서, 인류의 희망이 아이에게 있음을 설파한 역작이라 하겠다. 니체가 아이에게서 영원 회귀의 순간을 목도했던 것처럼, 구상 시인의 그것도 "해바라기"를 닮은 죄 하나 없는 소녀의 순수한 모습을 통해서 이 세계가 구원되기를 열망하고 있는지도 모른다.

까마귀 5

까옥 까옥

　서울 여의도 아파트 숲 까마귀가 오대산에 단풍 구경을 갔다가 그 중턱 후미진 곳에서 수도하는 한 늙은 까마귀를 만나 수작을 건넸다.

카옥

약간 쉰 소리로 그 까마귀 중은 인사를 받았다.

까옥 까옥 까옥 까옥
— 대뜸입니다만 세상살이가 왜 이다지 뒤틀려 가는 겝니까?
카옥 카옥
— 그야 그대, 시인들 탓이지!
까옥 까옥 까옥
— 뭐라고요? 우리 시인들 탓이라구요?
카옥 카옥 카옥 카옥

— 아무렴 그렇고말고, 오늘의 시인들의 불명不明이 이 시대를 이처럼
흐리게 하는 거지!

……… ?

서울 까마귀는 응수할 말을 찾지 못했다.

카옥 카옥 카옥 카옥

— 인간 일체의 죄장罪障은 시詩만이 소멸시킬 수 있으나 오늘날 그대
    들 시 조각으로서야 어디? 쯔쯧.

………

서울 까마귀는 더 이상 자리할 수도 없어 물러나고 말았다.

시 : 그 성찰의 의미와 임무의 본질

시란 무엇인가? 사회의 공기公器로서의 시가 취해야 할 태도는 무엇인가? 까마귀와 시인의 대화 속에 매개된 일련의 알레고리는 어떤 시의 진경을 요구하고 있고, 과연 어떤 시말을 육화시킬 때 시인의 임무를 다한 것인가? 오늘도 시인은 자신에게 허여된 시인의 임무를 성찰하면서 시가 표현해야만 하는 본질이 무엇인지를 궁구하고 있다.

시가 점점 더 난해해지고 그에 따라 독자와 소통의 공간을 마련하지 못한 것이 시의 현실이다. 시의 집에 따스한 온기가 사라진 지 이미 오래고, 말은 입에 담을 수 없을 정도로 점점 거칠어져 언어의 극한만을 향유하고 있다. 새로움만이 추구해야 할 제일 가치이고 진기한 것이 고평된다.

따라서 시의 집 내부에 말의 숭고한 이상적 이념이 존재하지 않을 뿐만 아니라, 미적 이념의 진실을 전도 왜곡시켜 아름다움에의 열망을 하찮은 것으로 치부하는 경향이 비일비재하다. 아니 역으로 현대성을 지배하는 시말운동은 비틀고 왜곡시켜 말의 신기원에 도달했다고 간주하는 경향이 있는데, 이는 시의 죽음을 부채질하는 운명의 조종弔鐘이다.

그런데 구상 시인의 「까마귀 5」는 선문답 식의 대화를 통해서 시의 진정한 위의를 모색하면서 스스로를 반성하고 있는데, 그것은 바로 현대의 시들이 간과한 시인의 임무이자, 시가 견지해야 할 미적 지평, 즉 시대성과 상면하는 언어의 존재론적 형식이라 하겠다.

그러므로 시인에게 시란 비틀리고 어그러진 것을 정위시키는 존재 자체의 언어이다. 설령 현대성을 만족시키는 시말운동 내부에 환상의 코드가 매개되고, 또 언어의 지층은 늘 파열 해체된 것만을 추구하는 것처럼 보이지만, 어찌 그것이 공기로서의 시인의 임무이겠는가? 현대의 시들이 독자들을 잃고 난수표처럼 언어의 유희만을 일삼는 까닭은 시말을 잔혹하게 다루며 자기 향락에만 몰두하기 때문이다.

저 하늘의 별들이 추상되지 않고, 안온한 꿈이 더 이상 꿈꾸어지지 않는다. "시인들의 불명不明"으로 인해 시대의 어둠이 환하게 밝혀지지 않았을 뿐만 아니라, 더불어 시의 심혼 또한 아주 혼탁해져 진실이 아닌 것들로 시를 구조화하는 유희의 언어들로 가득 채우게 된다. 말하자면 그러한 시적 현실에도 불구하고 구상 시인이 언명한 시말운동은 말의 정화를 추구하는 순수에의 운동이자, 혼탁으로 휘어진 이 세계를 밝은 언어로 순치시키는 것인데, 그것이 바로 시인이 지향해야 할 궁극적인 시대사적 소명이다.

죽음의 불길한 전조를 알리는 까마귀를 통해서, 혹은 불순한 동기들로만 시 쓰기를 감행하는 시인들의 죽음, 즉 조종을 울리면서, 시 본연의 임무로 되돌아가기를 요청하고 있다. 다시 말해서 시인의 죽음을 선언한 「까마귀 5」는 역으로 참된 시만이 이 세계의 뿌리 깊은 균열을 봉합하고 치유할 수 있는 유일한 미적 양식이라고 천명한 것이라 하겠다. 때론 "인간 일체의 죄장罪障"의 소멸에의 열망이 시가 표현할 수 있는 최고의 형식이라 언명하면서, 때론 욕망의 전언들로 조각조각 덧대어진 죽음의 시를 질책하면서, 구상 시인은 시가 가진 순수한 가치를 되살리기를 소망하고 있다.

어쩌면 이러한 시에 관한 순수한 열망은 구상 시인의 시들이 아직도 이 시대에 유효한 이유이자, 시인이면 누구나 견지해야 할 시의 초심이라 하겠다. 시 앞에 결코 스스로를 부끄럽게 만들어서 아니 되며, 설령 시 앞에 부끄러운 죄를 저질렀더라도 스스로 정죄하는 자가 진정한 시인임을 구상 시인은 역설하고 있다.

따라서 시가 영혼의 형식을 대변하는 주체이자, 이 세계를 길항시킬 수 있는 존재론적 언어인 한, 구상 시인의 그것은 현대의 시인들이 명심해야 할 금언이라 아니할 수 없다. 시 앞에 한 점 부끄러움 없이 진정한 자아가 표백된 시만이 불명의 시대를 구원할 수 있는 시의 유일한 전언이다. 깊이 명심해야 할 것이다. 시인이라면 누구나 다 말이다.

모과木瓜 옹두리에도 사연이 89

바닷가의 조개껍데기처럼
비린내 나는 육신과는 헤어지고
세상 파도에서는 밀려나
칠순의 나이를 살고 있다.

나를 이제껏 살아남게 한 것은
나의 성명性命의 강강强强하고 장長함에서가 아니라
그 허약虛弱에서다.

모과나무가 모과나무가 된
까닭을 모르듯이
나 역시 왜 시인詩人이 되었는지를
스스로도 모른다.

한마디로 이제까지의 나의 생애는
천사의 날개를 달고
칠죄七罪의 연못을 휘저어 온

모험과 착오의 연속,
나의 심신心身의 발자취는
모과 옹두리처럼 사연투성이다.

예서 앞길이 보이지 않기론
지나온 길이나 매양이지만
오직 보이지 않는 손이 이끌고 있음을
나는 믿는다.

생명: 그 보이지 않는 시의 길을 찾아서

칠순의 무렵에 새삼 다시 묻는다. 나는 어떤 생명의 형식이며, 무엇을 위해 시를 쓰는가? 잘 모르고 왜 여기까지 왔는지 전혀 말할수 없다. 까닭은 "보이지 않는 손"에 이끌려 바로 지금 여기 이 순간에이르렀으며, 그것이 어떠한 목적으로 휘어진 생명의 운동인지 알 수 없기 때문이다. 그저 "모험과 착오의 연속"일 뿐, 그 내밀한 생명의 비의를 구체적으로 언명하는 것은 거의 불가능에 가깝다.

시간이 하염없이 흘러 시간이 아닌 곳에 생이 당도한다. 나는 왜여기 이 시공간을 욕망의 형식으로 존재하다가 시간의 소진과 함께생의 구경究竟적 태도에 이르는가? 생명이 있는 곳에 이루 형언할 수없는 사연이 있고 존재론적 성찰이 있다. 모과나무가 왜 모과나무로 존재하는지 그 까닭을 정확하게 모르는 것처럼, 시인詩人이 시인 된 소이연을 전혀 알 길이 없다. 나는 어떤 시인으로 존재하는가? 물론 저 절대라고 명명되는 "보이지 않는 손"이 작용하여 생명의 여율呂律이 유려하게 탄주되겠지만, 그 모든 사태가 늘 동일한 반복의 무한한 힘에서 비롯한 것처럼 보이지만, 그러나 인간은 그 절대의 힘이 어떤 방식으로작동하는지 전혀 알지 못한다.

무기력하게 "세상 파도"에 떠밀려 시간의 저편에 당도하게 된다.

구상 시인에게 생명이 속한 모든 것들은 하나의 물 자체Ding an sich일 따름이다. 미궁에 빠진다. 존재의 길이 찾아지지 않은 채, 늘 미궁의 세상에서 헤매다 끝내는 죽음에 이른다. 물론 산다는 것 자체가 늘 "칠죄七罪의 연못"에서 헤매며, "모험과 착오의 연속"인 것만은 분명하지만, 따라서 존재의 여율 전체가 불완전하게 탄주되어 고뇌 속에서 생을 허비하는 경우가 비일비재하지만, 그러나 그러한 사실에도 불구하고 시인에게 생명은 그 자체로 비의 그득한 경외의 대상이다.

설령 그 모든 것이 "칠순의 나이"에 이르러 눈이 흐려지고, 생명의 "허약虛弱"함을 직감한 순간에 터득한 삶의 태도이지만, 시인이 전개한 일련의 시말운동은 진리에의 믿음이 육화 존재의 길이었음에 틀림없다. 길은 외길이고 생에의 의지는 간절하다. 까닭은 시말이 곧 진리에 봉헌된 문자, 즉 인간학과 세계 사이에서 매개시킨 생명에 관한 담론적 사유를 온전한 의미로 참구한 진실의 언어이기 때문이다.

생의 매듭 사이사이에 색인된 상흔을 가슴 깊이 아로새겼고, 또 미처 말하지 못한 세세한 사연들을 시말의 심연에 저며 넣는다. 존재의 주름 혹은 언어의 펼침. 어쩌면 이 세계를 살아간다는 것은 어떠한 것에도 훼손되지 않은 "천사"에서 타락천사로 추락하는 과정 속에 새겨진 의미를 성찰하는 숭고한 삶의 행로인지도 모른다. 일곱 가지 죄를 자복하고, 또 삶의 옹두리에 침전된 세세한 사연들을 고회성사하게 된다. 아니 구상 시인에게 삶이란 "비린내 나는 육신"과 결별하는 극적인 순간이거나, 존재론적 전회가 일어나는 참살이의 과정이라 하겠다.

비록 시인에게 허여된 존재의 "앞길"이 전혀 보이지 않지만, 따라서 산다는 것 자체가 늘 미로에 갇힌 채 "보이지 않는 손"에 이끌려가는 것처럼 느껴지기도 하지만, 구상 시인이 전개한 일련의 시말운동은 진정한 자기Self를 찾아가는 순정한 의식의 경로라 하겠다. 때론 "심신心身의 발자취"에 기입된 의미의 본질을 추적하면서, 때론 이 세계에 존재하는 모든 것들의 사연들을 내밀하게 응시하면서, 진정한 시인의 위의가 무엇인지를 심도 있게 성찰하고 있다. 참회는 간절하고, 존재에 관한 반성은 진지하다.

우매愚昧

나는 내 안에 계신
그분을 몰라뵌다.

너는 네 안에 계신
그분을 몰라뵌다.

우리는 항상 그분과
더불어 살고 있으면서도
저 엠마오로 가던 신도들처럼
서로가 그분을 알아뵙지 못한다.

그리고 헛된 곳, 헛것에서 찾는다.
장독대나 돌무덤, 고목 둥치, 또는
하늘을 우러러 그분을 찾는다.

그리고 그분의 신비한 섭리로
목숨을 부지하고 삶을 지탱하며

또한 만물의 생성과 소멸 속에서
더없이 놀랍고 신령한 조화를
노상 무한량 접하고 있으면서도
제 눈에만 보이는 이적異蹟을 바라고
제 욕심만 채울 복을 빈다.

오호, 비롯함도 마침도 없는 주님
언제 어디에나 함께하시는 주님
저희 인간들의 이 우매를
그 자비로 측은히 여기소서!

존재의 길 : 우매와 섭리 사이

　　나는 누구이고 절대 앞에 어떤 의미의 문양으로 존재하는가? 길은 어디에나 있지만, 그것이 존재의 참된 자기를 찾기 위한 지난한 삶의 여정인지 어느 누구도 모른다. 무량한 마음으로 삶의 길이 무엇이었는지 되돌아본다. 절대 앞에 교만하다 못해 오만방자했었는지도 모른다. 길 위에 선 자는 늘 그와 같다. 우리는 늘 우매와 섭리 사이에서 전자를 택한 채 어리석은 하루하루를 잘 살아가고 있다고 믿는 경우가 다반사이다.

　　절대자 앞에 완전한 자기를 찾는다는 것은 가능한가? 오늘도 욕망의 세계에서 미혹된 길만을 걷는 인간에게 섭리에의 깨달음이 요청될 수 있는가? 우매와 섭리 사이에서 방황하는 인간에게 신성은 믿을 수 있는 시의 사실인가?

　　구상 시인은 물욕으로 가득 찬 현대의 세계를 "헛된 곳"이라고 명명하면서, 그분의 참된 모습을 "비롯함"과 "마침"이 없는 영원성으로 표상하고 있다. 마치 인간에게 허여된 그 모든 존재의 길이 그분과 더불어 "생성과 소멸"의 도정에 서 있는 것처럼, 시인은 세계 공간 전체를 "신비한 섭리"의 공간으로 고양시키면서, 인간학 전체가 "신령한 조화"로 거듭 태어나기를 열망하고 있다.

구상 시인에게 "엠마오"로 가는 길은 진리가 현현하는 아름다운 길인 동시에 우매한 욕망의 길이기도 하다. 까닭은 진리가 눈앞에 있으나, 그 아름다운 진리의 길을 제대로 못 본 채 욕망의 길에 들어서는 경우가 대부분이기 때문이다. 삶은 늘 그렇듯이 눈앞에 보이는 "이적 異蹟"에만 매몰된 채 "욕심"의 나날들로 하루를 무의미하게 허비하고 있다.

도대체 어떤 삶을 살아야 하는가? 대저 우리는 저 절대 앞에 어떤 의미의 공식을 충족시킬 때 잘 살아낸 것인가? 물론 구상 시인의 시 「우매」는 진리와 욕망 사이에 존재하는 인간학적 현실을 비판의 시선으로 응결시키면서, 진정한 존재의 길이 무엇인지 예증하고 있지만, 어찌 그것이 선택 가능한 존재의 길이 아니라고 단언할 수 있겠는가? 이 세계는 "신령한 조화"가 만들어낸 섭리의 세계이다. 이 세계는 말씀, 즉 로고스에 의해 창조되고 계율에 의해 지탱되는 숭고한 진리의 공간이다.

그러나 온 세상에 편재해 있는 "그분"을 정확하게 보지 못한 채 그냥 지나친다. 진리에 이르는 존재의 길은 아득하고 멀기만 한 까닭은 늘 "헛것"에 휘둘려 "헛된 곳"에서 "섭리"를 찾아 헤매기 때문이다. 외물에 미혹된 채 무명에 사로잡힌다. 도대체 어떤 마음으로 삶–시간–세계를 살아갈 때, 진정 그분과 마주할 수 있는가? "내 안"에도, "네 안"에도 늘 그분이 존재하지만, 우리는 항상 절대자로 표상되는 그분을 망각의 강으로 흘려보낸 채 참나를 찾지 못하고 갈등만을 일삼는다.

어쩌면 자본의 욕망으로 구조화된 이 세계는 "욕심만 채울 복"을 요청하는 비루한 세계인지도 모른다. 아니 자본으로 둘러쳐진 21세기 후기산업사회는 이미 예정 조화된 절대자의 세계를 믿지 않을 뿐만 아니라, 더 이상 "자비"나 사랑의 원리를 삶의 궁극적인 진리라고 간주하지 않는다. 참된 이성이 완벽하게 고사되었으며, 마침내 "저희 인간들의 이 우매"를 야훼의 신 앞에 자복하는 것으로 인간학의 최후를 기록하게 될 것이다.

구상 시인의 시 「우매」가 소중한 것은 욕망으로 구조화된 현대 사회를 진리의 이름으로 반성하면서, 진정한 참회에 이르기를 소망하고 있기 때문이다. 설령 이 세계가 욕망으로 구조화되어 있을지라도, 시인은 섭리와 조화의 세계를 열망하면서 참나를 찾는 시살이의 진경을 펼쳐 보이고 있다. 온 세상이 사랑과 그것에 속한 전언들로 흘러넘쳐 평화의 세계가 구현되기를 겸허한 태도로 술회하고 있다.

시론詩論

시심詩心에 든다
일상적 욕구나 그 이해利害에서 벗어나
무아적無我的인 감동과 감흥이 샘솟는다.
오묘한 자연의 조화造化와 그 풍경 안에서,
극진한 인정과 진실을 실제로 접하고,
또한 생성과 소멸의 덧없음을 맛보며,
우주적 감각과 그 연민에 나아간다.

시상詩想에 잠긴다.
물속에 비치는 제 모습에 취한
나르시스의 그런 생각이 아니라
수초水草를 헤어 나와 낚싯밥에 다가오는
고기의 모습이나 동작을 떠올리면서
생각을 곤두세우고 있는 낚시꾼의
그 찌를 바라보는 일심불란─心不亂 상태다.

시정詩情에 젖는다.

그것은 쓰디쓴 고독을 되씹는

감방 수인囚人의 어두운 느낌 아니라

내 안의 저 오지奧地까지 찾아 들어가

내 안에서 나뭇잎의 속삭임을 듣고

내 안에서 새들이 지저귀며 나는 것을 보고

내 안에서 어린 시절의 꿈이 되살아나고

헤어지고 사라진 벗들을 다시 만난다.

시흥詩興에 취한다.

모든 생각과 느낌들이 모습을 갖추고

서로 어울리며 노래 부르고 춤을 춘다.

내 마음이 그리고 기리는 그 동산에는

모든 생명이나 사물들이 신령한 조화 속에

영원하고 완전한 제 모습의 성취를 이루고

나는 현존現存에서부터 진선미眞善美의 실체를 맛본다.

시로 쓴 시론 혹은 시가 갖추어야 할 네 조건

　　아무나 시인이 될 수 있지만, 품격을 갖춘 인격의 시인이 된다는 것은 그리 쉬운 일이 아니다. 따라서 시란 단지 언어만의 문제로 판단하거나 평가할 수 없다. 시 잘 쓰는 시인이 곧 시의 문학사적 지평을 대변해야겠지만, 꼭 그렇게만 시의 역사가 서술되지 않는다. 마치 당대 최고 명필이었지만 친일이라는 주홍글씨를 대대손손 가슴에 새겨야만 했던 이완용(혹은 서정주)처럼, 시의 역사는 단순하게 언어 충족적인 그 무엇으로만 평가 기술되지 않는다.

　　그렇다면 시란 무엇인가? 어떤 말을 문면에 상면시킬 때, 시인은 자신의 임무를 충실하게 다한 것인가? 누구나 다 시를 쓰면 시인 되고, 펜네임을 얻을 수 있지만, 모두가 진정한 예술가로 고양되는 것은 아니다.

　　여기 시와 세계 사이에 놓여 있는 치명적인 균열을 언어의 정신으로 봉합하는 시인이 있다. 그가 바로 시인 구상이다. 존재론적 사유와 미적 거리 사이를 숭고한 시의 정신으로 수렴시키면서, 시인은 자신에게 속한 예술혼을 시론의 형식으로 드러내 보여주고 있다. 시인에게 시란 "일상적인 욕구나 그 이해利害 관계를 넘어선 곳에 위치한 "조화造化"의 언어이자, 그 모든 의미의 층위를 형이상학의 원리로 이끄는 존재의 언어이다.

영혼의 진정한 의미가 시말의 가장 안쪽에 색인되고, 시혼, 즉 시의 심혼이 숭고의 영역으로 고양된다. 말하자면 시에 관한 모든 것을 "심心, 상想, 정情, 홍興"이라는 네 규정에 의해 정의하면서, 시인은 그 네 가지 시의 벼리를 "현존現存"과 "진선미眞善美" 사이에 매개시키면서 언어의 가능적 조건을 탐색하고 있다. 밝고 투명한 언어가 선명하게 부조되고 "우주적 감각"을 존재의 살아 있는 감각으로 일깨운다. 말하자면 시의 네 벼리는 말의 숭고한 운동이자, 말이 상면해야만 하는 시말의 실재적인 국면이다.

따라서 구상 시인에게 시를 쓰는 행위는 인간학의 심연에 자리한 "오지奧地", 즉 미지의 가능적 세계를 "극진한 인정과 진실"로 봉합하는 지고의 산물인지도 모른다. 왜냐하면 심心, 상想, 정情, 홍興이 펼쳐지고 접히는 주름 내부에 인간학에 관한 "생성과 소멸"의 모든 진법이 기입되어 있기 때문이다. 때론 인간학을 "덧없음"이라는 비애의 정조로 언표하면서, 때론 "어린 시절의 꿈"의 순수성을 시말 속에 육화시키면서, 시인은 "생명"과 "사물"들이 "신령한 조화"에 사로잡혀 있음을 역설하고 있다.

시에 들고, 잠기고, 젖어 있었으며 마침내 시홍에 취해 인간과 세계 사이의 거리가 완벽하게 좁혀진 물아일체의 경지에 다다르게 된다. 자본에 의해 점점 속화되어 가는 시대에, 시의 진정한 위의와 품격을 논한 시의 사강四綱은 자본의 엄혹한 시대에도 불구하고 여전히 시 쓰기가 유효한 결정적인 이유이다. 물론 시정에 젖은 채 쓰디쓴 고독 속을

"수인囚人"처럼 헤매는 경우가 없지 않지만, 시인은 "무아적無我的 감동과 감흥"을 언어 내부에 응결시키는 것이 시가 견지해야 할 임무라고 생각하고 있다.

결론적으로 말해서 시는 고통의 기록이 아니라, 인간학과 세계를 유미적으로 고양시킨 승화의 전언이다. 시는 "노래" 부르고 "춤" 추며 "생각과 느낌"을 공유하는 공통감의 언어이자, 내가 너와 화답하여 우리를 만드는 참된 인륜성의 표현에 다름 아니다. 말하자면 구상 시인의 시로 쓴 시론은 파열과 해체만을 일삼는 시말과 상처의 심연만을 헤집는 현대시에 대한 비판적 성찰을 간접적으로 드러내 보여주고 있는데, 그것은 바로 시의 심혼, 즉 「시론」에 언표된 서사 행위를 정화시키는 시의 의식의 작용이라 하겠다.

만화 漫畵

여보!
당신 몰루?
내가 찾는 것
그것 몰루?

당신마저 몰루?
이제는 찾는 내가
그것이 무엇인지 모르게 된
바로 그것 말이오.

내 속은 눈감고도
환하다는 당신이
내가 한평생 찾고 있는
그것이 무엇인지
그것만은 몰루?
여보!

그것―대타자 : 진실에 이르는 여정

해 지는 저녁노을의 고즈넉한 풍경이었으면 좋겠다. 모든 것이 다 지난, 그러나 단 하나의 화두 같은 미완의 과제만 남은 노부부의 문답법이면 더욱 좋겠다. 아니 가을걷이 다 끝난 들판 위에 남은 허수아비처럼 겨울 앞에 벌거벗은 나목으로 서 있다면 그 뜻을 알 듯도 하다. 진리를 추구하는 존재의 여정 혹은 너와 나 사이에 매개된 인간학적 신뢰. 우리는 그렇게 미지의 타자에게로 접근해 가지만, 여전히 삶을 지배하는 "그것"이라는 실재의 정체만은 무엇인지를 아직 말하지 못한다.

한평생의 시간이 너와 나 사이를 흐른다. 찾는다. 미지의 기호를 찾아 평생을 헤매다 마침내 생에 속한 모든 것을 잃게 된다. 내가 나를 잃고, 나에게 속했던 것의 정체가 무엇인지 너에게 묻는다. 시간이 미지의 X 앞에 소거된다. 너와 나의 교감 혹은 나와 너 사이의 균열. 역시 시간이 하염없이 흐른다. 진실에 이르는 삶의 여정은 평생의 과업이자 생이 반드시 도달해야만 하는 숙명이다. 잘 찾아지지 않고 쉽게 답해지지도 않는다. 당신과 내가 만들었던 그 모든 것들이 우리로 확산되지 않을 뿐만 아니라, 당신과 나 사이에 미세한 균열을 만든다. 도대체 우리는 무엇으로 사는가? "여보"와 "당신" 사이에 아직 발설하지 못했던 의미의 잔여가 남아 있으며, 사랑은 인류적 총체성에 완벽하게 도달하지 못한다.

여전히 찾는다. 나는 너에게서 너는 나를 통해, 삶과 세계 사이에 놓여 있는 미지의 기호를 찾아 떠나지만 아직 "그것"의 의미를 온전하게 알아채지 못한다. 어쩌면 구상 시인에게 생은 불완전한 것으로 구조화된 미지의 공간인지도 모른다. 점점 동공洞空처럼 비워져 소멸에 이르는 시간의 여정에 서서, 미지의 X로 존재하는 "그것"의 실체를 응시하지만, 그것은 결코 온전하게 자신의 모습을 드러내 보여주지 않는다. 그것은 이 세계에 존재하지 않는 진실이다. 그것은 시인이 추구하는 언어의 실재, 즉 진실의 완전체이다. 그것은 시인의 인간학적 운명을 지시하는 대타자이다. 그것은 말과 세계가 생성되는 의미의 절대 조건이다.

그러나 그것의 정체를 정확하게 드러내 보일 방법이 없다. 아니 보다 정확하게 말해서 구상 시인에게 미지의 X로 존재하는 그것은 인간에게 속할 수 없는 것이거나 진실에 이르는 여정 그 자체를 의미할지도 모른다. 왜냐하면 그것은 한평생이라는 절대 시간 전체를 온전하게 바친 뒤에도 여전히 해명되지 않은 채로 남아 인간학 전체를 존재의 아포리아로 이끌어 가기 때문이다. 마치 페넬로페에게 이르는 오디세이의 여정 전체가 고난과 시련의 연속이었던 것처럼, 시인의 그것은 당신과 여보 사이에 내파된 존재의 비밀을 "만화漫畵"로 가볍게 풍자하면서, 진리의 실재 앞에 시선점을 알레고리화하기에 이른다. 만화의 역설은 진실의 역설이자, 시간의 참모습이다.

설령 그것의 정체가 미지의 X, 즉 미궁인 것만은 분명하지만, 따라서 나와 너 사이에 혹은 당신과 여보 사이에 결코 건널 수 없는 도주선이 그어져 있는 것만은 분명하지만, 구상 시인에게 그것이라는 미지의 X는 인간학의 내포적 의미와 외연적 범주를 포월하는 진리의 실재이거나 말의 바깥에 존재하는 대타자에 다름 아니다.

따라서 구상 시인에게 그것은 삶−시간−세계를 지배하는 궁극적인 주체이다. 그것은 말이 가닿을 수 없는 곳에 존재하거나 말로 언표될 수 없는 그 무엇이다. 그것은 그것으로만 지시하는 동일률이다. 그것은 그것이다. 그것은 언어의 한계 너머에 응결된 시간의 처음이거나 시간이 완벽하게 소진된 세계의 끝인지도 모른다. 그것은 결코 세계의 안쪽에서 말해질 수 없다. 그것은 그것으로 존재한다. 대타자−신, 즉 자기 원인 말이다.

모과 옹두리에도 사연이 58

그것은 불안이 아니었다.
그것은 권태도 아니었다.
그것은 구토도 아니었다.
그것은 소외도 아니었다.

그것은 가려움이었다.
온몸에 옴이 오른 것 같은
정신의 미칠 듯한
가려움이었다.

나는 이 소양증搔癢症을
잠시라도 잊으려고
음란淫亂에 빠져들었다.

범접犯接하고 난 후의
그 허망감虛妄感!
바로 그것만이 약이었다.

참을 수 없는 존재의 가려움 : 음란과 깨달음 사이

시간의 산책자, 즉 시인에게 전혀 예기치 못했던 불의의 조그마한 사건은 진실, 즉 인간학적 아포리아를 통과하는 의미의 절대 공간이다. 여전히 존재란 참을 수 없이 가볍고, 또 진리 앞에 무기력했다. 까닭은 너와 나 사이에 매개된 일련의 서사는 불연속이 만든 우연한 계기, 즉 진실에 이르는 깨달음의 경로이기 때문이다. 오늘도 시인은 너무도 가열한 생존의 현장 속에 기입된 삶의 일상을 진리의 일상으로 고양시키면서 깨달음의 진리를 약호화하고 있다.

옴은 하늘 세상에 이르러 우주 소리, 즉 태초로부터 발생한 소리를 듣는 진리의 공간이다. 옴은 인간학이다. 옴은 참을 수 없는 존재의 가려움이자, 음란하고 발칙한 상상력의 시적 공간이다. 옴은 화염인 동시에 화엄, 즉 양가성을 띤 의미의 장소이다. 옴은 파르마콘이기도 한데, 그것은 선과 악이 공존하는 마성적인 공간인 까닭에 그러하다. 세세한 사연들이 옹두리에 기입되고, 또 옴이라는 다성의 음률로 발화된다.

말하자면 구상 시인의 「모과 옹두리에도 사연이」 연작은 "시와 그 진실이 일치하는 삶"(「연작 26」 중)의 지대를 진솔하게 표백한 가열한 생의 언어이자, 그 언어를 진리로 고양시키는 깨달음의 결정체라 하겠다.

오늘도 상처가 기입된 옹두리에 시선을 고정시킨다. 다가간다. 어루만진다. 삶이 묻어 나온다. 가열한 한 생의 의미가 탐구된다. 시간이 흐른다. 가뭇없는 길 위에서 하염없이 바라다본다. 존재가 가려운 것은 단지 소양증 때문만은 아니다. 존재란 그 자체로 불완전한 옴의 표상이고, 이미 그 미완의 옴에 포획된 채 진리와 세속적인 욕망 사이에서 방황하는 숙명의 타자이다. 운명의 목소리가 들린다. 마치 옹두리가 인간학에 기입된 파열음을 촉지하는 객관적 상관물이듯이, 시인의 그것은 "불안, 권태, 구토, 소외" 등의 심연에 자리한 그 무엇인가를 가려움이라고 명명하면서, 인간학적인 진실에 육박해 가고 있다.

영육이 분리된 듯 허무하다. 까닭은 영과 육 사이에 전혀 다른 종류의 가려움이 생의 표현법으로 자리하고 있기 때문이다. 옴이 전이된다. 마치 향락의 전이가 영육의 온전한 체계를 마구 헤집어 정상과 비정상의 경계를 무화시키는 것처럼, 시인은 옴의 전이를 통해서 영혼과 육체의 현주소를 존재의 가려움으로 성찰하고 있다. 영혼의 간절한 가려움이 "허망감"으로 회귀하는 음란한 상상의 공간으로의 전이라면, 육체적 존재가 반드시 겪어야만 하는 소양증은 생명의 한계 상황에 맞닥트린 존재의 위기이다.

그러다 문득 인간학적 사태가 바로 깨달음을 매개시킨 과정의 산물임을 알게 된다. 따라서 존재의 가려움은 인간학적 진실에 이르는 일종의 묘약인데, 그것이 바로 정신과 몸 사이의 매개된 옴에 관한 존재론적 토포스이자, 인간학적 진실을 알게 되는 찰나, 즉 자기의 위치이다. 다시 말해서 옴이 깨달음에 이르면 진리의 장소로 고양되고, 그것이 음란의 지대에 도달하면 삶을 구원하는 묘약이 된다. 마치 똥막대기가 화엄의 진리를 깨닫는 절대성을 지시하고 있는 것처럼, 시인은 지독한 가려움을 유발하는 피부병의 일종인 옴을 통해서 편견에 사로잡힌 통념을 일거에 무너트려 인간학적 삶의 양식 전체를 알레고리화하고 있다.

　보는 관점에 따라 옴은 지혜의 장소이기도 하고, 고통의 공간이기도 하다. 어쩌면 조르주 깡길렘이 『정상과 병리』에서 말한 것처럼, 정상과 병리의 한계를 정확하게 인위적으로 구획 정리하는 것이 불가능할지도 모른다. 왜냐하면 시선점이 응결되는 방식에 따라 옴의 정체가 다양한 스펙트럼을 드러내 보여주기 때문이다. 존재의 가려움이 육체성에 기인할 때 옴은 소양증의 원인이지만, 그것이 정신의 높이로 고양되어 삶의 참모습을 응시하는 순간, 옴은 인간학의 세세한 사연들을 드러내 보여주는 진실의 장소가 될 수 있기 때문이다.

임종예습臨終豫習

흰 홑이불에 덮여
앰뷸런스에 실려 간다.

밤하늘이 거꾸로 발밑에 드리우며
죽음의 아슬한 수렁을 짓는다.

이 채로 굳어 뻗어진 내 송장과
사그러져 앙상한 내 해골이 떠오른다.

돌이켜보아야 착오투성이 한평생
영원의 동산에다 꽃 피울 사랑커녕
땀과 눈물의 새싹도 못 지녔다.

이제 허둥댔자 부질없는 노릇이지…

'아버지, 저의 영혼을
당신 손에 맡기나이다'

시늉만 했지 옳게 섬기지는 못한
그분의 최후 말씀을 부지중 외우면서
나는 모든 상념에서 벗어난다.

또 숨이 차온다.

당신에게 이르는 행로 혹은 이 세계와의 이별법

생명이 있는 것은 그 고하를 막론하고 대타자 앞에 이르러 반드시 죽음 제의를 거행하게 된다. 진리의 저쪽 혹은 진실에 이르는 황홀한 순간. 물론 시인의 그것이 삶과 죽음 사이의 거리를 확보하는 존재론적 태도에 관한 문제인 것만은 분명하지만, 어찌 그것이 소멸, 즉 무의 의지가 적극적으로 현시되는 공포의 상황만을 의미하겠는가? 우리는 저 장엄한 죽음의 구경究竟을 위해 존재하는 시간의 타자이다.

숨이 차오르고, 회오悔悟의 시간이 흐른다. 문득 생의 마지막 순간일지도 모른다는 불안감에 휩싸인다. 주마등처럼 이제까지 살아왔던 시간의 흔적들이 파노라마처럼 눈앞에 펼쳐진다. 좀 더 긴 '여기'라는 현장의 시간을 향유하며 살아왔지만, 삶은 늘 미지의 주름에 얼기설기 얽혀 그리 아름답지만은 않다.

구상 시인에게 산다는 것은 늘 미완의 과제, 즉 후회와 미련의 감정들이 산적된 잔여의 운동인지도 모른다. 저 지고한 말씀의 뜻에 따라 살지 않았으며, 늘 삶의 뒷면에 시간의 불길한 그림자를 남겨 징환에 휩싸이게 된다. 도대체 어떤 삶의 문양을 견지할 때 가장 잘 살아낸 삶인가? 시인의 길은 멀고도 험하다. 까닭은 진리의 말씀과 시말 사이에 놓여 있는 균열을 봉합하는 것이 그리 쉽지 않기 때문이다.

자기 분열을 확인하는 과정이 시인에게 허여된 삶의 과정이라면, 시인은 어떤 기호와 마주선 운명의 타자인가? 구상 시인의 「임종예습」은 진리를 구현하는 "사랑"의 현주소를 점검하면서, 자신에게 속했던 생에의 시간을 거짓 "시늉"이라고 간주하면서 말씀의 실재가 무엇인지 깨닫게 된다. 비록 시인의 그것이 "죽음의 아슬한 수렁"에서 성찰하는 한평생의 삶이기는 하지만, 이는 참된 삶의 의미를 성찰하게 되는 결정적인 순간이라 하겠다.

　　"최후 말씀"이 죽음에 매개된다. 삶과 죽음의 경계 혹은 진리의 문턱. 나는 진정 말씀대로 살아왔는가? 그저 헛"시늉"하며 살아왔지 진실을 알지도 말하지도 못한다. 따라서 이 세계와의 이별법은 당신에게 이르는 참된 존재의 여정이자, 말씀과 삶 사이에 가로놓인 무수한 균열을 봉합하는 진정한 사랑의 실천적 행위인데, 이는 시말이 말해야 할 최후의 전언이다. 때론 말과 진리 사이에 놓여 있는 미지의 기호를 찾아 번민의 나날들을 허비하면서, 때론 이 세계가 "최후 말씀"으로 육화된 진리의 공간임을 직감하면서, 구상 시인은 참된 자아를 찾아가고 있다.

　　참회의 눈물이 흘러내렸으며 마침내 참된 회개가 이루어진다. '아등바등 "허둥"대며 아버지의 말씀대로 살지 않았습니다.' 역시 "숨"이 차오른다. 고백은 간절하고 진리에 이르는 길은 멀고도 험하다. 비록 지상의 이별은 생이 아닌 형식으로 귀의하는 소천의 방식을 취하고 있지만, 그것은 인간이 진리에 도달할 수 있는 유일한 방법이다. 이 세계를 "영원의 동산"으로 만들어 온누리를 사랑으로 그득 채우지도 못했으며, "땀과 눈물의 새싹"조차 가슴에 지니지 못한 채 살아왔음을 비로소 고백하기에 이른다.

물론 일련의 시말들이 삶과 죽음의 기로에 놓인 임종의 순간을 진솔하게 그려내고 있지만, 따라서 시인의 그것이 신 앞에 "착오투성이"로 살아온 "한평생"의 삶을 회개하는 것처럼 비추어지지만, 시인이 전개한 일련의 시말운동은 참된 자아를 찾아가는 필연의 과정임에 틀림없다. 미처 다 말하지 못했던 회한의 말들이 비로소 발화된다. 신 앞에 단독자가 되어 간절히 기도를 올리며 오예로 가득 찬 부끄러운 삶을 살아왔음을 자복하며 스스로를 죄인으로 지목하기에 이른다.

시인은 깨달음에 이르는 구도자이다. 시인은 말-사태를 진리-말씀으로 코드 변환시켜 이 세계가 진리와 같은 방식으로 구조를 이루고 있음을 증명하는 자이다. 시인은 말을 정련하는 일종의 언어의 연금술사이지만, 그 말이 곧 진리를 육박하는 말씀이라고 고지하는 선지자이기도 하다.

따라서 시인은 성자이다. 비록 시인에게 남은 생의 시간이 그리 많지 않은 것처럼 보이지만, 따라서 숨이 가쁘고 혼절도 하며 죽음의 언저리를 배회하는 절명의 시간만이 잔여의 삶으로 남아 있지만, 역으로 그것은 "착오투성이 한평생"을 반성하는 참된 의미의 시간이라 하겠다.

시인은 점점 깨달음의 진리에 도달하여 이 세계가 진리의 구성물임을 역설적으로 드러내 보여주고 있다. 임종 연습을 하는 생의 마지막 순간에 말이다.

목숨이여

– Mehr Licht

살이 잎새 되고
뼈가 줄기 되어

가슴이 사랑의
도가니 되어

붉은 피로
꽃 한 떨기 피우는 날엔

차라리 님의
심장 데우도록

비린내 나는 운명도
향내를 풍기오리니

목숨이여
목숨이여

목숨이여
목숨이여

마음이 하늘 같은
거울이 되어

어마, 님의 얼굴
비최이도록

생명과 빛의 노래 혹은 사랑이 머물던 자리

사랑을 최고의 원리로 설파했던 예수의 시대로 되돌아가 사랑이 진리의 모든 빛이자, 생명의 원리임을 주장하고 있다. 물론 시인의 그것이 독일 대문호 괴테의 어디쯤을 몽상하면서 점점 차가워져 "목숨"의 의미를 반조하고 있지만, 따라서 시인의 그것이 사랑의 덧없음을 빛과 공명시켜 영원에 도달하기를 열망하고 있지만, 어쩌면 그것은 인류가 지향해야 할 최고의 가치이자, 자본의 노예로 점점 물화되어 가는 현대 사회를 치유할 수 있는 유일한 방어막인지도 모른다.

그러나 그러한 시인의 바람에도 불구하고 생명을 경시하는 풍조가 만연해 있으며, 더더욱 사랑의 숭고한 음률을 노래하지 않는다. 점점 더 이 세계가 자본의 도구적 이성에 의해 문화 전체를 냉혹한 자본적 가치로 수렴시켜 가기 때문이다. 물화된다. 모든 것이 물화되어 생명의 숭고한 가치를 사산시켜 버린다.

말하자면 21세기는 자본과 욕망이 교묘하게 변주된 비인간화의 극단으로 치달아 갈 뿐만 아니라, 사랑의 묘법 전체를 부정성이나 이질성의 향유로 묘사하기에 이른다. 괴테가 노래했던 "빛Licht"에 관한 긍정의 전언은 사라진 지 이미 오래고, 이 세계는 그저 "비린내 나는 운명"과 공명하는 몰락의 징후로만 표현된다. 썩고 상하여 사랑이 완전히 사라진다. 21세기를 살아가는 현대인에게 육화incanation의 사랑은 믿을 수 없는 진실일 뿐만 아니라, 한낱 진부한 도그마에 지니지 않다.

그런데 구상 시인은 모든 것들을 물화시키는 현대의 징후를 "목숨"이라는 너무도 당연한 생명의 원리로 포월하면서, 인간과 세계 사이에 놓여 있는 균열을 봉합하고 있다. 목숨은 이 세계를 지탱하는 근원이다. 목숨은 존재의 빛이다. 목숨은 진리가 발화되는 최적의 장소이자, 마음이 전이되는 육화의 실재이다. "마음"이 "하늘"에 가닿아 진리가 발현된다. 까닭은 육화의 논리, 즉 "살이 잎새"가 되고, "뼈"가 "줄기"가 되는 생명의 논리는 "목숨"을 진리의 말씀으로 응결시키는 숭고한 행위이기 때문이다. 설령 이 세계가 비린내 나는 오욕의 구렁텅이인 것만은 분명하지만, 따라서 대속적인 죽음과 "붉은 피"의 희생 제의를 통해서만 "꽃 한 떨기"를 제대로 피울 수 있지만, 시인의 그것은 모든 의미의 작용을 저 빛이라고 명명되는 로고스에 응고시켜 목숨의 노래를 사랑의 노래로 고양시키고 있다.

오늘도 "목숨이여"를 되뇌며 빛이 있었던 최초의 순간을 몽상한다. 마치 빛이 사랑의 형식으로 이 세계에 들어왔던 것처럼, 시인의 그것은 저마다 손익계산서를 가슴에 지니고 사는 차가운 현대인들에게 사랑의 "심장"을 데워, 이 세계가 생명 그 자체임을 노래하고 있다. 생명의 전이 혹은 사랑의 교감. 구상 시인에게 목숨은 뜨거운 생에의 감각을 일깨우는 존재의 빛인 동시에 가슴과 가슴이 공명하는 상생의 리듬이기도 하다. 왜냐하면 목숨은 이 세계를 기술하는 최초의 동력인이자, 진리를 실재로 증명하는 최적의 장소이기 때문이다. 목숨이 있는 곳에 사랑이 있고, 또 이 세계를 비추는 빛, 즉 진리가 있다. 마치 목숨이 표현되는 장소가 생명과 빛이 상호 변주 육화되는 말씀의 공간인 것처럼, 시인은 그 모든 생명의 흔적을 사랑과 빛에 응고시킨 채 절대자로 표상되는 "님"의 정체를 탐문하고 있다.

그렇다면 시인이 언표한 님은 누구이고, 또 생은 어디서 오는 실재의 작용인가? 단언컨대 목숨은 님이고, 생명이고, 진리이자, 이 세계를 구성하는 절대자이다. 어쩌면 시인은 사랑의 불을 지펴 생명의 혼을 불어넣는 대장장이 헤파이스토스인지도 모른다. 아니 피와 살의 육화를 꿈꾸는 시인은 화육의 화신이자, 생명을 주재하는 주체이다. 때론 차갑게 냉기가 흐르는 이 세계를 "사랑의/도가니"로 데우면서, 때론 이 세계 전체를 "향내" 풍기는 아름다운 공간으로 승화시키면서, 시인은 이 세계 전체가 생명의 빛과 말씀으로 더욱 환하게 빛나는 사랑의 공간이기를 열망하고 있다.

인류의 맹점盲點에서

시방 세계는 짙은 어둠에 덮여 있다.
그 칠흑 속 지구의 이곳저곳에서는
구급을 호소하는 비상경보가 들려온다.

온 세상이 문명의 이기利器로 차 있고
자유에 취한 사상들이 서로 다투어
매미와 개구리들처럼 요란을 떨지만
세계는 마치 나침반이 고장난 배처럼
중심도 방향도 잃고 흔들리고 있다.

한편 이 속에서도 태평을 누린달까?
황금 송아지를 만들어 섬기는 무리들이
사기와 도박과 승부와 향락에 취해서
이 전율할 밤을 한껏 탐닉하고 있다.

내가 이 속에서 할 수 있는 일은
무엇일까?
저들에게 새 십계명은 무엇일까?
아니, 새것이 있을 리가 없고
바로 그 십계판을 누가 어떻게
던져야 하는가?

여기에 이르면 판단정지!
오직 전능과 무한량한 자비에
맡기고 빌 뿐이다.

향락 : 문명과 자본의 꿀이 흐르는 이 세계

오늘이라는 하루의 시간을 어떠한 방식으로 살아가야 하는가? 카르페 디엠, 즉 오늘을 즐기라느니, 혹은 욜로나 소확행이 대세인 소비지향적인 시대에 진정한 삶의 향유는 어떠해야 하는가? 잘 모르겠다. 진실과 향유 사이의 거리 혹은 혼곤한 진리에의 여정. 아무튼 현대성, 즉 자본의 논리가 지배하는 현대 사회는 더 이상 낭만과 사랑을 지향하지 않을 뿐만 아니라, 인간학의 척도를 물질에 두어 이 세계 전체를 물화시키고 있는 것만은 분명하다.

기도가 저 하늘에 닿지 못한다. 까닭은 늘 "황금 송아지"로 표상되는 물욕에 눈이 멀어 진리에 접근하는 통로가 차폐로 가로막혀 있기 때문이다. 다시 기도를 올리며 묵상에 잠긴 채 이 세계가 생성된 근원으로 되돌아가 인간과 세계 사이의 균열을 응시하게 된다. 저 하늘의 별은 어떤 이념의 실재이고, 또 가열한 욕망을 표상하는 "문명의 이기利器"는 무엇인가? 온 세상이 "비상경보"로 소란스럽고 혼효하다. 칠흑 같은 "어둠"이 침전되었으며, 마침내 음탕한 "향락"만을 "탐닉"한 채 이 세계가 진리의 말씀대로 살아가지 않는다는 사실만을 눈앞에서 확인하게 된다.

개인화된 욕망에 흔들려 삶의 "방향"을 완전히 잃어버렸으며, 모든 판단의 중심에 물질이 위치하게 된다. 대저 참된 존재란 무엇인가? 나는 왜 미망의 덫 속에서 진리를 응시하는 운명의 타자여야만 하는가? 특히 구상 시인의 시말운동은 시종일관 참된 자아를 찾는 존재의 여정을 육화시키고 있는데, 그것이 바로 시 「인류의 맹점盲點에서」의 정체이다. 이 세계의 참된 "중심"을 세우고 또 인간학적 진실을 탐문하기에 이른다. 물론 니체가 선언한 것처럼 이미 신은 죽은 지 오래고, "자유에 취한 사상"만이 진리의 접근법을 추인하는 것처럼 보이지만, 시인은 십계명이 생성된 시원으로 회귀해 인류의 참된 근원을 성찰하고 있다.

때론 "인류의 맹점"에 기입된 불길한 징조들을 내밀하게 응시하면서, 때론 "전능과 무한량한 자비" 사이에 노정된 사랑의 진실을 헤아리면서, 시인은 참된 존재의 길이 무엇인지를 참구하고 있다. 이 세계는 결코 "태평"스러운 자유의 공간이 아니다. 이 세계는 "전율할 밤", 즉 향락의 공간이자, "사기와 도박과 승부"가 어우러진 환상의 공간이다. 이 세계는 "매미와 개구리"의 합창과 공명하는 요란한 세상일 뿐만 아니라, 참된 진리의 길을 믿지 않는다. 그저 방종하고, 향락에 빠졌으며, 마침내 "황금 송아지"를 진리처럼 떠받들기에 이른다.

그런데 구상 시인은 "시방 세계"에 드리워진 암울한 징조를 "인류의 맹점"이라고 간주하면서, 태초의 말씀이 시현되는 진리의 공간을 동경하고 있다. 물론 인류의 맹점이 존재가 처한 근원적인 맹점인 것처럼 보이지만, 따라서 신적 의지와 인간 사이에 봉합이 불가능한 치명적인 균열이 잠재해 이 세계의 모순을 해결할 수 없는 것처럼 느껴지기도 하지만, 시인은 십계명이 내려지던 섭리의 순간을 몽상하면서 참된 존재의 길을 찾아 떠나고 있다.

　어쩌면 인류가 처한 존재론적인 운명은 완전과 불완전 사이에서 존재의 길을 잃고 헤매는 천형의 길 그 자체인지도 모른다. 아니 보다 정확하게 말해서 인류의 맹점은 선험적으로 가정된 존재의 길일 뿐만 아니라, 이미 예정된 인류의 운명인지도 모른다. 왜냐하면 인류는 창조하는 자가 아니라, 창조된 피조물에 지나지 않기 때문이다. 따라서 표면적으로 볼 때, 향락의 추구가 생의 목적이고, 삶의 진실이 포획되는 최상의 순간인지도 모른다. 까닭은 21세기를 살아가는 인간들에게 물질적 욕망과 감각의 전이가 지상 최대의 과제이기 때문이다.

　그러나 그러한 천근한 욕망이 지배하는 현실에도 불구하고 구상 시인은 늘 "새 십계명"으로 척박한 이 세계를 구원하기를 열망하고 있다. 시인은 모세이다. 시인은 영혼의 사도이다. 시인은 이 세계의 중심을 잡아 주는 선지자이자, 구원자이다. 시인은 말-세계를 진리로 구축하는 자이다. 시인은 인류의 맹점에 서서 시대의 운명을 진단하는 숙명의 사도이다. 특히 구상 시인이 전개한 일련의 시말운동은 진리의 전언과 마주선 종교적인 심성을 발화시킨 구원의 목소리, 즉 인간의 양심을 일깨우는 천상의 음성임에 틀림없다.

노부부 老夫婦

아름다운 오해로
출발하여
참담惨憺한 이해에
도달했달까!

우리는 이제
자신보다도 상대방을
더 잘 안다.

그리고 오히려
무언無言으로 말하고
말로서 침묵한다.

서로가 살아오면서
야금야금 시시해지고
데데해져서
아주 초라해진 지금

두 사람은 안팎이
몹시 닮았다.

오가는 정이야 그저
해묵은 된장맛…

하지만 이제사
우리의 만남은
영원에 이어졌다.

사랑의 역설 : 오해와 이해 사이에 기입된 침묵의 말

해로偕老, 즉 함께 늙어 간다는 말을 들으면 왠지 가슴이 아련한 듯 훈훈해지는 것 같다. 물론 수많은 시행착오를 겪었고, 또 그로 인해 갈등을 겪으며, "아름다운 오해"가 "참담惨憺한 오해"로 귀결하는 경우가 대부분이었다. 그러나 그러한 사실에도 불구하고 아름다운 청춘 남녀가 만나 사랑하고 결혼하여 함께 파뿌리로 늙어 간다는 것은 그 자체로 이 세상의 가장 아름다운 서사의 한 장면인 것 같다.

황혼의 저물녘 노을에 기댄 노부부의 잔영이 떠오른다. 문득 예이츠의 시 「술의 노래」를 허밍하듯이 읊조린다. 사랑의 심연에 미처 발화되지 못했던 영원의 초상을 응결시킨다. 도대체 왜 우리는 열렬하게 사랑하다, 그것을 한때의 감정으로 치부하며 그 사랑의 의미를 훼손하는 오해를 만들어 파국에 이르는가? 사랑은 소유의 대상이 아니라 오해로 시작해서 이해에 도달하는 "침묵"의 전언이라는 사실을 직감하게 된다. 물론 시인이 말한 것처럼, 오해는 아름답고 이해는 참담한 결과를 낳을지도 모른다.

그러나 허망한 종말이 예고된 사랑의 운명적 형식에도 불구하고 우리는 늘 위반의 경제학적 지평 위에서 새로운 사랑의 형식을 도발하며 인간학 전체를 승화의 형식으로 고양시키기에 이른다. 이를테면 구상 시인의 사랑은 시간을 요동치게 만드는 파동이자, 열역학 제2의 법칙의 위반이기도 한데, 그 위반과 파열을 통해서만 인간학을 재배열시켜 승화라는 숭고의 감정 상태에 도달할 수 있기 때문이다. 따라서 사랑의 심연에는 늘 오해라는 불순물이 침전되어 있는데, 그 오해야말로 진정한 이해에 도달하게 만드는 사랑의 시발점이다.

그러나 사랑의 공식은 역설에 사로잡힌 존재의 상징적인 주름인 까닭에 그것을 쉽게 풀어내어 진정한 이해에 도달하기 쉽지 않다. 그것을 곧게 펴 온전하게 드러내 보여주는 것은 불가능에 가까울 뿐만 아니라, 늘 오해로 인해 인륜적 사랑 전체를 파국으로 몰고 가거나 모든 이해를 파열 해체시키는 경우가 다반사이다. 오해의 이해로의 전복 혹은 오래된 "정", 오해로 판명 나는 지점에서 생성되는 오묘한 감성이 시간에 의해 "해묵은 된장맛"처럼 발효되는데, 그것이 노부부가 깨달은 사랑의 실재이다. 도저히 설명할 수 없고, 그저 단지 눈으로 오감으로 전이되었던 감각을 숭고한 인륜성으로 승화시키는 바로 그 지점에 사랑, 즉 참된 이해의 의미가 색인되어 있는지도 모른다.

타자의 목소리 혹은 위반의 정치경제학적 지평. 분명 사랑의 궁극적인 목적은 감각의 위반을 도발하는 강렬한 향유이지만, 사랑은 세대를 이어가게 하는 숙명을 완수하는 삶의 표상이자, 그 모든 불완전한 징후를 이해로 포괄하는 승화의 형식이기도 하다. 따라서 사랑은 삶을 대하는 반어적 태도, 즉 인륜성으로 무장한 존재의 위반, 즉 오해와 이해 사이의 존재론적 거리이다. 물론 그 모든 말–사태가 사랑을 매개로 이룩되지만, 인간학적 지평을 응결시키는 인륜성 그 자체가 사랑의 표현법을 완성시키는 것으로 간주되는 것 또한 사실이지만, 대저 "영원"으로 고양되는 저 사랑의 외연과 심연은 어떤 진실을 지시하는가?

인간학이란 승화라는 고난의 여정 속에 스며 있는 반어의 담론이다. 인륜성이 강조된다. 까닭은 부부(혹은 마르크스적 의미의 신성가족)가 생성과 소멸의 변증법적 운동을 구축하는 인륜의 확고한 토대이기 때문이다. 특히 구상 시인의 시 「노부부」는 승화의 참된 형식으로 간주되는 사랑의 의미를 반추하면서 노부부의 참된 사랑을 진지하게 되묻는 존재의 언어라 하겠다.

물론 사랑의 형식 내부에 늘 저 반어에 가까운 역설들이 난무하지만, 따라서 사랑은 그 형식 고하를 막론하고 파열음을 양산하는 모순의 경향을 띠기까지 하지만, 시인은 사랑의 전언 전체를 구경적 태도로 조응하면서, 사랑의 형식을 인륜성으로 고양시키고 있다. 서로가 서로를 위무하며 참된 이해의 경지에 도달해 가고 있다. 아름다운 도반이 되어 침묵의 전언으로 염화미소하는 것이 인륜적 사랑의 실체이다. 분명 노부부는 황혼에 기댄 채 "영원"을 응시하며 마음 깊숙이 상호 이해의 경지에 도달했을 것이다.

2

생명의 여율

가장 사나운 짐승

내가 다섯 해나 살다가 온
하와이 호놀룰루시의 동물원,
철책과 철망 속에는

여러 가지 종류의 짐승과 새들이
길러지고 있었는데

지금도 잊혀지지 않는 것은
그 구경거리의 마지막 코스
"가장 사나운 짐승"이라는
팻말이 붙은 한 우리 속에는
대문짝만한 큰 거울이 놓여 있어
들여다보는 사람들로 하여금
찔끔 놀라게 하는데

오늘날 우리도 때마다
거울에다 얼굴도 마음도 비춰 보면서
스스로가 사납고도 고약한 짐승이
되지나 않았는지 살펴볼 일이다.

반조, 나는 너희가 한 일을 알고 있다

　　나는 이 세계의 거울이다. 나는 시인이고, 말의 주체이자, 인간학을 주재하는 절대의 언어, 즉 진리의 실재이다. 나는 진실만을 말하고, 너는 거짓을 말한다. 너희는 너희가 한 행동을 망각하고, 나는 너희들의 행위를 모두 기억한다. 나는 너희들에게 존재의 집을 일깨우는 의식의 거울이다. 너와 나 사이의 균열 혹은 존재의 거울에 투영된 야만성. 거울은 인간학이 비로소 시작하는 존재의 반성이다.

　　인간은 어떤 의미의 존재인가? 아름다움은 어떤 진실을 육화시킨 이 세계의 표정인가? 문득 『백설공주』의 한 장면이 떠오른다. 시인은 동화적 상상력과 "가장 무서운 동물" 사이에 거울을 매개시켜 너라는 타자에 응고된 인간학적 진실을 심문하고 있다. 백설공주의 요술 거울magic mirror에 "Mirror, mirror, on the wall, who is the fairest of them all?" 하고 주문을 외워 본다. 이 세상에 가장 아름다운 사람은 누구인가? wicked와 fairest 사이의 거리는 어느 만큼이며, 우리는 무엇을 일러 아름다움이라고 하고 또 사악하다 말하는가?

　　참된 의식의 거울을 통해서 미추와 선악을 가르는 분할선을 추적하지만, 그 모든 것들은 상황이 만든 역설의 구조일 따름이지, 그 명확한 경계선을 설정하는 것이 그리 쉽지 않다. 선은 선이 아니고, 악과 추함 또한 늘 그 자체로 존재하는 동일한 것이 아니다. 절대라는 기준을 세울 수 없다. 절대라는 믿음의 체계가 붕괴되었으며, 마침내 인간학 전체가 "사납고도 고약한 짐승"으로 물화되기에 이른다.

너는 짐승이고 나는 거울이다. 나는 너희들이 한 일을 다 알고 있을 뿐만 아니라, 인간학이 어떤 의미의 구조로 타락해 가는지를 정확하게 보아 알고 있다. 무한경쟁 속으로 내몰린다. 21세기의 정치경제학적 지평은 반성을 요구하지 않을 뿐만 아니라, 인간학과 세계 사이의 치명적인 균열을 그럴싸한 이미지로 봉합한 가면의 공간이다. 겉만 번드르르하게 화려했지, 기실 "얼굴"이나 "마음"의 본색은 타락해 추하기까지 하다.

그러나 무의식의 심연에 침전된 참된 존재의 거울은 그냥 억압된 채 사라지지 않는다. 그것은 잊힌 채 망각의 자리에 머물러 있는 듯이 보이지만, 결코 영원의 침묵으로 봉인되지 않는다. 그것은 언젠가 발화될 존재의 참된 목소리이다. 물론 인간적 진실이 "철책과 철망"에 가려 그 전모를 명명백백하게 드러내는 것이 그리 쉽지만은 않지만, 따라서 의식의 바깥에 너무도 견고한 가면이 둘러쳐져 그 본색이 무엇인지 전혀 알 길이 없지만, 구상 시인은 우리 모두를 비추는 요술 거울을 시말 속에 응고시키면서, 참된 인간의 본성이 무엇인지를 반조하고 있다.

의식의 요술 거울은 너희가 한 모든 일을 잘 알고 있을 뿐만 아니라, 이 세상에서 가장 아름다운 것이 무엇인지 안다. 그것은 시인의 "마음"이다. 그것은 낮빛에 투영된 참된 존재의 얼굴이자, 이 세계가 잃어버리지 말아야 할 최후의 보루이다. 어쩌면 시인의 그것은 너무도 쉽게 마음을 훼절하며 살아가는 현대인의 초상을 통렬하게 비판하고 있는 지도 모른다. 따라서 "가장 사나운 짐승"은 너인 동시에 나이고, 우리 의식의 심연에 잠재해 있는 불길한 존재의 그림자이다.

"Mirror mirror on the wall, who is the fairest of them all?" 오늘도 요술 거울을 보며 주문을 외워 본다. 이 세계를 아름답게 만들 방법은 무엇인가? 아마 구상 시인이 평생을 고민했던 과제가 그것이 아니었던가 싶다. 자신만의 내밀한 의식을 거울 속에 반조하며, 나는 너희들이 한 일을 다 알고 있다고 말했지 싶다. 그리고 요술 거울에 주문을 외면서 스스로를 투영시키며 자신의 살아온 삶–시간–세계를 반성하라고 요구하고 있지 싶다.

귀뚜라미

입동立冬도 지난 어느 날 밤
한잠에서 깨어나니
창밖 뜰 어디서
귀뚜라미 우는 소리가 들린다.

저 소리는 운다鳴기보다
목숨을 깎고 저미는 소리랄까?
쇠잔한 목숨의 신음소리랄까!

문득 그 소리가
내 가슴속에서도 울려 온다.
내 가슴속 어느 구석에도
귀뚜라미가 숨어 사나 보다.

머지않을 나의 죽음이 떠오른다.
이즈막 나의 시가 떠오른다.

명鳴과 명命 사이에 위치한 공명共鳴의 노래

　　시간의 선율은 공평하지 않다. 구상 시인의 「귀뚜라미」를 대한 순간, 문득 한유의 「송맹동야서送孟東野序」에 언표된 명론鳴論, 즉 인간학적 운명에 관한 진솔한 고백이 머리를 스치듯 지나간다. 당나라 문장가 한유는 "명어천命於天"이라고 했다. 더불어 "물불득기평칙명物不得其平則鳴(만물은 공평치 않으면 운다)"이라고 언명하기도 했다. 명命과 명鳴 사이의 인간학적 거리 혹은 참된 언어에 기입된 운명의 목소리. 대저 천명은 무엇이고, 시에 주름진 삶과 죽음 사이의 거리는 어느 만큼인가? 시인이 "귀뚜라미" 울음소리를 들으며 시와 죽음을 떠올릴 때, 시말이 감당해야 하는 진정한 몫은 무엇인가?

　　목숨은 하늘에 달려 있지, 인간에게 속한 것이 결코 아니다. 시간이 여여하게 흐른다. 더불어 생명에 속했던 것들도 여지없이 이울어 시간의 타자로 몰락하게 된다. 물론 인간학이 표현되는 언어의 장소가 한유가 말한 "부득기평不得其平"한 곳에서 생성된 파열의 음성인 것만은 분명하지만, 구상 시인이 시말 속에 응고시킨 "저 소리"의 참된 정체는 무엇인가? 아득한 생의 저편에서 "목숨을 깎고 저미는 소리"가 애잔하게 들려온다. 사라진다. 아마 이는 소멸에의 고통을 야기하는 운명의 소리인지도 모른다.

운다. 소리에 붙들린다. 그것은 분명 사라짐을 야기하는 운명의 목소리일 게다. 소크라테스에게 늘 이성을 응시하도록 운명 지어진 '등에'라는 멍에가 존재했었듯이, 구상 시인에겐 시와 생의 조건법을 성찰하게 만드는 "귀뚜라미"가 있다. 생명의 노래가 슬픔이나 죽음의 노래로 변이되었으며, 마침내 시선점이 "쇠잔한 목숨"에 집중되기에 이른다. 모든 생명의 노래는 반드시 "가슴"의 심연에 미처 발설하지 못했었던 미지의 기호를 남겨놓게 되는데, 그것이 바로 울음에 응고된 말의 정체이다. 그렇다면 도대체 저 "신음소리"의 정체는 무엇이며, 울음은 어떠한 존재론적 비의와 마주선 생의 단면도인가?

가뭇없이 사라져 시간에 속했던 모든 것들이 무의 표현법으로 완수하게 된다. 어쩌면 인간학은 무를 성취시키는, "죽음"으로 탄화되는, 따라서 죽음과 시 사이에 미지의 기호를 매개시키는 운명의 소리인지도 모른다. 회한으로 점철되었던 명鳴과 명命 사이의 균열을 매만지게 되었으며, 마침내 시간의 저쪽으로 의미의 체계를 부려 놓는 것으로 시간의 시가 완료된다. 미망에 가닿는다. 아니 보다 정확하게 말해서 운명과 공명했던 슬픔의 소리는 죽음의 소리로 변주되어 잔여를 남겨놓게 되는데, 그것이 바로 시인의 의식에 포획된 울음의 정체이다.

무엇인가 공평하지 않으면 운다. 물론 시인의 그것이 애간장을 녹이는 귀뚜라미 소리를 통해서 명鳴과 명命 사이의 거리를 가늠한 것이지만, 따라서 인간학은 한퇴지가 말한 저 '부득이不得已'한 것에 접혀진 존재의 주름을 발화시킨 것이라는 사실을 직감하겠지만, 그것은 역으로 생이 표현되는 가장 극렬한 언어의 장소이다. 다시 말해서 인간에게 시는 부득이한 것이 있은 연후에 발화되는 존재의 언어, 즉 생의 접촉면에 기입된 울음을 승화시킨 참된 존재의 양식이라 하겠다. 우리는 저마다 각자의 공명판을 가지고 한세상을 사랑하고 울며 살아가다가 종국에는 적멸에 이르는 운명의 타자, 즉 시의 시간이다.

시간의 소멸과 함께 생에 속했던 모든 것들을 투명하게 기화시키며, 한 세계를 건너는 것으로 그 울음을 종료시키게 된다. 아스클레피오스에게 한 마리의 닭을 봉헌하는 것으로 모든 생에의 의미가 완료 치유된다. 아니 시적 승화는 인간학에 접혀 있는 모든 응어리를 치유하는 지대에서 생성된 말의 숭고한 제의일 뿐만 아니라, 말로써 모든 것을 치유하는 심혼의 언어이다. 그리고 그것이 바로 귀뚜라미에 응고된 말의 진실이다.

그리스도 폴의 강 : 프롤로그

그리스도 폴!
나도 당신처럼 강을
회심回心의 일터로 삼습니다.

하지만 나는 당신처럼
사람들을 등에 업어서
물을 건네주기는커녕
나룻배를 만들어 저을
힘도 재주도 없고

당신처럼 그렇듯 순수한 마음으로
남을 위하여 시중을 들
지향志向도 정침定針도 못 가졌습니다.

또한 나는 강에 나가서도
당신처럼 세상 일체를 끊어버리기는커녕
속정俗情의 밧줄에 칭칭 휘감겨 있어

꼭두각시모양 줄이 잡아당기는 대로
쪼르르, 쪼르르 되돌아서곤 합니다.

그리스도 폴!
이런 내가 당신을 따라
강에 나아갑니다.

당신의 그 단순하고 소박한
수행修行을 흉내라도 내 가노라면
당신이 그 어느 날 지친 끝에
고대하던 사랑의 화신을 만나듯
나의 시도 구원救援의 빛을 보리라는
그런 바람과 믿음 속에서
당신을 따라 강에 나아갑니다.

강가의 인생 : 성자와 속인의 길 사이에서

　　이것이냐 저것이냐 사이에서 선택할 수 있는 단 하나의 길이 있다면, 그것은 아마 전일한 마음이어야 할 것이다. 까닭은 이것과 저것 사이에 매개된 차이란 결국 종이 한 장의 차이도 만들어내지 못할 뿐만 아니라, 결국 인간학 전체를 조율하는 궁극적인 실재가 바로 마음에서 비롯되기 때문이다. 강이 흘러 영원을 향해 천천히 그러나 쉼 없이 흘러 진리의 문턱을 넘어서게 된다.

　　시간의 저 끝에 다다른다. 아니 우리는 누구나 다 시간의 종료와 함께 궁극의 물음 앞에 당도하게 된다. 나는 무엇이고, 너는 또 어떠한 의미의 존재로 이 세계에 위치하는가? 구상 시인의 「그리스도 폴의 강」 연작은 성자와 속인의 길 사이에 놓인 존재의 빛, 즉 "회심回心"과 "구원救援"을 노래하고 있는데, 어쩌면 그것은 구상 시인이 이 세계와 상면해 시말 내부에 포획해야 할 진리의 참모습이다.

　　전일한 마음만으로 진리를 응시한다. 절대자를 어깨에 짊어지고 온 천하를 주유했으며, 시말을 "사랑"의 전언으로 육화시킨다. 시인에게 말은 진리를 압박하는 궁극적 실재이고, "시"는 그 실재를 표현하는 최적의 장소이다. 특히 「그리스도 폴의 강」 연작의 「프롤로그」는 "속정俗情의 밧줄"에 포획된 삶-시간-세계를 아무것에도 훼손되지 않은

"순수한 마음"으로 고양시키면서, 인간이 나아가야 할 참된 모습이 무엇인지 궁구하고 있다.

시와 삶의 일치 혹은 "그리스도 폴"에 매개된 언어의 진실. 구상 시인은 "단순하고 소박한/수행修行"만이 진리의 실재에 도달할 수 있는 유일한 방법이라고 생각한다. 특히 그리스도 폴의 수행은 진리의 참모습을 육화시키는 신실한 믿음의 한 전형이자, 시가 언표해야만 하는 최고의 덕목이다.

그러나 우리네 일상은 늘 성자의 삶과 속인의 삶 사이에서 머뭇거리다 어리석은 선택을 하게 되는데, 물욕에 눈이 멀어 버린 채 사치와 향락에 빠진 오늘이 진리의 현재라고 믿는 경향이 있다.

그러므로 우리는 늘 진리에의 "지향"을 잃고 "정침"을 망각한 채 욕망의 노예로 전락하는 경우가 다반사이다. 우리는 자기만의 향락을 탐닉하는 무기력한 "꼭두각시"이다. 우리는 진리를 불신하는 무뢰한, 즉 이 세계의 불한당이다. 우리는 너라는 대타자를 부르지 않을 뿐만 아니라, 자기만의 작은 이익에 함몰된 채 몰락을 자초하는 운명의 타자이다.

그런데 구상 시인은 이미지의 향유만이 지상 최대의 목적인 현대 세계를 비판적으로 성찰하면서, 이 세계가 바로 진리의 구성체임을 증명해 보이고 있다. 우리는 향락의 소모품이 아니라, 누구나 다 그리스도 폴이 될 수 있다. 우리는 저 진리에의 회심을 통해서, 혹은 명민함이 아니라 우직함과 어눌함을 통해서, 또는 변하지 않는 신실한 성심의 태도를 통해서 "사랑의 화신"으로 다시 태어날 수 있다. 우리는 "바람"의 아들이고, 또 "믿음"의 현신이다.

물론 이 모든 것이 바로 회심이라는 마음의 경유지를 통해서 가능한 것이지만, 따라서 시인이 육화시킨 일련의 시말들은 '오페로'(혹은 그리스도 폴)의 마음에 투사된 진리의 참모습을 현전의 언어로 발화시킨 것 또한 사실이지만, 그것이 바로 진리가 육화되는 현전의 장소, 즉 진리가 실현되는 이 세계의 실상이다. 오페로와 그리스도 폴 사이에 매개된 존재론적인 거리 혹은 회심의 참된 의미. 진리는 마음의 가장 안쪽에 존재하는 순수한 결정체이다.

영원으로 강가에 머물며 하루하루를 성심으로 가득 채운다. 진리는 "당신을 따라 강"으로 나아가는 시인의 마음이다. 진리는 "흉내"를 내는 성모의 마술사의 마음이다. 진리는 마음에서 마음으로 전이되는 거대한 "나룻배", 즉 대승적인 화엄의 정신이다. 진리는 차별하지 않는 사랑이다. 진리는 일체유심조다. 진리는 나의 어리석음을 고백하는 신실한 마음이다. 진리는 오페로의 어깨 위에 얹힌 작은 소년의 무게이다. 진리는 차안과 피안의 거리를 봉합하는 말씀의 무게이다. 진리는 그리스도 폴의 강가를 거닐며 우수에 잠긴 시인의 얼굴이다. 진리는 말씀의 육화, 즉 시다.

오늘도 우리는 진리의 언저리를 무량하게 배회하며 말과 세계 사이에 놓인 균열을 시말로 봉합해 가고 있다. 그것이 바로 시의 운명 앞에 놓인 시인의 존재론적인 무게, 즉 그리스도 폴에게서 깨달은 말씀의 참된 무게이다.

밭 일기 33

러시 아워의 버스 안
수수가 빽빽이 서 있다.

고독한 군중!

모두 피를 흘린다.

근현대인의 고독한 흔들림 : 소외된 노동의 나날

"피"라는 말을 들으면 생명의 강렬한 충동을 느끼기도 하지만, 혹은 진한 형제애를 나누는 혈연의 소중한 친밀감을 표현하는 장면도 연상되지만, 그 무엇보다 피의 상징적 의미는 사투를 벌이거나 경쟁에서 도태되어 죽음의 피를 흘리는 야만의 잔혹한 상태를 떠올리게 된다. 특히 무한 경쟁의 시대를 살아가는 자본 지향적인 현대인에게 검붉은 피는 삶이 아닌 죽음의 기호로 의식 해석된다.

현대인의 하루는 늘 소리 없는 전쟁, 즉 생존 경쟁하며 사투를 벌이고 있다. 오늘도 우리는 만원버스를 타고 분주한 일상을 살아가고 있다. 어떤 이는 노동의 새벽을 밝혀 밭 일기를 쓰고, 또 다른 이는 서사의 세계에 골몰하며 말과 씨름한다. 언어에 표백된 존재의 흔들림 혹은 고독한 영혼의 산책자. 근현대인들에게 산다는 것은 자본에 저당 잡힌 시간의 굴레에서 목숨을 건 투쟁의 연속이다. 이는 더 많은 소유가 꿈을 실현시킬 수 있다는 가상 위에 전개되는 일종의 환상이 실재처럼 간주되기 때문이다.

분명 자본과 이데올로기가 교묘하게 결탁한 근현대의 자본주의 체제는 노동의 소외가 만연해 있는 환멸의 공간을 너무도 당연한 삶의 현실로 간주한 채 치열하게 경쟁만을 부추기고 있다. 따라서 너와 나 사이에 벌어지는 저 "피"의 투쟁은 너무도 당연한 서사적 현실이다. 물론 구상 시인의 시말운동이 진리 앞에 인간학을 접근시키는 것이기는 하지만, 어찌 너 또는 내가 생존하는 이 세계가 "피"의 분열을 일삼는 미망의 공간이 아니라고 단언할 수 있겠는가?.

구상 시인에게 자본의 이념이 체계화된 근대란 "피"를 상징하는 죽음의 세기이다. 따라서 자본의 환상이 실현되는 팍스 코리아나Pax Koreana를 꿈꾸어 보지만, 매양 확인하게 되는 것은 소외와 허무와 권태의 나날들이다. 오늘도 시인은 고독의 자리로 되돌아와 허무와 고독에 침윤된 인간학적 번민을 노래하는데, 그것이 바로 「밭 일기」 연작에 노정된 언어의 진실이다.

그저 바쁜 일상의 시간 속에서 부평초처럼 흔들린다. 물론 그것이 환상이고, 환멸이자, 너 또는 나를 절망의 심연으로 이끄는 이념의 허구적 생산물이겠지만, 이 역시 욕망의 현대성이 직조한 일상의 현실임을 명심해야 한다.

그러므로 현대성을 상징하는 이미저리Imagery 전체가 "피"라는 물질명사에 투사된다. 마치 이데올로기의 허구적 구성물들이 근현대 세계의 이념을 기만의 양식으로 가득 채웠듯이, 우리는 한시도 전쟁, 즉 피의 나날을 보내지 않은 적이 없다. 모두가 고독하고, "모두 피를 흘린다." 따라서 구상 시인에게 근대란 유토피아가 실현되는 아름다운 공간이 결코 아니다. 그것은 자본의 이념으로 포장한 이데올로기의 허구적 구성물일 뿐만 아니라, 너 또는 나를 철저하게 계산된 관계로 몰아가는 차가운 이념의 주구일 뿐이다.

진리의 실재처럼 도구적 이성이 난무했으며, 마침내 고독에 침윤된 채 소외된 노동의 나날들을 무기력하게 허비하는 삶이 일상화되기에 이른다. 어쩌면 시인의 그것은 21세기를 살아가는 현대인들의 삶-시간-세계를 예단하는 존재의 언어인지도 모른다. 왜냐하면 현대의 시공간을 살아간다는 것은 자본이 만들어 놓은 상흔을 반추하는 지난한 삶의 여정의 반복으로 그 체제를 구조화했기 때문이다. 따라서 노동의 나날은 소외로 점철된 기만의 역사일 뿐만 아니라, 너 또는 나를 고독의 한복판으로 데려다주는 환멸의 현실적인 장소이다.

잃어버린 자아 혹은 자본의 노예. 우리는 오늘도 고독한 군중으로 몰락한 채 바쁜 일상을 살아가게 된다. 자기를 잃어버린 채 자본의 환상만을 향유한다. 특히 「밭 일기」 연작이 의미심장한 것은 근현대인들의 삶-시간-세계를 포획하는 존재의 언어가 일상적인 삶 속에 가감 없이 육화되었기 때문이다. 속도가 지배한 근대의 공간을 아날로그적인 노동의 운동으로 대위시켰으며, 너 또는 나를 숭고한 이념의 공간으로 데려다준다. 이를테면 구상 시인의 「밭 일기」 연작에 언표된 일련의 시말운동은 원근법적인 시선에 포획된 인간학의 징후를 일상의 삶에 내파시키면서, 너 또는 나를 무한의 어디쯤으로 데려다주게 되는데, 그것이 바로 노동의 삶에 응고된 인간학의 진실이다.

만약 현대의 삶이 그와 같다면, 우리는 어디를 향해 질주하는 아포리아의 몸짓인가? 우리는 저 거대한 존재의 밭에서 어떤 의미를 포획하는 타자인가? 자본의 폭력으로 무장한 핏빛의 제의가 펼쳐지는 21세기를 어떤 의미로 건널 때, 참된 노동의 주체가 될 수 있는가?

다만 자본과 이념 사이에 이데올로기라는 숭고함으로 무장한 환멸의 피가 딱딱하게 응고되어 있다는 사실만을 짐작할 따름이다. 우리는 어디로 향하는 마지막 비상구인가? 노동은 가열하고 존재는 이념 앞에서 길을 잃는다. 노동이 노동의 주체를 소외시킨다.

밭 일기 60

우리보다 한 발자국 먼저
아니 태초太初로부터
태양계太陽系를 돌며 돌며
너 받아!
우주宇宙를 유영遊泳하고 있었구나.

우주의 구경 : 일상에 침전된 오독 혹은 세계어

밤하늘의 거대한 우주를 바라보며 진리를 탐험하던 시대의 꿈은 진정 아름답고 숭고했다. 대우주는 소우주이고, 소우주는 대우주의 진실을 탐험하는 의식의 절대적인 통로이다. 일상의 하루하루를 시의 언어로 경작하며 노동의 나날들에 투사된 대우주의 비밀을 하나하나 추적하며 내밀한 존재의 언어를 시말화하고 있다.

이 거대한 우주는 어느 누구에 의해 기획 투사된 실물의 정치경제학인가? 「밭 일기」 연작이 이데올로기의 잔류물을 다양한 서정의 여율로 변주하게 될 때, 그것이 발화시키고 싶은 언어의 궁극적 실재는 무엇인가? 대저 구상 시인은 가열한 생존의 현장을 상징하는 저 "밭"이라는 공간을 통해서 어떤 오독의 세계어를 내밀하게 발화시켰는가? 특히 「밭 일기 34」에서는 "성서 오독"의 문제를, 「밭 일기 35」에서 내밀한 "세계어"를 시말화했을 때, 그것은 이 세계의 어떤 실물을 지시하는 존재의 언어인가?

태초의 시간으로 회귀해 "태양계"와 "밭" 사이에 존재했음직한 거리를 가늠해 본다. 도대체 우주란 무엇인가? 왜 우리는 태양계와 밭 사이에 존재하는 일련의 "무명無明과 허무虛無의 조우遭遇"(「밭 일기 59」중)를 통해서만 시간의 서사를 완료하는가? 존재는 가열하고 「밭 일기」에 내파된 시간의 서사는 고달픈 노동의 나날들이다. 아니 시인은 밭에 응고된 일련의 생명의 서사를 생령들의 구체적인 몸짓으로 노래하면서 그 모든 징후를 오독으로 귀결시키는데, 그것이 바로 태양계와 밭 사이에 응고된 인간학의 진실이다.

물론 시인의 그것이 성서 오독이라고 말하면서 "하늘"과 "마음" 사이의 거리를 봉합하고 있지만, 어찌 그것이 세계어의 진실이 아니겠는가? 진실은 우주의 구경에 있지, 오독에 있지 않다.

오독은 밭의 풍경, 즉 삶이 현시되는 서사의 구체적인 현장이지, 우주의 진실은 아니다. 설령 산다는 것 자체가 늘 시행착오를 겪는 오독의 과정인 것만은 분명하지만, 따라서 「밭 일기」에 서술된 일련의 서사가 미망의 시간들로 점철된 우매한 일상적 삶을 진솔하게 고백한 것이기는 하지만, 구상 시인은 그 역시 밭이 만들어 놓은 다양한 이데올로기의 구성물임을 긍정하고 있다. 마치 「밭 일기」에 언표된 일련의 구성물들이 생명의 시원으로 되돌아가 존재의 "본명本命"(「밭 일기 26」 중)을 깨닫는 것을 목적으로 하는 것처럼, 시인이 전개한 일련의 시말운동은 너 또는 나를 역사와 현실 너머의 광대한 우주의 시공간으로 데려가 내밀한 세계어의 비밀을 존재의 언어로 육화시켜 가고 있다.

물론 오늘도 여전히 우리는 "자주自主와 근로勤勞와 화락和樂의 삼위일체三位一體"(「밭 일기 56」 중)라는 실정성에 토대를 둔 채 일상을 살아가지만, 혹은 밭에 응고된 일련의 서사가 기실 영혼의 음울한 노래임을 직감하게 만들지만, 그것이 바로 영혼에 침전된 세계어의 진실이라는 사실은 결코 부정되지 않는다.

따라서 시인에게 세계어란 존재의 내밀한 목소리, 즉 만물 조응이 일어나는 신비어에 다름 아니다. 밭의 노래가 가열한 실존의 노래를 함의하고 있는 한, 그것은 이 세계의 참된 진리를 추구하는 숭고한 인륜적 삶의 언어이다.

　고독한 군중 속에서 피를 흘리며 소외된 자를 위무하는 시인. 창조의 시원으로 되돌아가 우주적 신비를 재구하는 시인. 어쩌면 「밭 일기」에 응고된 그 모든 서사적인 사태들이 너 또는 내가 서로 공명하는 "생명의 씨"(「밭 일기 37」중)에 관한 일련의 담론적 사유를 오독과 세계어에 응고시킨 절대 언어일지도 모른다. 왜냐하면 구상 시인이 지향하는 일련의 시말운동은 참된 인간학을 구축하는 존재 그 자체의 언어이기 때문이다.

　오늘도 이 세계 공간 어디쯤을 배회하면서 "Pax", 즉 평화를 열망했으리라. 마치 밭에서 비롯하는 그 모든 서사적 사태 내부에 희로애락의 인간사가 중층결정되어 있듯이, 시인은 '밭=존재(혹은 세계)'라는 등식을 성립시키면서, 너 또는 나를 "심부름"(「밭 일기 1」중)만 하는 거대한 우주의 사역자로 간주하고 있다. 때론 자신에게 허여된 삶의 무게를 겸허하게 받아들면서 때론 대우주에 내파된 진실을 일상의 언어로 육화시키면서, 시인은 태초의 시원 어디쯤으로 회귀해 들어가고 있다.

나의 시 2

나는 그대들에게
나의 마음의 사연들을
습관처럼 털어놓곤 한다.

하지만 그대들은 내 입술에서
행복한 말이 흘러나올 때
결코 나를 부러워하지 말라.

실상 그때 나의 가슴속은
모진 아픔과 쓰라림에 차서
애타는 갈망과 탄식만이 있느니

또한 그대들은 내 입술에서
불행한 말이 흘러나올 때
결코 나를 가엾이 여기지 말라.

그때 이미 나의 가슴속은
아픔과 쓰라림이 말끔히 가시고
안도의 한숨과 평정 속에 있느니

나의 거짓 사연에
그대들은 속지 말라.

그리고 정녕 속 깊은 사연은
아직 한 번도 내지 못하였음을
이제사 그대들에게 고백하노라.

시인이라는 리트머스 : 승화 혹은 고백

진실과 거짓 사이를 배회하다가 거짓을 선택했다고 고백한
다. 까닭은 시란 미처 말하지 못했던 미지의 세계를 찾아가는 과정 중
에 체득한 지극히 개인화된 체험을 미적 상상력으로 승화시키는 허구
의 양식이기 때문이다. 말하자면 시인이란 승화와 고백 사이에서 자신
의 운명을 탐험하는 리트머스 시험지인데, 이는 존재론적 태도가 응결
되는 말의 숙명이다.

그렇다면 참된 말의 실재란 무엇인가? 시인이 말할 수 있는 말의 본
질은 무엇인가? 시인이 언어와 상면해서 혹은 일상적인 삶-시간-세계
를 시말 속에 응고시킬 때, 말이 도달할 수 있는 언어의 진실은 무엇인
가? 구상 시인은 자신에게 속한 "마음의 사연"을 시말이 표현해야 할
진실이라고 간주하고 있는데, 그것은 어떤 의미의 사태를 지시하고 있
는가? 특히 시 「나의 시 2」는 시인이라는 리트머스에 투사된 언어의 표
상 작용을 진솔하게 그려내면서 자신의 삶에 부과된 언어의 산도産道를
산도酸度 측정하고 있다.

때론 맵고 짭조름한 생의 고통을 승화의 언어로 고양시키면서, 때
론 자성청정한 "평정"의 상태에 도달한 것처럼 언어를 포장하기도 하
면서, 시인은 자신이 발화시켜야만 하는 "속 깊은 사연", 즉 진실 앞에

다가서고 있다. "그때"와 "이제" 사이의 진실의 거리 혹은 시말에 투사된 존재의 과정. 말의 "실상"은 전도된 존재의 실상, 즉 승화가 매개된 시인의 숙명이기도 한데, 그것은 바로 진실과 "거짓" 사이를 배회하는 언어의 존재론적 위치이다.

고백의 진실은 시인의 진실을 추구하는 역설적인 태도, 즉 시말이 위치하는 반어적 실존의 상황이다. 역으로 "행복한 말"을 발설할 때, 늘 "모진 아픔과 쓰라림"의 지대를 통과했고, "불행한 말"을 "입술"에 달고 살아가는 순간, "평정"의 상태에 이르러 생을 좌망坐亡하게 된다. 생은 한시도 어느 한 곳에 동일하게 머물러 "탄식"을 토해내거나 행복만을 향유하지 않는다. 늘 변한다. 늘 변화의 도정에 서서 마음의 갈피를 잡지 못한다. 따라서 시인에게 생은 늘 마음의 속 깊은 사연이라는 잔여물을 남겨 존재론적 성찰에 이르게 만드는데, 그것이 바로 시가 도달해야만 하는 언어의 참된 실상이다.

고백은 진솔하고, 또 승화는 시간의 서사와 정면으로 마주선 채 마음의 정화로 이끌린다. 이를테면 구상 시인이 전개한 일련의 시말운동은 "애타는 갈망과 탄식"에서 "안도의 한숨과 평정"으로 나아가는 존재의 참된 여정이 아니라, 자신과 정면으로 마주선, 진실만을 말할 수 있는, "거짓 사연"을 진실로 포획하는 실재의 참된 여정이라 하겠다. 그것은 행복의 문제도 아니고 불행에 관한 담론적 성찰의 문제도 아니다. 그것은 행복과 불행을 넘어선 곳에서 생성되는 존재론적 비의, 즉 "아직 한 번도" 발설하지 못했던 "속 깊은 사연"을 시말 속에 응고시키는 구도자적 행위이다.

따라서 시인이라는 리트머스 시험지에 빨갛고 파란 물을 들여 자유로운 감정을 표백하지만, 시의 용기엔 진실 그 자체의 언어가 담기지 않고 늘 거짓 사연만 표백되어 번민의 나날들을 보내게 된다. 진실에의 접근 통로는 요원하고 시인의 고백은 간절하다. 마치 루소의 고백이 자신의 육체에 기입된 암호들을 진솔하게 그려냈던 것처럼, 구상 시인도 자신에게 허여된 언어의 운명을 진실이 아닌 거짓이라고 고백하면서 참된 인간학의 실재를 구축해 가고 있다.

행복의 말은 행복을 지시하지 않고, 불행은 더더욱 불행 그 자체를 암시하지 않는다. 승화라는 위장술을 벗어던진다. 직정의 언어와 마주선 채 인간학적 진실을 시말의 위의라고 간주하기에 이른다. 언행일치 혹은 지행합일. 자고로 시인이란 그와 같아야 하지 않은가? 시인의 고백이 혹은 시인의 속 깊은 속내를 투명하게 드러내 보여주는 행위는 '시란 진실의 언어'가 아니고서는 절대로 "그대"라는 타자에게 열려 있지 않음을 선언한 것이라 하겠다.

거짓을 진실인 양 날조하는 자본 중심의 이미지 시대에 시인은 자고로 진실을 고백하는 숙명의 사도여야만 한다. 비록 구상 시인에게 언어는 실존이 거주했던 반어의 공간처럼 비추어지지만, 그 역시 시인이 감당해야만 하는 참된 언어의 실상인 것은 너무도 자명하다. 오늘도 시인은 고백과 승화 사이에 위치한 채 시인이라는 리트머스 시험지에 투사된 숙명의 기호를 참된 존재로 압박하며 참된 자기와 만나고 있다.

모과 옹두리에도 사연이 9

『두이노의 비가悲歌』와 『법화경法華經』은
나의 무성한 가지에
범신汎神의 눈을 트게 하였다.

나의 성명性命은 아침의 풀이슬   살이 잎새 되고
이제까지 모습만으로 있던   뼈가 줄기 되어
만물만상萬物萬象이   붉은 피로 꽃 한 떨기
안으로부터 빛을 낳고   피우는 그날까지
또 나날이 죽어가고 있었다.   목숨이여!

무상無常의 흐느낌이   나의 첫 시 첫 구절이다.
찰랑거리던 어느날
나의 안에는 노래의 샘이
솟기 시작하였다.

생명의 여울 혹은 시말의 근원

　　화육이라는 말이 옳은 듯하다. 죽은 자가 살아나 다시 육화의 공식을 만족시키듯, 시말은 진리의 구성체와 마주선 존재의 언어일 듯도 하다. 강렬한 '첫'에 시선을 고정시킨 채 "목숨"의 의미와 마주선다. 도대체 저 '첫'에 응고된 삶의 진실은 무엇인가? 왜 구상 시인은 릴케와 부처 사이에서 저 '범汎'이라고 하는 광대무변한 숭고를 사유하는가? 어쩌면 저 '범'이라고 호명되는 드맑은 기상은 바로 생명에 속한 모든 사유를 아우르는 시인의 태도, 즉 진실을 지시할 수 있는 단 하나의 시적 화두일지도 모른다.

　　할喝과 범梵 사이의 거리 혹은 깨달음의 유미적 승화. 도대체 저 "목숨"이라고 명명되는 생명의 체계는 무엇이고, "무상無常의 흐느낌"은 어떤 곡절을 품은 생의 구경적 태도인가? 시와 정면으로 마주선다. 시가 말할 수 있는 '첫'의 웅장한 기획은 어떤 의미의 체계여야 하는가? 구상 시인에게 '첫'은 시가 추구해야 할 마지막이자, 역으로 마지막 시가 되돌아가야만 하는 운명의 '첫 자리'이다. 물론 시인을 육화시킨 다양한 페르소나, 즉 시의 궤적을 고려할 때, 이 말은 그리 적절하지 못한 것이 되지만, 시인이 평생을 두고 간직한 일관된 태도로 보면 이 말만큼 적확한 담론이 없다.

생명을 노래하되, 그것의 범성을 육화시킨다. 온갖 것들의 자연이 바로 신이자 신성의 실재이고, 시말이 육화시켜야 할 언어의 실체이다. 생명의 꽃을 피운다. 물론 구상 시인의 시말운동이 『두이노의 비가』와 『법화경』의 영향력 하에 전개되었을 개연성이 농후하지만, 이는 시인이라면 누구나 다 고민했을 법한 공통의 화두이다. 생명의 구경을 노래하는 시인. 영원과 죽음 사이에서 배회하는 시인. 생명과 그것에 속한 것들을 노래하되, 그것이 어떠한 진실과 마주서 있는지를 성찰하게 된다. 말하자면 구상 시인에게 시란 말의 구성법이 가져다주는 효과음이 아니라, 말이 존재를 대변하는 화육의 전언이다.

"살이 잎새 되고/뼈가 줄기" 되는 저 숭고한 생명의 여율을 노래하듯이, 온 세상이 생명과 그것의 구성체로 이루어졌음을 시말로 발화시키는 것이 시인의 임무이다. 어쩌면 시인이 술회한 일련의 연작들은 릴케의 그것처럼 절대를 향한 정신적 순례의 지난한 여정이거나 영혼의 초월에 대한 동경을 시말화한 것인지도 모른다. 왜냐하면 구상 시인이 연호했던 '첫'이 바로 릴케와 법화경 사이에서 생성된 그 무엇이기 때문이다. 따라서 모과 옹두리에 새겨진 세세한 사연들은 단순한 사건성을 의미하는 것이 아니라, 진리로 나아가는 생명의 여율, 즉 인간학과 세계의 구성법을 일상의 언어로 형상화한 존재 그 자체의 숭고한 언어라 하겠다.

"눈"이 맑게 트이고 정신의 높이가 드맑아진다. 대저 나의 시는 어떠한 생명의 여율을 노래해야 하는가? 생명의 노래가 "첫 시 첫 구절"로 장식하게 될 때, 릴케와 부처 사이에서 깨달은 저 생명의 비의는 무엇인가? 대저 어떠한 범성을 시말로 발화시킬 때, 시의 근원을 생명의 근원으로 매개시킬 수 있는가? "빛"과 죽음 사이의 거리 혹은 "성명 性命"에 기입된 진리. 모두가 신이고, 모두가 생명의 노래이다.

어쩌면 시 「모과 옹두리에도 사연이」 연작들은 생명과 그것에 속한 모든 것들을 시말로 발화시킨 숭고한 생명의 노래임에 틀림없다. 때론 릴케와 부처 사이에 기입된 그 진리 언명을 숙고하면서, 때론 가열한 생명의 현장을 가감 없이 드러내면서, 구상 시인은 생명과 그것의 여율을 숭고한 리듬으로 재현하고 있다.

결론적으로 말해서 뭇 생명들을 바라보노라면 늘 양가감정에 휩싸인 채 슬픔의 노래와 진리에의 깨달음 사이에서 번민의 나날들을 보내게 되는데, 그것이 모과 옹두리에 기입된 사연의 정체이다. 만물에 서렸던 성스러운 영기도 이젠 이울어 생의 끝자락에 당도하여 죽음을 의식하는 영원의 타자가 된다. 무상하다. 노자가 반자도지동反者道之動이라 했던 말이 새삼 떠올라 다시 '첫' 자리로 되돌아가 시의 순정을 회상하듯, 우리는 또다시 태어났던 생의 처음 자리로 되돌아가 삶과 죽음 사이의 거리를 재차 확인하게 된다. 이제 도의 모든 과정을 완료했다. 이제 막 "나의 첫 시 첫 구절"을 완성했다.

모과 옹두리에도 사연이 7

그때
라 로슈푸코 공公과의 해후邂逅는
나의 안에 태풍을 몰아왔다.
선善한 열망의 꽃망울들은
삽시에 무참히도 스러지고
어둠으로 덮인 나의 내부엔
서로 물어뜯고 으르렁거리는
이면수二面獸의 탄생을 보았다.

자기 증오의 밧줄이
각각刻刻으로 숨통을 조여오고
하늘의 침묵은 공포로 변했으며
모든 타자他者는 지옥이요
세상은 더할 바 없는 최악의 수렁…

하숙방 다다미에 누워
나는 신神의 장례식葬禮式을
날마다 지냈으며
깃쇼지吉祥寺 연못가에 앉아
차라투스트라가 초인超人의 성城에 오르는
그 황홀을 꿈꿨다.

숨은 신 : 환멸과 초인 사이의 언어

    질풍노도의 시기. 지옥에서 보낸 한철. 선과 악 사이의 갈등. 환멸과 초인. 공포의 권력이 지배하는 이 세계의 광폭함. 인간은 무엇으로 사는가? 왜 인간은 절대와 상대 사이를 배회하다 자기 함정에 걸려 넘어진 채 "황홀을 꿈"꾸는가? 왜 인간은 희망 저 너머로 비약해 행복을 제도화하지 못하는가?

    그 세세한 사연을 일목요연하게 말하기가 쉽지 않다. 그러나 알레고리나 상징의 언어로는 말할 수 있다. 시가 아직도 유효한 이유는 그것이 삶−시간−세계를 진리의 언어와 상면시킬 수 있는 아직 남은 방법 중 하나이기 때문이다. 숨은 신을 찾는다. 숨은 신의 의미를 찾아서 현재의 인간학적 진실을 고발하게 된다. 『숨은 신』의 저자 루시앙 골드만(1913~1970)의 파스칼은 구상 시인의 파스칼, 즉 "하늘의 침묵"을 통해서 우리네 삶에 포획된 환멸의 세계상을 응시하는 절대 언어로 다시 환생하게 된다.

    거의 동시대에 살며 동일한 관심사를 지녔지만 한쪽(골드만)은 철학을, 다른 한쪽(구상)은 시를 선택해 비극적 세계를 유미적으로 승화시키게 된다. "선善"은 무엇이고, "이면수二面獸"는 어떤 섭리를 내포한 진리의 전언인가? 철학자 골드만이 그 모든 인간학적 징후를 숨은 신에 응고시켜 진리와 그것의 가능성을 탐색했다면, 구상 시인은 "라 로슈푸코"와 파스칼과 사르트르를 경유해 니체에게서 이 세계의 모순을 극복할 초인을 발견하게 된다. 신은 숨어 있지 않다. 신은 니체가 『차라투스트라는 이렇게 말했다』에서 말한 "신은 죽었다Gott ist todt!"에 포획된 죽은 신, 즉 그 이상도 그 이하도 아닌 바로 그것이다.

파스칼식으로 말해서 혹은 골드만적 의미로 침묵하는 하늘은 결코 숭고한 이상을 표현하는 절대자가 아닐 뿐만 아니라, 이 세상을 "최악의 수렁", 즉 환멸의 공간으로 만든 수수방관자적 숨은 신에 다름 아니다.

"하숙방"에 누워 골똘히 우수에 감긴다. 나는 어떤 의미의 공식을 만족시키는 삶을 살아가야 하는가? 문득 "신神의 장례식葬禮式"을 감행한다. 아니 니체에게서 영감을 얻어, 시인은 그가 믿어 왔던 신념의 주체, 즉 절대자와 매일매일 이별을 준비하며 새로운 신념의 체계를 형성하게 되는데, 그것이 바로 초인이다.

Übermensch, 즉 초인은 시대의 요청이다. 모든 것을 넘어서 정오의 철학을 설파하는 "차라투스트라"를 연모 동경하였으며, 마침내 "타자他者"에 응고된 인간학적 진실이 무엇인지 깨닫게 된다. 우리는 "지옥"에서 살고 있고, 세상은 "최악의 수렁"이다. 물론 일련의 시적 사태가 동경 유학 시절 다양한 지적 편력을 감행하던 젊은 날의 번민을 노래한 것임에 틀림없지만, 이는 시가 감당해야 할 언어의 내적 실재이다. 따라서 니체가 설파한 초인의 철학, 즉 영원 회귀는 시 「모과 옹두리에 사연이 7」의 시적 실체이자, 「모과 옹두리에 사연이」 연작 전체를

관통하는 시인의 정신적 지향성일지도 모른다.

그러나 그러한 시인의 바람과 달리 이 세계는 두 얼굴을 가지고 늘 모순에 포획된 채 무료한 일상을 살아가도록 이미 이항 대립적으로 체계화되어 있다. 도대체 신은 어떤 존재인가? 대저 신은 골드만이 언명한 파스칼의 신처럼 침묵으로만 일관하는 죽은 신이거나 숨은 신이 아닌가? 그렇다면 궁핍한 시대의 시인에게 대저 시는 어떤 이념의 구성물로 짜인 가열한 존재의 얼굴인가?

인본의 도덕주의자 "라 로슈푸코"의 숭고한 교의를 실천하는 삶을 살아가기로 결정했다. 아니 강력한 현세의 초인, "차라투스트라"를 이념의 주체로 영접해 "황홀"에 다다르는 꿈을 꾸게 된다. 물론 그러한 모든 것이 바로 니체의 원근법주의를 통해 가능하겠지만, 이는 이 세계의 불평등과 모순을 길항시키는 의식의 절대 경지에 다다르기를 희망하는 초인의 참된 모습일지도 모른다. 아마 젊은 날의 구상 시인에게 니체의 초인 사상은 그의 영혼을 지배하는 절대 교의였을 게다. 황홀한 이념의 절대적 주체 말이다.

무궁화

겨레의 새벽부터
이 땅을 수놓은 꽃

겨레와 그 모진 고난을
함께 견뎌 온 꽃

이 땅을 지켜 온
곧은 절개들의
넋이 서린 꽃

이 땅 겨레에게
오늘의 소중함과 덧없음과
끊임없는 새로운 내일을
일깨워 주는 꽃

나라꽃, 무궁화!

무궁화의 전언 : 대한국민에게 고함

국가와 민족이라는 저 고도의 수사학적 장치는 어떤 이데올로기에 봉사하는 기만의 용어인가? 과연 우리는 역사의 심연에 국가와 민족이라는 저 숭고한 개념의 언어를 각인시켜 완벽하게 참된 인간학을 진실의 언어로 기록할 수 있는가? 선판단과 왜곡과 기만의 서사학을 구축하는 것이 역사의 본질 아닌가? 만약 우리가 처한 역사의 진실이 그와 같다면, 진정 우리는 이 세계를 아름다운 미적 공간으로 만들 수 있는가?

불가능하다. 국정농단과 적폐청산이라는 갈림길에 놓인 채 갈등을 일삼는다. 한쪽은 칼자루를 쥐고 있지만 수세적인 태도를 취하고, 또 다른 한쪽은 초지일관 좌빨이니 종북이니 외쳐 대며 철저하게 자신의 이익만을 지켜 낸다. 더불어 S로 대변되는 대기업이 가는 길이 곧 법이요 체제의 질서이자 진리라는 소문도 횡행하고 있다. 물론 이는 촛불혁명이 가진 엄정한 진실을 외면한 사법부의 또 다른 농단일 것이다. 대기업 S와 판사 J의 사적인 결탁인가? 자본을 틀어쥔 권력층의 민낯을 드러낸 뻔뻔함의 극치인가?

작금의 부도덕하고 불평등한 현실이 한국의 미래를 짊어지고 가야 할 고난에 찬 젊은이들에게 너무도 미안하고 부끄럽다. 과연 보수로 대변되는 기성세대는 더 나은 미래를 위해 혹은 "새로운 내일"을 위해 기꺼이 자신의 모든 것을 희생한 세대로 명명될 수 있는가? 더 나아가 진보라고 명명되는 이 세계의 지식인들은 참된 미래를 위해 더 나은 제도를 모색하고 있는가?

구상 시인의 「무궁화」는 한국 자본의 현실은 물론 정치경제학에 포획된 후안무치한 행위들을 반성할 수 있는 지조와 "절개"를 새삼 다시 생각하게 만드는 작품인데, 이는 식민의 이념과 전쟁체험세대(혹은 레드 콤플렉스)로 대변되는 기성세대의 트라우마, 즉 외상성 징후를 다시 한 번 들여다볼 수 있는 결정적인 계기를 마련해 주고 있다. 물론 한국의 보수로 자처하고 있는 식민·전쟁 체험 세대의 시대 의식의 한계가 이명박근혜 정부를 통해서 고스란히 투사되었지만, 다른 한 측면에서 그것은 기성세대에게 각인된, 혹은 반드시 치유해야 할 상흔, 즉 외상성 징후라는 사실이 결코 부인되지 않는다.

다시 말해서 "모진 고난"을 온몸으로 감내한 세대의 아픔과 더불어 공명함과 동시에 그들에게 나타난 공통의 징후를 위무하고 치유하는 상생의 체제를 구축하는 것이 우리 사회가 안고 있는 중요한 과제가 아닐 수 없다. 따라서 저 "겨레"라는 말은 세대와 지역 간의 갈등으로만 치닫는 한국 사회의 분열을 치유할 수 있는 단 하나의 시말일지 모른다. 우리 모두가 하나의 민족, 하나의 국민이라는 사실을 우리는 너무도 잊고 살지 않았는가?

지역 간 갈등과 세대 간 분열만 조장하는 저 언론의 태도가 가장 문제이기는 하지만, 그러나 더 큰 문제는 그러한 분열의 상을 정치경제학 내부에 깊이 각인시키는 것은 물론, 문화 전반에 걸쳐 횡행하게 만들어 분열과 갈등을 너무도 당연한 것으로 받아들이는 사회적 풍토가 만연해 있다는 점이다. 겨레의 이름으로, 무궁화의 노래로 만방에 고하노니! 더는 분열과 갈등을 획책하는 이데올로기의 간악한 주구가 되지 말진저.

따라서 구상 시인의 「무궁화」는 겨레의 이름으로 부르는 민족의 노래이자, 점점 분열만을 획책하는 자본의 이데올로기적 욕망을 길항시킬 수 있는 최적의 시적 기호라고 호명해야 할 듯하다. 왜냐하면 그것은 "이 땅을 지켜 온/곧은 절개들의/넋", 즉 선조의 영령들과 더불어 밝은 미래를 구축하는 상생의 리듬으로 직조된 희망의 전언이기 때문이다. 물론 정치경제학이나 문화 전반에 걸쳐 청산해야 할 폐해들이 너무도 산적해 있는 것 또한 사실이지만, 시인은 저 무궁화라는 우리 겨레의 꽃을 통해서 '하나 되기'를 염원하고 있다.

덧없이 사라져 가는 오늘을 소중한 마음으로 되새기며 후회 없이 살자. 때론 민족의 수난, 즉 겨레의 운명과 역사의 수레바퀴에 색인된 의미의 지대를 반추하면서, 때론 어둠의 시대를 살며 신새벽의 고통을 투명하게 밝혀 왔던 민족의 "절개"를 곧추세우면서, 시인은 "겨레"의 현재와 미래를 밝히고 있다. 물론 여전히 현대성에 노정된 서사적 면모들이 분열과 갈등을 일삼는 경향이 없지 않지만, 따라서 여전히 빈부와 계급 모순이 여기저기 산재해 있지만, 겨레의 이름으로 부르는 무궁화의 노래는 징환에 빠진 현대성을 치유할 수 있는 단 하나의 시적 담론이라 하겠다.

서로 싸우지 말고 "오늘"의 참된 의미를 궁구하며 되새기자. 더 나은 미래를 위해 지조를 지키며 상생의 의미를 되새기자. 구상 시인이 무궁화의 전언 속에 기입한 일련의 담화가 바로 현재의 고난을 넘어 미래로 미끄러져 내리는 꿈과 희망에 관한 진솔한 고백의 전언이었음을 상기하자.

신령한 새싹

그다지 모질던 회오리바람이 자고
나의 안에는 신령한 새싹이 움텄다.

겨울 아카시아모양 메마른
앙상한 나의 오관五官에
이 어쩐 싱그러움이냐?

어둠으로 감싸여 있던 만물들이
저마다 총총한 별이 되어 반짝이고
그물코처럼 얽히고설킨 사리事理들이
타래실처럼 술술 풀린다.

이제 나에게는 나고 스러지는 것이
하나도 가엾지가 않고
모두가 영원의 한 모습일 뿐이다.

때를 넘기면 배가 고프고
신경통으로 사지四肢가 쑤시기는
매한가지지만

나의 안에는 신령한 새싹이 움터
영원의 동산에다 피울
새 꽃을 마련하고 있다.

영원에 이르는 길 : 신생 혹은 소멸

영원이고 싶다. 더불어 영원히 생성만 있고, 소멸이라는 저 황망함과 무관한 곳에 생명의 여율이 고동치기를 염원해 본다. 그러나 우리는 신생이 아닌 소멸에의 의지로 스스로를 확인하는 적멸의 기호이다. 그렇다면 대저 구상 시인이 말한 저 "매한가지"라고 언명한 정신의 경지는 어떤 육체성을 지시하는 영원의 기호인가? 삶과 죽음 사이의 거리를 완벽하게 봉합한 의식의 경지인가? 아니면 육체성을 초월한 정신만의 상징적 제의인가? 물론 시인의 그것이 양자를 포괄하고 있는 것 같은데, 어떤 "새싹"을 키워 낼 때 우리는 영원에 이를 수 있는가?

생로병사生老病死라는 숙명 앞에 이르러 존재에 관한 모든 것들을 철저하게 회의하기에 이른다. "영원"은 무엇이고, 또 "오관五官"을 자극하는 저 생의 감각, 즉 실존적 삶은 어떤 의미를 지시하는가? 문득 "회오리바람"이 일던 고난의 시절을 떠올린다. 과연 천로역정 속에서 시인이 말할 수 있는 최적의 언어란 무엇이어야만 하는가? 대저 시인이 저 "신령"이라는 시말을 떠올릴 때, 혹은 "영원의 동산"에 앉아 "새 꽃"이 피어나는 몽상에 빠져들 때, 과연 그/녀가 도달하고 싶은 언어의 진실은 무엇인가?

물 자체에 응고되어 있던 침묵의 언어가 비로소 의미의 공식으로 발화된다. 말하자면 "싱그러움"이 터져 나오는 저 "신령한 새싹"은 "사리事理", 즉 사물의 이치가 온전하게 기입된 최적의 장소인데, 이는 진리가 의식되는 영원에의 길이다. 생은 생이 아닌 영혼의 형식으로 휘어지고 죽음은 단순하게 무만을 표상하지 않는다.

물론 저 "때"라고 명명되는 시간의 표상 작용에 의해 인간학에 매개된 그 모든 것들이 생로병사라는 필연의 과정으로 탐구되도록 예정되어 있지만, 어찌 그것이 진실에 이르는 최적의 장소가 아닐 수 있겠는가? 저와 같은 모든 것들이 한데 모여 "영원"에 다다른다. 물론 여전히 생은 고통의 지대로 회귀해 동일한 것의 반복만을 일삼지만, 어찌 신생의 아름다운 영기를 향유하지 않을 수 있겠는가?

그러나 생의 현재는 매양 "사지四肢"가 쑤시고, 영원에 한 발 더 다가가 사지死地에 이른다. 역시 영원에 도달 중인가? 영원은 저 "때"라고 명명되는 시간의 단순한 구성물이 아니다. 영원은 밖이 아닌 "안"의 작용인 것 같은데, 이는 "어둠"에 휩싸여 있는 사물을 "총총한 별"로 다시 환생시키는 심미적인 의식의 과정이다. 마치 저 "매한가지"에 내파된 동일성의 원리가 구상 시인이 깨달은 영원의 참모습인 것처럼, 새로 태어나는 것도 영원이고, 쓰러져 소멸하는 것 또한 영원의 한 모습이긴 마찬가지이다.

따라서 이 세계는 한 치의 오차도 없이 영원의 표현법을 만족시키는 진리의 공간을 표상하게 되는데, 그것이 바로 시 「신령한 새싹」에 언표된 의미의 진실이다 안은 외화된 밖의 안이고, 밖은 또 정신이 육화된 의미의 내적 실물이다. 어쩌면 구상 시인이 도달한 시적 경지는 바로 "매한가지", 즉 불교의 화엄의 원리와 그렇게 먼 곳에 위치하지 않은 것만은 분명한 듯하다.

아니 역으로 모든 의미의 공식을 "안"의 작용으로 수렴시키는 시인의 그것은 "만물"의 이치를 깨달은 절대의 경지, 즉 이 세계를 영원의 표현법으로 완성하는 신생의 역동적인 운동임에 틀림없다. 이 세계에 영원이 아닌 것은 없다. 사라짐도 영원이고, 그 사라짐과 더불어 무한을 꿈꾸는 의식도 영원이다. 마치 "매한가지"에 언표된 의미의 진실이 인간학과 세계 사이의 균열을 동일성으로 봉합하는 의지의 표현이듯이, 더 이상 삶(혹은 소멸)에 포획된 그 모든 것들을 가여워하거나 슬퍼하지 않는다.

다만 "영원의 동산"에 "새 꽃"을 피워 이 세계가 동일한 것의 반복으로 구성되어 있음을 천명할 따름이다. 이제야 어둠은 별이고, 별은 다시 어둠으로 재귀하는 반복의 숙명임을 비로소 깨닫게 된다. 영원은 그와 같다. 영원은 신생과 소멸 사이를 무수히 왕복하다 그 모든 것이 매한가지의 징후임을 깨닫는 순간에 터져 나오는 "싱그러움"의 전조이다.

석등石燈

석등은 우리 마음의
뿌리를 비춘다.

아득한 과거와
아스라한 미래를
보이지 않는 불꽃으로 밝혀

일상日常 속에서
무한無限의 시공時空을
열어 준다.

명암明暗이 지니는 비의秘義를
스스로 깨닫고 있어
점화點火와 소멸이 없이
우리의 산란散亂을 진정시키고

침묵의 염원으로
사랑의 유토피아를
낮에도 꿈꾸게 한다.

그러나 석등은 알라딘의
램프가 아니다.

석등은 꺼지지 않는
우리의 영혼의 등불이다.

진실을 추궁하는 법 : 영혼의 등불

구상 시인의 시들이 놀라운 것은 세상의 변화에 아랑곳하지 않고, 진리와 영혼의 문제를 심도 있게 다루고 있다는 점이다. 이미지와 감각에 길들여진 자본의 세기에 시인의 시적 행위는 고루한 것으로 치부될 수 있으나, 이는 시대의 정신을 벼리는 시인의 추상같은 임무이자, 점점 속물화되어 가는 물욕의 세상을 길항시킬 수 있는 숭고한 시 정신이라 하겠다.

따라서 구상 시인이 전개한 일련의 시말운동은 시종일관 "영혼"과 그것의 구성물에 바쳐진 정신 그 자체의 전언이다. 그렇다면 시가 투명하게 밝혀낸 "마음"의 정체란 무엇인가? 마음이 가닿는 궁극의 지점, 즉 그 "뿌리"엔 과연 어떤 진실이 아로새겨져 있는가? 왜 구상 시인은 자신에게 허여된 운명의 언어를 역사적 지평과 올연하게 마주선 채, 그 모든 의미를 정신성에 응고시킨 채 진리와 마주서기를 열망했는가?

이제 진리의 불을 켜야 할 시간이다. "석등"을 켜 온 우주를 투명하게 밝힌다. 무엇을 믿고 의지해야 하는가? 사랑과 진리는 믿되 가상과 물질은 믿지 않는다. 구상 시인이 시종일관 추구했던 모든 것들은 자신과 세계에 매개된 진실을 추궁하는 것인데, 어쩌면 시 「석등」은 그 진실의 요체에 가장 근접한 작품인지도 모른다.

삶의 진실은 믿되 허구나 환상 같은 마법은 믿지 않는다. 이를테면 시인에게 석등은 진리를 밝히는 존재의 불꽃이자, 영원에 이르는 사랑의 알파와 오메가인데, 이는 자본과 이미지가 양산하는 불평등의 세계를 반조하는 의식의 거울이다. 이 세계가 "유토피아"가 실현되는 낙원의 어디쯤이기를 염원해 본다. 물론 우리가 살아가는 21세기가 환상과 그것의 구성물로 짜여진 이미지의 시대인 것만은 분명하지만, 시인의 그것은 진실과 사랑과 진리를 반조하며 이 세계가 유토피아로 구축되기를 염원하고 있다.

"무한無限의 시공時空"에 닿아 진실과 그것의 구성법으로 이 세계를 표현하고 싶다. 까닭은 그것이 바로 존재의 합목적적 의미와 맞닿아 있기 때문이다. 아니 구상 시인이 전개한 일련의 시말운동은 존재와 그것의 구성법을 내밀하게 응시하고 있는데, 어쩌면 그것은 이 세계와 공명하는 시인 특유의 종교적 태도와 긴밀하게 맞닿아 있기 때문인지도 모른다. 모두가 "사랑"이고, 행복의 결정적인 주체가 되기를 소망해 본다.

물론 생에 속한 모든 것들이 "비의秘義"로 둘러쳐져 그것의 정체를 명확하게 드러내 보이는 것이 그리 쉽지만은 않지만, 따라서 시인이 추구했던 일련의 시적 도정이 진실과 그것의 구성법을 추궁하는 참된 존재의 언어인 것만은 분명하지만, 그러나 그 길은 존재 전체를 걸어야만 열리는 필생의 과제이자, 시인이 이 세계의 논리와 타협하지 않고 살아갈 때만 열리는 마음의 참된 표지이다.

석등처럼 견고한 영혼의 등불을 밝혀야 한다. 까닭은 시인에게 석등은 어떤 유혹에도 굴하지 않고 진실과 대면할 수 있는 단 하나의 장소이기 때문이다. 물론 여전히 이 세계는 알라딘의 마술 램프에 현혹되어 환상의 구성물을 향유하겠지만, 따라서 더 이상 진리의 실재를 믿지 않는 21세기에 구상 시인이 믿고 의지하는 신념의 체계, 즉 진리에의 의지가 생경한 것처럼 보이기도 하지만, 어찌 시인의 그것이 진실에 도달할 수 있는 단 하나의 실재임을 의심할 수 있겠는가?

오늘도 석등 앞에 서서 진실의 등불을 투명하게 밝힌다. 어둠과 공명하며 부패의 징후만 양산하는 불평등의 시대에 혹은 물질적 이미지를 실재보다 더 실재적이라고 믿는 시대에 구상 시인이 밝힌 영혼의 등불은 따스한 인간애가 넘쳐나는 사랑의 교의이자, 너 또는 내가 지향해야만 하는 삶의 최고의 가치이다. 어둠의 저쪽에서 여명의 빛이 밝아오는 희망의 등불처럼, 시인은 그렇게 불의와 야합이 넘쳐나는 어둠의 시대를 올곧게 지켜내고 있다. 마치 "과거"와 "미래"를 투시하는 석등처럼 한자리에서 시를 쓰며 말이다.

병후病後

보름을 앓아눕다
일어나 창을 여니

마당에는 흰눈이
수북이 쌓여 있고

그 위를 황금 햇빛과
맑은 공기만이
뛰놀고 있었다.

여백 : 존재 배후의 언어와 깨달음의 진리

뭐랄까? 마음이 평화롭다고 단정짓는 것만으로는 충분하게 설명이 되지 않는 미지의 무언가가 남는 느낌이다. 뭐랄까? 외관상 텅비어 있는 듯하지만, 모든 것이 완벽하게 갖추어진, 더 나아가 투명한 수채화처럼 속이 훤하게 다 들여다보이는 청명한 영혼의 시 같다.

시인이란 현자이다. 탈속했고, 또 세상의 모든 이치를 하루아침에 다 깨달은 듯했다. 투명했다. 더불어 존재와 그것의 구성물들이 어떠한 방식으로 체제를 이루어야 하는지를 이제는 알 것도 같다. 만사여일 萬事如一. 이 세계는 나의 존재와 무관하게 늘 동일하게 자신만의 목적지를 향해 내달려 스스로 진리 앞에 다가가는 것 같다.

눈이 부시다. 눈이 시리도록 아름다웠고, 온 대지를 순백의 물결로 물들여 너와 나 사이로 흐르던 저 무수한 갈등을 평화의 언어로 봉합해 상생의 리듬으로 공명시키는 듯하다. "보름"을 앓았고, 온몸이 죽을 만큼 아팠지만, 병을 툭툭 털고 일어나 생을 찬미한다. 물론 시 「병후病後」는 그저 담담하게 창문 너머 아름다운 풍경을 간결하게 소묘하는 것에 멈춘 그야말로 소품에 지나지 않는 시처럼 보인다.

그러나 장엄했고 웅장했다. 뭐랄까. 이루 형언할 수 없는 경이로움 같은 것이 느껴졌다. 시인의 의도와 달리 시는 진리의 절대성을 응시하고 있는 듯했다. 뭐랄까. 몸이 아프고 난 이후 탈속의 경지 같은, 혹은 이 세계 전체를 무한히 여백화한 듯한 느낌이 언어의 배후에 잔여로 남겨놓은 것 같다.

무색 무취 무미의 아름다움이 느껴지는 이유는 무엇일까. 세상 어느 것에도 훼손되지 않은 순수 상태가 매만져지는 까닭은 어떤 연유일까? 시선이 "-만"에 고정된다. 왜 그런가? 왜 보조사 "-만"에 고정된 채 생의 시간과 절대성 사이에 놓인 거대한 균열을 응시하다 문득 깨달음의 진리에 도달하는가?

"-만"은 대자연의 오묘한 이치가 존재하는 언어의 장소이자, 인간 너머에 존재하는 진리와 상면하는 시인 특유의 페르소나이다. 그러나 보조사 "-만" 앞에 놓인 "햇빛"과 "공기"가 만들어내는 천변만화경의 깊이를 알 것도 모를 것도 같다. 까닭은 시인이 무위의 세계에 들어가 절대 진리와 상호 공명하며 진정한 낙원의 세계를 체험했을 수도 있기 때문이다.

그리고 여전히 평화롭고 아름다웠다며, 더 나아가 인생 전체를 구경하는 듯한 시인의 태도가 담백하게 부조되는 듯하다. 왜 그런가? 왜 시는 언어의 배후로 치고 들어가 존재와 그것이 구성된 세계 전체를 전혀 다른 시선점에 응고시키기를 요구하는가?

그것은 분명 요구였다. 그것은 "-만"이 도발하는 사유의 요구이자, 여백에 저며진 진리와 그것의 참된 존재성에 대한 깨달음의 진리에 도달하라는 요청이기도 했다. 아무것도 훼손되지 않고, 어느 누구도 훼손할 수 없는 곳에 "-만"이 위치하는 한, 시인은 절대 진리에 도달한 현자가 된다.

분명 구상 시인은 현자의 삶을 지향했고, 마침내 현자가 되었으며, 종국에는 저 "–만"의 숭고한 의미를 깨달아 인간과 세계와의 의미적 거리를 초연한 태도로 확보할 수 있었겠다 싶다. 물론 시인의 그것이 병들어 아주 심하게 앓고 난 이후에 깨달은 소회를 간결하게 기록한 것처럼 보이지만, 마음의 풍경은 칸트의 코페르니쿠스적 전회처럼 이 세계에 대한 인식론적 전회가 극적으로 일어나 진리의 세계에 이입한 듯하다.

공기는 드맑고 영혼은 순수하다. 이제 저 대자연의 경이로움을 시말로 발화시키며 겸허하게 남은 시간을 투명한 마음을 견지한 채 살아가야겠다. 구상 시인은 이렇게 말하는 듯했다. 눈부신 햇살과 청명한 공기를 호흡하면서 말이다.

진범眞犯

날로 범죄는 늘고
흉악해 가는데
진범엔 손을 못 댄다.

여기 시체가 있다.
여기 흉기가 있다.
여기 목격자가 있다.
그리고 온몸을 떨며 범행을 시인하는
자백自白이 있다.

그러나 저들을 조종하는 진범은
따로 있다.
그 앞에선 모두가 무릎을 꿇고
형사랑은 쪽도 못 쓴다.

저 춤추는 황금 송아지!

그 번쩍대는 몸뚱아리에
새 십계판十戒版을 던질
의인義人은 없는가?

진실의 위치 혹은 의에 이르는 외길

　　누구나 다 진실은 명백하게 알고 있지만, 그러나 어느 누구도 감히 진실의 실체를 눈앞에 가지고 와 그/녀를 진범이라 지목하지 못한다. 까닭은 이 세계에 "의인義人"이 없을 뿐만 아니라, 대부분의 사람들이 겁쟁이처럼 소시민이 되어 정의를 외면하는 무기력한 타자로 전락했기 때문이다. 눈앞의 이익만을 추구하는 데 혈안이 되었지, 이 시대의 진실에는 전혀 관심을 두지 않는다.

　　이 시는 새삼 구상 시인의 품격이 어떠한 풍모를 지녔는지 느낄 수 있는 좋은 사례에 해당한다 하겠다. 말하자면 시 「진범」은 현대성에 노정된 진실의 위치를 점검하는 아주 소중한 작품인데, 이는 인간학의 내면을 반조하는 의식의 참된 거울이자, 너무도 안일하게 살아온 우리네 삶 전체를 반성하는 진실의 전언이다.

　　물론 시인이 전개한 일련의 시말운동이 신의 진리에 근거하여 참거짓의 위치를 심문하고 있지만, 따라서 구상 시인의 시세계를 지배하는 시적 정조가 늘 종교적 심성의 언저리에 파생된 미지의 기호들을 사회화한 것이기는 하지만, 이는 "의인"이라는 정의와 만날 수 있는 유일한 의식의 장소이다.

　　그러나 그러한 시인의 의식에도 불구하고, 불확정성이 지배하는 현대성은 모든 의미의 체계를 액화시켜 불신을 조장함은 물론 지금까지 믿었던 진실의 체계 전체를 거짓으로 날조 호도하여 마침내 이 세계를 "춤추는 황금 송아지", 즉 물신의 노예로 만들어 버린다. 탐욕스러운 물욕으로 세계를 물들인다. 가상은 21세기를 지배하는 진실이고, 진실은 거짓을 표상하는 이데올로기의 허구이다.

진범이 누구인지 다 알지만, 어느 누구도 그/녀가 진범이라 말하거나 그/녀를 기소하여 법정 최고형을 내리지는 못한다. 아니 역으로 이데올로기와 공모한 진범은 권력의 실세가 되어 황금 송아지를 지배하는 결정적인 주체가 되는데, 그것이 바로 이 시대를 정의하는 단 하나의 담론적 질서이다. 어쩌면 물질은 이 시대를 정의하는 진리의 모든 것이자, 모든 가치를 지배하는 최고의 형식이다.

단 하나의 언명이 진실을 지시한다. 유전무죄 무전유죄. 엄혹한 자본의 현실 속을 어떠한 태도로 견디어야 하는가? 시 「진범」은 점점 흉악해지고 이미지와 욕망의 노예로 전락해 가는 현대인의 초상을 적나라하게 고발하고 있는데, 어쩌면 그것은 21세기 자본의 실체와 정면으로 마주선 우리들의 모습인지도 모른다. 우리는 그렇게 공동정범이 되어 점점 황금 송아지를 숭배하는 이 세계의 진범으로 진화해 간다.

아니 우리는 그렇게 죄인인지도 모른 채 자기 욕망에 충실한 사도가 되어 이 세계 전체를 물욕 가득한 범죄 소굴로 만들어 가는 공범인지도 모른다. 화려한 이미지에 매혹된다. 소돔과 고모라처럼 우리 모두는 그렇게 욕망의 노예로 몰락한 채 파멸의 최후를 맞이할지도 모른다. 따라서 구상 시인의 "의인"의 요청은, 혹은 자본의 욕망으로 똘똘 뭉친

21세기에 새로운 십계명을 요구하는 행위는 너무도 당연한 시대의 명제이자, 시인이 행해야 할 이 시대의 마지막 소명, 즉 최후의 임무이다.

그러나 우리는 이 세계를 탐욕의 공간으로 만든 진범에게 다가가 공공의 적이라 지목하거나 공개적으로 비난하지 못한다. 왜냐하면 우리는 그렇게 자본의 노예로 길들여진 채 수수방관하는 향락의 소시민으로 물화되어 가기 때문이다.

따라서 구상 시인의 의인의 요청은 새로운 형이상학을 열망했던 니체의 차라투스트라를 21세기 판본으로 재구축한 진실의 상이자, 시인 혹은 우리 모두가 감당해야 할 역사적 소명임에 틀림없다.

봄맞이 춤

옛 등걸 매화가
흰 고깔을 쓰고
학춤을 추고 있다.

밋밋한 소나무도
양팔에 푸른 파라솔을 들고
월츠를 춘다.

수양버들 가지는 자진가락
앙상한 아카시아도
빈 어깨를 절쑥대고
대숲은 팔굽과 다리를 서로 스치며
스텝을 밟는다.

길 언저리 소복한 양지마다
잡초 어린것들도 벌써 나와
하늘거리고

땅 밑 창구멍으로 내다만 보던
씨랑 뿌리랑 벌레랑 개구리도
봄의 단장을 하느라고
무대 뒤 분장실 같다.

바람 속의 봄도
이제는 맨살로 살랑댄다.

자연의 무도 : 전원교향곡 혹은 존재의 맨살

어김없이 그 뜻을 이루어 가는 자연의 저 오묘한 조화는 어떤 비의를 간직하고 있을까? 사실 봄이 와도 황사에 미세먼지가 더해져 제대로 봄을 완상하는 것이 거의 불가능에 가깝다. 그런데 구상 시인은 그러한 현실에도 불구하고, 봄의 속살을 매만지면서 생명의 여율이 펼쳐내는 아름다운 비의에 적극적으로 참여하며 흥에 겨워 "봄맞이 춤"을 추고 있다.

추웠던 겨울을 뒤로하고 생명의 축제가 벌어진다. 모든 것이 죽어있는 것처럼 보였던 회색의 자연이 푸른 "봄맞이 춤"을 추며 초록으로 물들이고 있다. 경이롭다. 때를 알고 생명을 일깨우는 저 여여한 생명의 여율은 어떤 신비를 간직한 자연의 음률인가? 자연의 내밀한 비의를 구경究竟한다. 신비롭다. 뭇 생명과 더불어 생을 찬미하며 참된 존재의 "길"을 모색했으며, 마침내 모든 조화가 이루는 전원교향곡을 탄주하기에 이른다.

더 나아가 나무와 풀과 곤충과 동물이 한데 어우러져 조화의 숲을 이루었으며, 이제 이 세계는 생명의 여율과 서로 공명하는 상생의 공간임을 의식하게 된다. 구상 시인의 「봄맞이 춤」이 아름다운 이유는 점점 소유의 욕망에만 충실한 현대성을 무위자연의 언어로 표현했기 때문인데, 이는 시가 지향해야 할 자연의 아름다운 무도이다.

그러므로 시인이란 자고 이래로 자연의 여율과 호흡하며 생의 조건 법을 조화의 언어로 노래하는 자이자, 생명의 "맨살"을 어루만지며 이 세계 전체를 생명의 노래로 공명시키는 자이다.

한쪽에선 그윽한 향기 뿜으며 "매화"가 꽃을 활짝 피우고, 또 다른 한쪽에선 "소나무"가 새순을 밀어 올려 봄의 "월츠"를 추고 있다. 어깨 춤이 절로 난다. "바람"이 분다. 하늬바람과 마파람이 불어 생에 속한 모든 것들을 생성 화육시키는 대자연의 전원교향곡이 울려 퍼지는데, 그것이 바로 시 「봄맞이 춤」에 묘파된 시말의 정체이다. 마치 이백의 「춘야연도리원서」처럼 구상 시인은 자연에 응고된 모든 변화를 응시하면서, 봄의 "스텝"에 기입된 세세한 움직임을 정밀하게 묘사하고 있다.

물론 이백과 구상 시인 공히 봄의 정경을 묘사하며 상춘의 심경을 토로하고 있지만, 따라서 시인의 임무가 바로 자연과 서정적 교감을 통해 이 세계 전체를 상생의 리듬으로 인륜화하는 것이기까지 하지만, 어찌 그것이 자연과 공명하는 숭고한 여율에 존재의 맨살을 입히는 사랑의 육화 과정이 아니라고 단언할 수 있겠는가?

그윽한 향기 뿜는 "아카시아" 숲길을 걸으며 생명의 참된 의미를 참구했으며, 마침내 "길 언저리"를 가득 채운 "잡초"에게서 깨달음의 지혜를 얻게 된다. 생명은 저와 같다. 생명은 한데 어울려 공존하며 서로가 서로에게 여백을 허락함과 동시에 서로가 서로를 의지하며 유기적인 연대를 이루게 되는데, 그것이 바로 시 「봄맞이 춤」에 내파된 의미의 진실이다.

생명의 외경 혹은 자연의 오묘한 진리. 전원교향곡이 울려 퍼지는 자연의 저 봄날의 무도회는 자기 욕망만을 믿고 절대시하는 21세기 자본주의의 탐욕스러운 우회로를 가볍게 돌파하여 생명의 참된 가치가 무엇인지를 즉자적으로 드러내 보이고 있다.

물론 시인의 그것이 생명들이 솟아나는 신록의 풍경을 춤에 비유해 소묘하고 있지만, 따라서 시인이 전개한 일련의 시말운동이 "봄의 단장"을 하는 생명의 리듬을 자연의 천변만화경으로 즉물화한 것처럼 보이기도 하지만, 어찌 그것이 존재의 "맨살"을 촉지하는 시인 특유의 존재 감각이 아니라고 단언할 수 있겠는가?

구상 시인의 시들은 생명을 사랑하는 존재의 언어이다. 구상 시인이 평생을 두고 추구했던 시말운동은 바로 자연의 무도를 전원교향곡으로 탄주하면서 생명 그 자체를 숭고한 경외의 감정으로 고양시키는 상생의 표현법이라 하겠다. 설령 생에 포획된 그 모든 의미의 층위가 쓸쓸함으로 회귀하는 파열음일지라도, 시인은 "수양버들" "자진가락"을 들으며 자연에 존재하는 생령들의 "맨살"을 따스하게 어루만지고 있다.

나의 무능無能과 무력無力도 감사하고

새해에는 신비의 샘인
목숨의 시간들을
헛된 욕망으로 흐리고 더럽혀서
연탄빛 폐수로 흘려 보내진 않으련다.

나의 삶을 감싸고 있는
신령한 은총에 눈을 떠서
현재로부터 영원을 살며
진선미眞善美의 실재實在를 내 스스로 증거하여 보이리라.

나는 똑똑히 보아 왔노라.
눈에 보이는 사물만을 받들어 섬기고
눈에 보이지 않는 도리道理를 외면하던
모든 소유의 무상한 파탄을!

그리고 나는 또한 보아 왔노라
믿음과 희망과 사랑을 굳게 안고

영원의 깊은 요구에 응답하는
마음 가난한 이들의 불멸의 모습을!

이제 나에게 나의 무능과 무력도 감사하고
이 새해를 살기에 필요로 하는 것은
오직 마음의 순결, 그 하나뿐일세.

감사와 욕망의 변증법 - 순결에 이르는 길

　　사실 자본의 21세기에, 혹은 무한경쟁만을 부추기는 환상의
세기에 감사라는 어휘는 그 쓰임새가 적확하지 않은 듯하다. 까닭은
자본의 이념이 지배하는 21세기의 모럴은 소비와 향유로 중층결정된
향락의 사회이기 때문이다. 첫째도 소비를 부추기는 상품의 유혹이
고, 둘째도 주이상스, 즉 향락을 향유하는 소비 사회가 바로 21세기 자
본주의의 도덕적 실체이다.

　　시의 현실이 그와 같다면, 하루하루를 감사하는 마음으로 가득 채
우는 것은 가능한가? 물욕과 권력욕으로 가득 찬 혼돈의 세상을 어떠
한 태도로 살아갈 때 순결에 이를 수 있는가? 구상 시인의 시들을 읽
노라면, 늘 겸허해짐을 느끼는 동시에 존재의 숙명에 기입된 참된 본
질이 차안이 아니라 피안 어디쯤에서 생성된 영혼의 기호라고 직감하
게 된다.

　　탐욕에 빠지지 말게 하소서! 더불어 이 세계를 사랑과 순수로 가득
채울 수 있게 하소서! 시말은 그렇게 "영원"의 어디쯤을 헤매다가 현재
바로 지금 여기 이 순간을 긍정하는 마법의 순간을 연출하게 되는데,
그것은 어떤 "신비의 샘"이 흐르는 "목숨의 시간"들인가?

　　물론 구상 시인의 그것이 "신령한 은총에 눈" 뜬 순간을 "실재實在"

와 마주하는 순간이라 호명하고 있지만, 따라서 시인이 지향하는 "마음의 순결"이 "소유所有" 저 너머에서 생성된 것이라는 사실을 익히 잘 알고 있지만, 이는 자본과 욕망과 탐욕으로 똘똘 뭉친 시대의 명제와 너무 먼 곳에서 생성된 존재의 여율이 아닌가.

오늘도 우리는 한때 정의와 공평과 자유를 부르짖다가 "헛된 욕망"만을 좇는 변절자가 되어 파탄에 이르게 되는데, 그것이 바로 우리가 살아가는 현재 사회의 정확한 실상이다.

그런데 시인은 욕망 너머의 세계로 비약해 "새해"을 맞이하는 소회를 "감사"의 전언으로 노래하고 있는데, 어쩌면 그것은 시인이 깨달은 "불멸의 모습"일지도 모른다. 아니, 보다 정확하게 말해서 "현재"와 "영원" 사이의 거리를 욕망하는 "사물"이 아니라 "도리道理", 즉 참된 인간학의 교의로 봉합하고 있는 한, 시인이 전개한 일련의 시말운동은 이 세계 전체를 인류성으로 공명시키는 존재의 언어라 하겠다.

때론 "믿음과 희망과 사랑"이 세계를 지배하는 실재라고 간주하면서, 때론 삶-시간-세계에 기입된 일련의 서사가 "진선미眞善美의 실재實在"임을 자각하면서, 구상 시인은 존재에 속한 모든 것들을 감사의 전언으로 노래하고 있다. 따라서 시인이 전개한 일련의 시말운동은 21세기 자본에 속한 "소유"에의 욕망을 "마음 가난한 이들", 즉 안토니오 네그리가 말한 빈자 다중의 삶으로 치유하면서 불멸에 이르는 영원의 길을 모색하고 있다.

비록 시인의 삶에 속한 모든 것들이 "무능과 무력"을 깨달아 가는 자기 한계의 과정처럼 보이지만, 더 나아가 시간과 공명했던 삶의 가치들을 절대성과 상면시키는 것처럼 비추어지기도 하지만, 이는 진리에 순응하는 시인의 사명이다. 겸허해지고 마음이 숙연해진다. 시인이란 "헛된 욕망"을 경계하는 진리의 사도이다. 시인이란 순결한 마음을 그/녀들에게 전이시키는 사랑의 사도이다.

오늘도 "새해"의 소망을 다짐하면서, 시인이 견지해야 할 모든 것이 바로 "순결"임을 감사의 마음으로 피력하고 있다. 그리고 바로 그러한 마음의 자세가 바로 평생에 걸쳐 자연인 구상을 형성한 마음자리이자, 시인으로 살아온 존재의 삶의 결이기도 하다. 온유하고 부러운 듯 강직했고, 또 늘 겸손한 자세를 견지하며 시인으로서의 본분을 잊지 않았다. 놀랍고 또 경이롭기까지 하다. 운명의 삶을 살아온 시인의 청렴한 길이여!

밭 일기 18

파란 밤하늘엔
별들이 살고

황토 내 가슴엔
꽃들이 핀다.

반짝이는
별에는

꿈이 하나씩
깃들어 있고

색색의
꽃에는

이슬이 방울방울
숨어 있다.

꿈, 시가 말할 수 있는 전부

 AI와 함께 디지털 문명이 신기원으로 향하지만, 삶은 문명의 의도와 달리 점점 황폐화되는 경향이 농후하다. 비인간화 현상이 팽배해 있으며, 마침내 인간과 세계의 관계를 물화시키기에 이른다. 이를테면 이 세계를 지배하는 중심에 물질명사 '돈'이 활보하고 있는 한, 저 "꿈"이라는 위대한 사상은 한낱 허구에 지나지 않다.

 자본의 이념이 공고화되어 가는 현실 속에서 꿈을 꾸는 것은 가능할까? 도대체 구상 시인에게 꿈은 어떤 의미의 함수를 지닌 존재론적인 기호인가? 자본의 투자 승수에 비례해 꿈-사상을 임의적으로 조정 가능하게 만든 냉혹한 21세기에 과연 인간학은 별과 꿈 사이에 색인된 "이슬"의 기호를 "방울방울" 노래할 수 있을까? 가능하지 않고, 황당무계한 변설에 가깝다. 왜냐하면 자본의 세기는 아무도 꿈의 사상에 기입된 순수성을 믿지 않기 때문이다.

 그러나 그러한 현실적 지평에도 불구하고 구상 시인의 「밭 일기」 연작은 그것이 가능하다고 조용히 읊조리고 있다. "파란 밤하늘"을 넋 놓고 바라보며 황홀경에 이른다. 물질적으로 그리 풍요로운 시대는 아니었지만, 마음은 평화롭고 또 따스한 인간애를 나눌 수 있다고 믿었다. 그러나 정작 물질적으로 풍요로운 디지털 문명의 21세기가 도래했지만, 불평등이 만연해 있는 저 모순의 현실은 시가 참조해야 할 언어의 실체적 진실이다.

그런데 구상 시인은 이데올로기의 참극이 빚어낸 추악한 불평등의 현실을 "꽃"과 "별"의 전언으로 위무하면서, 삶-시간-세계 전체를 따스한 감성의 전언으로 포월하고 있다. 때론 노동의 하루를 신성가족의 삶으로 봉헌하면서, 때론 "색색의/꽃"들이 펼쳐내는 화려한 축제의 향연을 실제적 삶의 모습이라 간주하면서, 구상 시인은 시가 말할 수 있는 총체적인 사태를 "꿈"이라 확언하고 있다.

따라서 꿈은 시가 견지해야 할 전부이자, 시인의 총체적인 현실이다. 설령 우리가 살아가는 현실 전체가 자본의 기획력에 의해 철저하게 조종당하고 있지만, 더불어 자본은 인간학을 지배하는 최종 심급으로 평가하는 경향이 없지 않지만, 어찌 인간학과 세계 사이에 침전된 그 모든 것들을 환상과 이미지의 공식만으로 환원시킬 수 있겠는가?

구상 시인의 「밭 일기」 연작이 의미 있는 것은 환상과 이미지에 경도된 21세기 자본의 허상을 바로잡을 수 있는 삶의 실물을 끊임없이 환기시키고 있기 때문인데, 이는 시가 말해야 할 언어의 실재, 즉 21세기에도 시가 필요한 궁극적인 이유에 해당한다 하겠다.

비록 현대성에 포획된 일체의 알고리즘이 AI와 함께 전인미답의 길을 걸어가고 있는 것만은 분명하지만, 따라서 구상 시인이 전개한 일련의 시말운동이 소멸시효가 적용되는 너무도 낡은 시 양식처럼 보이기까지 하지만, 어찌 그것이 앨빈 토플러 식의 폐용 가치만을 의미하는 무의미의 존재이겠는가? 꿈은 여전히 유효하고, 시가 노래할 수 있는 초심인 동시에 영원히 회귀할 시의 마지막 자리이다.

그러므로 「밭 일기」 연작이 노래한 일련의 서사는 환상과 이미지에 경도된 불구적 의식이 아니라, 너무도 삶을 사랑한 존재 그 자체의 꿈과 사랑의 전언이라 하겠다. 다시 말해서 구상 시인이 노래한 별과 꽃과 꿈에 관한 일련의 소묘는 영원히 간직해야 할 시의 사명이자, 시가 놓치지 말아야 할 최후의 보루이다.

시인에게 별은 영원을 표상하는 이념의 실재이고, 꿈은 진실에 이르는 인간학의 정수이다. 따라서 구상 시인에게 시란 인륜적 삶을 끌어안는 존재의 언어이다. 특히 시 「밭 일기 18」은 일체의 기어를 배제한 채 솔직담백하게 시의 진실을 노래하고 있는데, 이는 일체의 세속적인 욕망을 허락하지 않는 순수의 진경산수, 즉 시가 말할 수 있는 최고의 경지임에 틀림없다.

아무것도 오염되지 않은 순진무구한 청정의 상태. 바로 그것이 시인이 도달하고 싶은 시의 실재인 듯하다. 오늘도 별은 어둠을 밝히고, 꿈은 환멸의 냉혹한 현실을 감싸 안으며 지친 사람들을 위무할 것이다. 그리고 꽃은 내일의 희망을 위해 활짝 꽃피울 것이다.

시어詩語

말은 단순한 부호가 아니다.
'하늘' 하면 저 하늘이 지닌
모든 신비를 그 말이 담고 있고
'땅' 하면 이 땅이 거느리고 있는
모든 사물을 그 말이 담고 있으니
그래서 낱말 하나하나가 소우주小宇宙다.

말은 지시 기능만을 지닌 게 아니라
미묘한 정서 기능을 지니고 있다.
'어'해 다르고 '아'해 다르다지 않는가.
어순語順과 어조語調의 강약과 고저 장단에 따라
그 말의 감응과 감동은 전혀 달라지느니
그래서 시의 말은 걸음이 아니라 춤이요,
춤맵시처럼 아름다운 말씨만이 되풀이된다.

말과 생각과 느낌은 둘이 아니다.
우리는 말로써 사물을 포착한다.

그래서 언어는 존재의 집이요,
그 존재에 대한 인식의 깊이와 넓이가
그 말의 깊이와 넓이를 결정한다.

시는 말의 치장술이 아니다.
아무리 말이 번드레하고 교묘하더라도
그 말에 담겨진 진실이 없으면
그 말이 가슴에 와서 닿지 않으니
시의 표상表象도 실재實在가 수반되지 않으면
공감과 감동을 불러일으키지 못한다.
시인이여, 그대들은 기어綺語의 죄를 범하여
저 무간지옥無間地獄에 던져질까 두려워하라!

시말 : 감응과 실재 사이의 거리

　　현재 세계는 무자비하다 못해 비인간화의 극단으로 치닫고 있다. 한쪽에선 알고리즘의 신화가 전하는 환상에 매혹되어 본래의 자기를 잃고 또 다른 한쪽에선 강력한 죽음 본능에 사로잡혀 온 세계를 전쟁의 소용돌이로 마비시켜 버린다. 작금의 현실이 공포감을 주는 것은 모든 의미의 가치 체계가 전도 전복되어 인간학과 세계 사이에 거대한 균열을 생성하고 있기 때문인데, 이는 이성 중심의 현대성이 기획하지 않는 너무도 낯선 의외의 풍경이다.

　　따라서 작금의 엄혹한 현실이 꿈과 이념이 실현된 낭만의 황홀한 서사로 구축되지 않으리라는 것은 너무도 자명하다. 만약 그와 같은 사실이 진실이라면 우리는 어디에 위치하고 무엇을 위한 삶을 살아야 하는가? 아니 구상 시인이 끊임없이 설파했던 저 실재와 진실과 믿음에의 이념은 인간학과 세계 사이에서 어떠한 기능을 했으며, 과연 그것은 여전히 유효한 시의 사실이라고 말할 수 있겠는가?

　　말을 중심으로 섬기고 또 말에 내파된 은일한 기호의 작용과 적극적으로 조우하며 말이 곧 인간학의 실재임을 증명하는 시인의 삶이 최고의 인간학이다. 특히 구상 시인의 시 「시어詩語」는 말의 진리성과 실재의 작용을 명징하게 드러내고 있는데, 이는 시인이 전 생애에 걸쳐 추구했던 일종의 시적 화두임에 틀림없다.

시가 삶의 전부인 시인 혹은 시와 삶이 일치한 생애. 구상 시인의 삶-시간-세계가 놀라운 점은 시의 실재성을 삶의 실재성으로 가지고 와 실천적 삶을 살았던 육사와 동주처럼 초지일관 시와 삶 사이의 무한할 것 같은 거리를 최대한 밀착시켜 삶이 곧 시의 사실임을 증명해 냈기 때문이다. 시와 삶 사이의 거리를 완벽하게 봉합하기를 원했지만 실패로 끝났던 김기림의 전체 시론의 이념과 정반대의 대척점에 서 있었던 구상 시인은 삶의 언어를 시의 언어로 가져와 시말이 곧 "소우주小宇宙"의 실재임을 증명하고 있다.

지행합일의 시인 혹은 삶의 "감흥"을 육화시킨 시. 따라서 말은 존재의 집이지, "치장술", 즉 단순한 "기어綺語"의 교묘한 조형술이 빚어내는 지시 기능만을 의미하지 않는다. 아니, 더 나아가 시말의 표상력이 실재의 표상력으로 극화되지 않으면, 그것은 결코 온전한 시말운동이 아닐 뿐만 아니라, 시인이 경계해야 할 시의 사명으로 간주하기에 이른다.

물론 이제까지 전개한 시의 역사 전체가 형식의 역동적인 역사처럼 보이지만, 따라서 동일한 실재를 전혀 다르게 표현하는 바로 그 지대에 시의 온전한 위의가 고스란히 담겨져 있는 것처럼 느껴지기도 하지만, 어찌 시말의 사명이 "감응", 즉 너와 나를 상호 공명시키는 진실의 전언이 아니라고 단언할 수 있겠는가?

진실을 호도하고 교언영색만을 일삼는 현대의 이미지 세계에 말의 진실을 추구하는 시인의 태도는 가히 숭고한 시인의 사명이라 하겠다.

마치 당나라의 문사 장온고가 「대보잠大寶箴」에서 역사에 기록된 모든 행위를 철저하게 반성의 거울로 삼았던 것처럼, 구상 시인도 존재의 집을 압박하는 시말운동 전체가 진실과 상호 공명하며 투영되는 실재 그 자체의 운동으로 고양되기를 소망하고 있다.

물론 여전히 현실은 "번드레하고 교묘"한 말들에 현혹되어 본래적인 자기를 잃어버린 채 진실과 감응하기를 요구하지 않지만, 따라서 우리가 살아가는 일상 전체가 향락을 향유하도록 유혹적 포즈를 취하고 있지만, 그러한 현실에도 아랑곳하지 않고 구상 시인은 기어를 양산하는 태도를 경계하는 것은 물론, 늘 시의 미래를 실재의 길로 예시하면서, 시의 진실을 존재의 실재와 일치시켜 가고 있다. 언어는 존재와 마주선 실재의 절대성 그 자체이다.

밭 일기 38

암담한 북녘 하늘
핼쑥한 해
검정을 쓴 구름
우중충한 산
음산한 공기
냉랭한 바람

와병臥病
장장長長
20년

침윤浸潤
객혈喀血
공동空洞
누瘻

좌폐左肺를 파먹는 까마귀 떼
우폐右肺를 파먹는 갈까마귀 떼
잔등에 불이 난다

쏟아져라
폭우暴雨
폭우

쳐라
벼락
벼락

저 이념理念의 허재비
머리 위에!

이데올로기의 현실 : 실존 혹은 존재의 실재

　　식민 시대를 경험하고, 아울러 남북전쟁을 온몸으로 체험한 비극의 세대에게 이데올로기는 한낱 허구에 지나지 않을지도 모른다. 실존은 본질에 앞설 뿐만 아니라, 모든 이념적 행위를 무위로 되돌려 보내 참된 인간학의 실재가 무엇인지를 성찰하게 만든다. 까닭은 이데올로기의 심연에 광기라는 잔혹극이 자리해 삶–시간–세계 전체를 늘 혼동의 와중으로 몰고 가기 때문이다.

　　갈등은 최선이고 조화는 가능하지 않은 이념의 허구인가? 온 우주가 음산하고 불길하다. 까닭은 하나의 관념이 두 개의 이념으로 분열되어 역사 전체를 첨예한 갈등의 양식으로 묘사하기 때문이다. 당면한 실존의 절실한 문제가 폐기된다. 이데올로기의 조종술에 의해 삶이 황폐화되었으며, 마침내 두 개의 체제, 즉 남북 분열이라는 최악의 상황으로 치달아 이념의 갈등만을 양산하게 된다.

　　말하자면 구상 시인이 노래한 「밭 일기」 연작은 실존과 이데올로기 사이에 침전된 다양한 삶의 무늬를 인간의 서사학으로 부조시키고 있는데, 이는 이념의 잔상이 기록된 존재의 서사라 하겠다. 오늘도 우리는 이것이냐 저것이냐 사이에서 끊임없는 이념의 선택을 강요받고 있다. 물론 시인의 그것은 대승적인 차원의 조화를 지향하고 있지만,

따라서 자연인 구상에게 진리에 이르는 통섭의 지혜는 최상의 가치이지만, 그러나 그것은 실현 가능하지 않은 한낱 그림의 떡일지도 모른다. 왜냐하면 현실은 늘 좌우 이데올로기의 사상으로 나뉘어 끊임없는 분열을 획책하며 서로가 서로를 증오하고 비난만을 일삼고 있기 때문이다.

간악한 이데올로기의 조종술. 전쟁의 비극성을 온몸으로 체험한 세대의 시인에게 죽음에의 공포는 차마 끊어내지 못한 일종의 숙명적인 고통 이상을 의미한다. 그것은 의식을 지배하는 선험적인 그 무엇이다. 고통과 슬픔이 뇌리 깊숙한 곳에 각인된다. 이를테면 구상 시인이 전 생애를 걸쳐 전개한 일련의 시말운동은 이데올로기의 심연에 응고된 허상을 걷어내 진리와 마주 세우는 것인데, 이는 실존과 실재 사이에 매개된 "허재비", 즉 사상의 허수아비와 정면으로 마주서서 그것을 깨부수는 존재의 단호한 태도이다.

이데올로기의 암담한 현실 혹은 민족상잔의 비극. 도대체 "이념理念"이라고 호명되는 저 관념은 어떤 실존의 사태인가? "음산한 공기"가 온 우주를 뒤덮는다. 아니 이데올로기의 타자로 몰락해 가는 인간에 관한 서사는 점점 낡고 늙어 이념의 주구로 물화되는데, 어쩌면 그것이 현재 살아가는 우리네 삶의 모습, 즉 좌우 이념의 대립만을 일삼으며 갈등하는 현재 우리들의 모습과 정확하게 일치하고 있다.

설령 구상 시인의 그것이 욕망하는 삶에 대하여 비판의 칼날을 예리하게 벼렸고, 이를 통해 삶의 진리화가 가능하다고 믿고 있었겠지만, 그러나 그러한 시인의 신념에도 불구하고 현실은 늘 "냉랭한 바람"이

불어 이념의 분열을 고착화시킬 따름이다. 아니, 역으로 우리는 어쩌면 각자 믿고 의지하는 이념의 프레임에 갇힌 채 진리의 타자로 소거되고 있는지 모르겠다. 좌우 진영 논리가 점점 더 고착화되어 분열의 극단에 다다른 현재가 바로 우리 현실의 참모습이다.

물론 표면상 현실은 여전히 다양한 이념의 선택지가 즐비하게 널려 있는 것처럼 보지만, 어느 누구도 그것이 진실이 아닌 가짜, 즉 이념의 프레임에 갇힌 허구임을 전혀 모른다. 20년째 여러 병을 앓으며 만신창이가 되어 가는 시인만이 오롯이 깨어 "이념"이 "허재비"의 우두머리임을 정신의 불로 밝히고 있다. 때론 준엄하게 "벼락"이 내리치기를 염원하면서, 때론 "폭우"가 내려 온 세상을 물로 정화하기를 소망하면서, 구상 시인은 삶-시간-세계가 진정성이 실현되는 인간학의 장소이기를 희원하고 있다.

시인은 저와 같다. 시인은 저와 같이 늘 깨어 진실과 공명하는 시대의 참된 공기이다. 오늘도 가쁜 호흡 내뱉으며 한 치의 오차도 없이 진실을 토설하고 있는 그가 바로 시인 구상이다. 오늘도 무량하게 엄혹한 시대의 한복판을 거닐며 시인의 참된 임무가 무엇인지를 진중하게 되묻고 있다.

새봄의 조화造化

엊그제도 함박눈이 오셨는데
오늘은 해사하고 따스한 날씨,

산책을 나서다 무심히 바라보니
아파트 잔디밭 양지바른 곳마다
파릇파릇 새 풀들이 소복하다.

나는 놀라움과 반가움에 멈칫 서서
다가올 자연의 향연을 떠올리다가
뿌리 썩은 고목古木 같은 자신이 서글퍼진다.

이제 이내 몸은 소생蘇生은커녕
하루하루 버티기가 고작이지만
나도 머지않아 이승이 끝나는 대로
바로 다름 아닌 저 신령한 조화造化로서
저승이 새 삶을 누리겠거니 여기니
다시 새봄이 흥그러워진다.

생, 저 너머 세계 : 조화 혹은 피안

알고리즘의 신화가 이 세계, 이 시공간을 유토피아로 만들어 줄 것이라 믿고 기대했었지만, 전혀 예기치 못한 아주 낯선 적들이 나타나 온 세상을 팬데믹Pandemic으로 만들어 버렸다. 이제 더 이상 낭만, 즉 낙원의 서사는 가능하지 않다. 이제 희망은 절망의 공식으로 전환되어 하루하루를 지난한 삶으로 가득 채우게 될 것이다. 이제 이 세계는 분열과 갈등을 일삼으며 불신만을 키우게 될 것이다.

불확정성이 지배한다. 코로나 이후 세계는 공포가 만연한 채 늘 보이지 않는 작은 적들과 대면하는 고난의 나날들의 연속일 것이다. 어떻게 살아야 하는가? 견고할 것이라 믿은 인간학이 처참하게 무너져 내린 순간, 우리는 무엇을 믿고 의지하며 하루하루를 살아가야 하는가? 목적이 사라진다. 더불어 희망에의 의지가 고사된다. 거울에 투영된 자아 혹은 반성하는 삶. 우리는 자기로부터 너무 멀리 떨어져 나와 스스로를 욕망의 주체로 상정하고 살아왔으며, 마침내 이 세계가 불평등으로 그 체제를 완성한 사악한 세상임을 다시 확인하게 된다.

그런데 구상 시인의 「새봄의 조화」는 불의가 난무하는 21세기를 새로운 방향으로 삶의 양식을 구조조정할 수 있는 너무도 자명한 삶의 지혜를 깨달음의 전언으로 고지하고 있는데, 이는 욕망하는 자아가

꿈꿀 수 없는 긍정의 기호이자, 너 또는 내가 반드시 도달해야만 하는 여율의 숙명이다. 오늘도 묵묵히 감사의 기도를 올리며 새봄의 조화로운 광경에 온몸을 기꺼이 내맡긴다.

그러나 삶은 점점 시간의 저쪽으로 소거되어 "소생蘇生"하지 못하는 절대 무의 상태에 당도하게 되는데, 그것이 바로 인간학이 위치하는 궁극의 자리이다. 물론 현재 구상 시인은 윤중로 어디쯤을 거닐면서 새 생명이 움터 오는 생명의 신비를 만끽하고 있을 게다. 때론 새봄이 전하는 싱그러움을 온몸으로 체감하면서, 때론 점점 낡고 늙어지는 생이 처한 존재의 형식을 겸허하게 받아들이면서, 시인은 양가감정에 휩싸이게 된다.

"다시 새봄"이 오고 또 "자연의 향연"이 펼쳐지지만, 그러나 몸은 "고작" 하루하루를 어렵게 버티어 낼 뿐, 점점 "뿌리 썩은 고목古木"이 되어 몰락하는 운명을 예감하게 된다. 저와 같은 것이 생명의 여율인가! 새봄의 조화는 소멸의 자리에서 움터 오는 생명의 영가인가! 오늘도 저 신비로운 생명의 순환 앞에 신령스러운 조화를 체감하면서, 시인은 점점 절대의 경지에 도달해 가고 있다.

"이승"과 "저승" 사이의 미학적 거리 혹은 절대 시간의 올연한 법칙. 우리는 그렇게 열역학 제2법칙이 만들어내는 엔트로피 공식의 타자, 즉 소멸하는 것으로 "신령한 조화造化"의 힘을 만끽하게 되는데, 그것이 바로 「새봄의 조화」에 육화된 반복의 영원이다. 주체는 생 너머의 시간이고, 객체는 여율과 공명하는 인륜적 삶의 애잔한 형식이다. 우리는 시간의 과객이지, 절대적인 주체의 시간으로 존재하지 않는다.

따라서 엊그제는 펄펄 "함박눈"이 내리고, 오늘은 온 천하가 "파릇파릇 새 풀"이 흐드러지게 올라와 화려한 생의 온도를 구가하고 편승하는 시간의 덧없는 나그네일 뿐, 무엇을 탓하고 한탄할 수 있겠는가? 그저 아름답다고 말하리라. 아니 차라리 그것은 생이 펼쳐내는 경이로움, 즉 신령스러운 조화라고 말해야 할 듯하다.

시간의 사라짐과 함께 생, 저 너머의 비의에 한 발짝 더 다가간다. 물론 구상 시인의 그것이 "놀라움과 반가움" 사이에서 "멈칫"하는 태도, 즉 서글퍼진 자신의 심경을 솔직하게 피력한 것이기는 하지만, 어찌 그것이 신비로운 생명의 경이로움을 표현하는 숭고의 절대적인 감정 상태가 아니라고 단언할 수 있겠는가?

생으로 오는 것은 저와 같이 아름답고, 생의 흔적으로 남는 애잔한 감성 또한 이와 같이 아름답다. 물론 시인의 그것이 "저승의 새 삶"에 관한 성찰적 태도를 드러낸 것이기는 하지만, 따라서 일련의 시말은 웅비하는 봄의 생명이 아니라, 소멸에 이르는 애잔한 감정을 겨냥하고 있지만, 어찌 그것이 인간학에 침전된 생 너머의 세계를 시말로 고양시킨 것이 아니겠는가. 생과 생이 속했던 모두가 아름답고, 또 생명의 여울이 숨 쉬는 절대 공간임을 이제야 알 것도 같다.

우음偶吟

나는 내가 지은 감옥 속에
갇혀 있다.

너는 네가 만든 쇠사슬에
묶여 있다.

그는 그가 엮은 동아줄에
매여 있다.

우리는 저마다의 굴레에서
벗어났을 때

그제사 세상이 바로 보이고
삶의 보람과 기쁨도 맛본다.

자기 한계 저 너머의 아름다운 세상 : 보람 혹은 기쁨

늘 그런 것은 아니지만 아주 가끔은 다음과 같이 묻는다. 아름다운 인생은 무엇인가? 더불어 기쁨과 보람으로 가득 찬 생의 형식은 어떤 의미를 구조할 때 가능한가? 문득 떠오른 이 질문은 이 세상에 가장 쉬운 질문인 것 같지만, 어느 누구도 그것에 관한 답을 쉽게 했던 적이 없는 어리석은 물음인 것 같다. 어쩌면 역으로 문득 떠오른 저 의문 가득한 질문들은 진리에의 의지가 매개된 돈오頓悟의 순간인지도 모른다.

따라서 '문득'이라는 저 부사어는 진리에 도달할 수 있는 최단시간이자, 깨달음에 이를 수 있는 최적의 순간이다. 우리는 "그제사" 자신이 지은 "죄"의 "감옥"에 갇혀 살아왔음을 부지불식간에 자복하며 행복의 순간에 이른다. 문득 시를 쓰고, 미처 의식도 하기 전에 이 세계의 진정한 의미를 읽고 깨닫는다. 문득문득 우리는 "저마다의 굴레"로부터 벗어나 참자유를 맛보는 순간도 있다.

돈오의 아름다운 순간 혹은 자기로부터의 혁명. 그렇게 우리 모두는 미망의 덫에 빠진 채 살아온 일상으로부터 벗어나 삶의 실재에 이르게 되는데, 그것이 바로 구상 시인의 「우음偶吟」에 나타난 자기의 참모습이다. 문득 자기에게 속한 모든 것들이 "쇠사슬"이자 "감옥"이고,

자기를 기망하는 거짓의 세계, 즉 위선적으로 살아온 존재의 허상이라고 깨닫는다. 문득 불현듯 한 편의 시가 어떤 진리의 상태에 도달해 일체의 인간학적 가치를 무의미한 것으로 붕괴시킬지도 모른다.

우리는 너무 많은 것들을 놓친 채 하루하루를 잘 살아가고 있다고 믿는다. 그러다 문득 깨닫는다. 각자 자신만의 고유한 방식으로 이 세계와 성실하게 대면하지만, 평화는 요원하고, 늘 갈등만을 부추기며 분쟁을 일삼는 요지경 세상에서 명예와 부를 얻기 위해 무던히도 애를 쓰며 살아가는 자기를 발견하곤 모골이 송연해진다. 어쩌면 구상 시인은 이제까지 인간학이라고 명명되었던 모든 것들을 일거에 무로 되돌려놓는 선지자인지도 모른다.

왜냐하면 인간학이란 운명적으로 자기 숙명의 사슬에 묶인 채 스스로를 응시하는 시간의 역설적인 운동이기 때문이다. 따라서 구상 시인의 저 깨달음의 위대한 전언은 단순한 의미의 시의 표상이 아니라, 전 생애에 걸친 일종의 화두와도 같은 진리 그 자체의 정언 명령을 투명하게 밝힌 행복의 실재이다. 문득 깨달음에 이르면 자기를 옭아맨 욕망으로부터 벗어나 참자유를 누릴 수 있으리니!

그러나 현실을 살아가는 인간에게 응고된 모든 진실은 반복의 거대한 "굴레"를 벗어나지 못한 시지포스의 그것과 너무도 유사한 부조리의 연속임을 명심해야 한다. 아니 역으로 구상 시인의 시 「우음」은 부조리한 현실의 체제를 "쇠사슬, 동아줄, 굴레"라는 이해의 한계로 명명하면서, 자기 속박으로부터 벗어나기를 역설한 역작이다.

자기에게 속한 단단한 속박에서 벗어나 참자유를 만끽해 본다. 물론 삶은 늘 자기 속박의 동심원을 크게 벗어나지 못하지만, 따라서 인간학에 포획된 일련의 서사가 자기 숙명의 한계를 벗어나는 것을 결코 허락하지 않지만, 어찌 시인이 역설한 기쁨과 행복과 보람이 진리에 이르는 유일한 길임을 모르겠는가? 문득 진리의 문턱을 넘어 낙원에 이른다.

그러나 '참'이라는 진리 명제를 자기에게로 이끌어 와 참된 삶의 주체가 된다는 것은 그리 쉬운 일이 아니다. 아니 역으로 구상 시인이 평생 견지한 진리에의 의지는 너무도 어려운 존재의 길이자, 감히 어느 누구도 쉬이 따라할 수 없는 성자의 길이기도 하다. '참'이라는 의미에 집중해 보지만, '참'을 비껴가는 족쇄의 삶을 살아가게 된다. 늘 우리는 스스로를 기망하는 현실에 이끌되어 진리 바깥에 위치한 채 잘 살아가고 있다고 믿는다.

대부분의 사람들이 그렇듯, 우리는 저 동일한 것의 반복에 현혹되어 참된 "삶의 보람과 기쁨"이 무엇인지 모른 채 죽음에 이른다. 시「우음」이 설파한 일련의 고백이 숭고한 이유는 각자 자기 감옥에 갇혀 살아가는 군중의 삶을 일깨워 우리 모두가 진정한 행복의 세계로 들어서도록 인도하기 때문이다.

따라서 구상 시인이 전개한 일련의 시말운동이 아름다운 것은 단순하게 시를 잘 쓰는 삶을 추구한 시인의 삶이 아니라, 시가 곧 진실을 압박하고, 진리에 도달하기를 염원하는 성자의 삶 그 자체를 추구하고 있기 때문이다. 마치 '참'이 가져다주는 기쁨과 행복이 무엇인지를 알고 실천하는 삶을 살아왔던 간디처럼, 구상 시인도 시와 삶의 일치를 통해서 참자유와 행복의 세계로 나아가기를 염원하고 있다.

3 ─ 유토피아는 있는가

한 알의 사과 속에는

한 알의 사과 속에는
구름이 논다.

한 알의 사과 속에는
대지大地가 숨쉰다.

한 알의 사과 속에는
강이 흐른다.

한 알의 사과 속에는
태양이 불탄다.

한 알의 사과 속에는
달과 별이 속삭인다.

그리고 한 알의 사과 속에는
우리의 땀과 사랑이 영생永生한다.

생명의 운동 : 대우주와 소우주의 변증법적 운동

생명이란 상생의 리듬이 전이되는 역동적인 운동이지, 결코 물 자체로 존재하는 하나의 사물로 표상되지 않는다. 이를테면 모든 것을 물화시키는 현대성의 이념과 달리, 구상 시인이 전개한 일련의 시말 운동은 생명에 속했던 일련의 사태를 의미의 구성 원리로 생각하면서 이 세계 전체를 생명의 여율로 공명시키고 있다.

따라서 그냥 무의미하게 사라지는 존재란 존재하지도 않고, 존재할 수도 없다. 역으로 이 세계는 의미의 존재들로 구성된 역동적인 생명의 공간이라는 말을 성립시킨다. 까닭은 나는 너로 인해 의미 가득한 존재로 탈바꿈하게 되고, 너는 나의 행위가 원인이 되어 생성화육하는 생에의 형식으로 고양되기 때문이다.

우리는 그렇게 서로가 서로에게 의미로 연결되어 인과 필연의 관계를 형성하게 되는데, 그것이 바로 시 「한 알의 사과 속에는」에 내파된 의미의 정체이다. 소우주는 대우주의 의지가 고밀도로 압축 굴절된 인간학의 첨예한 장소가 되고, 대우주는 소우주가 표현되고 발현하는 거대한 신비의 장소, 즉 모든 것들을 포월하는 대자의 공간으로 역동화된다.

서로가 서로에게 의미의 존재로 인지되고, 서로가 서로를 화육하는 상생, 즉 생명의 공간이었음을 이제야 깨닫다. 마치 스피노자의 사과나무가 먼 미래에 투사된 인간학적 희망을 노래하였듯이, 구상 시인도 "한 알의 사과"를 "사랑"의 전언으로 공명시켜 이 세계 전체가 상호 유기적으로 연결되어 인과 필연으로 긴밀하게 결속되어 있음을 증명해 보이고 있다. 사과 한 알은 의미 생성의 근원, 즉 삶-시간-세계가 총체적으로 집적된 인간학의 장소이자, 너 또는 내가 상호 화답하는 존재의 울림이다.

그러므로 이 세상의 모든 것들, 즉 티끌 하나 풀잎 하나까지도 "땀과 사랑"이 변주된 은혜의 산물이 아닌 것이 없으며, 거대한 자연의 능산적能産的 운동이 만든 생명의 고귀한 여율이다. 소산, 즉 사과 한 알은 능산, 즉 거대한 자연의 역동적인 운동이 표현되는 진리의 장소이다. 따라서 한 알의 사과는 단순한 물상으로 존재하는 것이 아니라, 신비로운 영기가 스민 이 세계의 표상, 즉 실재의 숭고한 의미 작용이다.

물론 시인이 전개한 일련의 시말운동이 "영생永生"이라는 말로 귀결시켜 생명의 운동 전체를 무한성으로 표현하고 있지만, 따라서 생명과 그것의 구성물은 단순하게 존재하는 물화된 표상이 아닌 것 또한 사실이지만, 이는 단순한 시적 표현 과정에서 생성된 우연의 산물이 아니라, 자연인 구상이 자신의 평생을 바쳐서 얻은 인식의 총체적인 사유의 결과물, 즉 궁극적인 깨달음의 진리이다. 이 세상에 존재했던 모든 것들은 단순하게 사라져 소멸하는 파열의 징후가 아니라, 영원으로 회귀하는 진리의 흔적들이다.

다시 말해서 구상 시인에게 한 알의 사과는 단순한 사물로 의식되지 않는다. 농부가 하나의 밀알을 키우기 위해 혼신의 힘을 다 바치듯이, 한 알의 사과는 그저 그렇고 그런 하나의 사물로 존재하지 않는다. 아니 역으로 보는 눈에 따라 사과 한 알은 소우주와 대우주의 상호 변증법적 통일이 이루어진 궁극적인 실재처럼 보이는데, 이는 "구름, 대지, 태양, 달 그리고 별" 등등이 함께 참여해 생성된 만유의 일체이기 때문이다.

결론적으로 말해서 한 알의 사과는 인간학과 세계 사이의 거대한 균열을 봉합하는 인륜성의 한 형식이자, 모든 의식이 고밀도로 압축 굴절된 생의 한 형식, 즉 인간학과 세계학을 상호 변주한 총체의 학 그 자체를 의미한다. 왜냐하면 그것은 단순한 노동의 산물이 아니라, 대우주의 신비로운 영기가 스며 있는 우리 모두를 상징하는 삶의 실물인 동시에 너 또는 내가 이 세계 속에서 궁구해야 할 상징적 실재이기도 하기 때문이다.

한 알의 사과를 소중하게 섬기는 시인. 그가 바로 자연인 구상의 품격인 한, 시인 구상은 그저 그런 평범한 범부가 아니라, 이 세계 전체를 참으로 어여삐 여긴 사랑의 성자라 아니할 수 없다. 사과 한 알은 진리가 현시되는 이 세계의 총체적인 공간이다.

요한에게

　너, 아둔한 친구 요한아!

　가령, 네가 설날 아침의 햇발 같은 눈부신 시를 써서 온 세상에 빛난다
해도 너의 안에 온전한 기쁨이 없다는 것을 아직도 깨우치지 못하느냐.

　너, 아둔한 친구 요한아!

　가령, 네가 미스 월드를 아내로 삼고 보료를 깐 안방과 만 권萬卷의
서書가 구비된 사랑에 살며 세 때 산해진미로 구복을 채운다 해도 너의
안에 온전한 기쁨이 없다는 것을 아직도 깨우치지 못하느냐.

　너, 아둔한 친구 요한아!

　가령, 네가 남보다 뛰어난 건강을 가졌거나 천만인을 누르고 권세를
쥐었거나 화성火星을 날아다니는 재주를 지녔다 해도 너의 안에 온전한
기쁨이 없다는 것을 아직도 깨우치지 못하느냐!

　너, 아둔한 친구 요한아!

　가령, 네가 너의 아들딸들의 지극한 효를 보고 그 손주놈들의 재롱에
취한다 해도 너의 안에 온전한 기쁨이 없다는 것을 아직도 깨우치지 못
하느냐.

너, 영혼의 문둥이 요한아!

만일, 네가 네 안에 참된 기쁨을 누리자면 너의 오늘날 삶의 모든 것이 신비神秘의 샘임을 깨달아 그 과분過分함을 감사히 여길 때 이루어지리니 그래서 일찍 너의 형제 아시시의 프란체스코는 "천주께서 내게 주신 은혜를 거두어 도둑들에게 주셨더라면 하느님은 진정 감사를 받으실 것을!" 하고 갈파하셨더니라.

참된 기쁨 : 신성 혹은 자기에게 이르는 길

겸허해야 한다. 더불어 외물에 신경쓰지 않고 자기 안의 "온전한 기쁨"이 무엇인지 스스로를 반조해야 한다. 고백은 신실하고, 자책은 혹독했다. 그리고 늘 스스로를 반성하며 이 세계에 존재하는 것만으로도 감사의 기도를 올릴 수 있어야 한다. 까닭은 단독자인 내가 절대자인 너를 불러 이 세계 전체를 '우리'라는 공통감으로 공감대를 형성할 때, 비로소 온전한 감사의 기쁨을 향유할 수 있겠기 때문이다. 구상 시인의 시들이 놀라운 점은 늘 자기에게로 되돌아가 끊임없는 반성을 요구하며 더 나은 세계가 이 땅 위에 구현되기를 염원하기 때문이다.

그러나 우리는 그러한 시인의 정언 명령의 교의에 가까운 진솔한 고백에도 불구하고 늘 망각에 빠진 채 욕망하는 자아로 되돌아가 스스로를 파탄의 구덩이에 몰아넣는 경우가 비일비재한데, 이는 수천 년 동안 기술되어 온 인간의 자기 한계이자, 경계해야만 하는 계율, 즉 삶의 지난한 과제이기도 하다. 우리는 교만에 살다 파멸에 이른다.

진리에 이르는 길은 멀고, 파멸에 이르는 자만의 길은 너무도 가깝다. 그러나 그러한 깨달음에도 불구하고 우리는 자신이 살아온 삶의 위치로 되돌아와 욕망하는 주체가 되어 타락한 삶을 살아가곤 한다.

아니 구상 시인의 시 「요한에게」는 자신에게서 시작해서 자신에게로 되돌아가는 과정 중에 깨달은 의식의 심연을 정직하게 표백하고 있는데, 이는 시인이 평생토록 견지해 온 이 시대의 마지막 양심선언이자, 너 또는 내가 너무도 쉽게 간과해서는 안 되는 존재하는 삶의 모범적인 길이다.

따라서 시의 집은 명예와 권력을 탐하는 욕망의 구성체가 아니다. 시의 집은 자기에게서 시작해서 자기에게 속한 모든 것들을 성찰하는 신독한 집, 즉 자기 검열이 철저한 존재의 집이다. 반성하는 시인 혹은 절대성에 귀의해 스스로를 질책하는 종교적 삶.

그러나 우리는 구상 시인의 바람과 달리 아둔하게도 늘 존재의 집 전체를 욕망의 언어와 권세욕으로 가득 채우고 온전한 기쁨이 무엇인지도 모른 채 살아가게 되는데, 이는 시가 경계해야 할 삶의 태도이다. 따라서 시의 삶은 존재하는 삶이지, 소유하는 삶이 아니다. "산해진미", "만 권의 서", "천만인을 누르는 권세", "아들딸들의 지극한 효" 등등은 온전한 기쁨에 속하는 것이 아니라, 존재의 집을 교란시키는 욕망의 구성물이다.

따라서 인간학이 성취해야 할 최고의 기쁨은 어떻게 살아가야 하는가에 대한 욕망하는 자아의 방법적 회의, 즉 지극히 표피적인 소유하는 삶의 문제가 아니라, 보다 근원적인 존재론에 관한 심도 깊은 반성적 성찰을 요구하는 혹독한 실천적 삶이다. "너 우둔한 친구 요한", 즉 시인 자신의 세례명이기도 한 요한이라는 인물을 시적 대상으로 삼아 구상 시인은 "온전한 기쁨"이 무엇인지를 세세하게 소묘하고 있는데, 이는 인간학에 포획된 담론적 사유 전체를 부정성으로 길항시키면서 너 또는 나에게 참된 존재의 길이 무엇인지를 너무도 투명하게 고지하고 있다 하겠다.

요한에게서 또 다른 요한으로 가는 길, 즉 진정한 자기에게 이르는 길은 멀고도 가깝다. 물론 이때 자기에게 이르는 길 전체가 신성성이 체현되는 존재적 삶의 양태인 것만은 너무도 당연하며, 진리에 이르는 유일한 길이다. 이와 같이 구상 시인에게 시를 가득 채워야 하는 삶은 언어와 그것의 구성물이 가져온 낯선 기대효과가 아니라, "신비神秘의 샘", 즉 진리와 그것에서 체득한 일체의 겸허한 삶이라 하겠다.

마치 "아시시의 프란체스코"가 말한 것처럼 시인은 부유할 때나 가난할 때를 상관하지 않으며 매사 "감사"하는 삶을 살아가는 것이 "온전한 기쁨"의 전부임을 고지하고 있다. 때론 "과분過分함"을 덜어내어 이 세상의 부족한 부분을 채우는 넉넉한 마음을 가슴 깊이 새기면서, 때론 인간학과 세계 사이의 거대한 균열을 "감사"의 마음으로 봉합하면서, 시인은 프란체스코 성자의 모습을 점점 닮아 가고 있다.

아름답고 숭고했으며, 마침내 이 세계 전체가 시인의 마음으로 인해 깨끗하게 정화되는 듯하다.

그리스도 폴의 강 4

바람도 없는 강이
몹시도 설렌다.

고요한 시간에
마음의 밑뿌리부터가
흔들려 온다.

무상無常도 우리를 울리지만
안온安穩도 이렇듯 역겨운 것인가?

우리가 사는 게
이미 파문波紋이듯이
강은 크고 작은
물살을 짓는다.

삶이 넘어야 할 파문 : 무상과 안온 사이에서

절대성을 응시한다. 더불어 파문이 일어 늘 불규칙하게 탄주되는 가열한 생의 공간이 어떤 의미로 구조화되어 있는지 반문도 해본다. 쿼바디스 도미네 혹은 카르페 디엠. 이 세계의 기호에 매혹되어 감각을 만족시키는 삶을 살아갈 것인가, 아니면 진리의 기호를 찾아서 구도의 길을 떠나 광야를 헤맬 것인가. 문제는 항상 이 둘 사이에 있지만, 그러나 해답은 언제나 쉽게 찾아지지 않는다.

무상과 안온 사이에서 머뭇거리다 길을 잃고 또다시 헤맨다. 구상 시인이 찾아 떠나는 진리의 길이 외길이고 또는 그렇게 살지 않으면 안되는 운명의 길처럼 보이지만, 그러나 그 진리에의 순정한 길은 쉽게 찾아지지 않는 천형의 길이거나 늘 미궁이라는 차폐에 가로막혀 좌절하기 십상이다. 우리는 어디에 존재하고, 무엇을 위한 존재인가? 역시 알 수 없다. 그저 삶의 파문만을 만들다 소멸에 이르는 무의 운동만이 존재 앞에 놓여 있는 것은 분명하다.

그러다 문득 아무 탈 없이 하루하루를 "안온"하게 살아가다가 일상의 모든 가치를 회의하게 되는 초유의 사태가 벌어지게 되는데, 그것이 바로 "그리스도 폴"의 서사에 얽혀 있는 시말의 본질이다. "파문波紋"이 일어 이제까지 삶과는 전혀 다르게 살게 되었으며, 마침내 그것이 진리에 이르는 외길임을 깨닫게 된다.

물론 이제까지의 삶이 "무상"에 포획된 채 인간학적 한계를 극한까지 몰고 가 존재론적 의미를 회의했지만, 늘 안온이라는 덫에 걸려 스스로를 기망하는 잔꾀 부리는 과오를 범했음을 미처 깨닫지 못했다. 아니 역으로 시인은 "안온"이 가진 의미의 역설적 징후에 당도해 인간학 전체를 무로 되돌려 보내는 역겨움을 느끼게 되는데, 그것이 바로 「그리스도 폴의 강」 연작에 내파된 알레고리적 의미의 실재이다.

엄혹한 진리의 현존성 혹은 깨달음의 지난함. 도대체 시인 구상은 저 초역사적인 강의 의미를 통해서 어떤 인간학적 제의를 포획했는가? 물론 「그리스도 폴의 강」 연작에 내파된 언어의 진실이 기독교 신학의 토대 위에 씌어졌다는 사실은 결코 부인할 수 없지만, 따라서 연작에 언표된 일련의 서사를 신학적인 관점에서 재단할 위험이 잔존해 있지만, 어찌 그것이 인간학과 세계 사이에 놓인 거대한 균열을 근본적으로 회의하는 존재 그 자체의 언어가 아니라고 단언할 수 있는가?

강은 인간학이 시현되는 가능의 길이자, 존재가 떠나야 할 여정의 모든 것이다. 어떻게 사는 것이 최선이고, 진리란 어떤 문양인가? 구상 시인의 「그리스도 폴의 강」 연작은 단순한 의미의 서사가 아니라, 인간학에 포획된 모든 관념을 전도·전복시키는 특별한 존재의 여정을 형상화하고 있는데, 이는 차안과 피안 사이에 놓인 미지의 기호를 존재의 전언으로 고양시킨 역작이라 하겠다.

떠나는 모든 길은 설렌다. 까닭은 권태와 무료로 점철된 일상의 삶에서 빠져나와 삶의 에네르기를 충전시키며 새로운 존재로 거듭 태어나는 경우가 비일비재하기 때문이다. 그러나 구상 시인의 강을 탐문하는 시의 여정은 강렬한 기호에 현혹된 신선한 충격과 전혀 무관한 것들로 짜여 있는데, 이는 구도자가 떠나는 천형의 길과 유사한 경로를 취하고 있는 까닭에 그러하다. "안온"으로 휘어진 편안한 삶의 길을 역겨움으로 인지하고 거부한다.

때론 "고요한 시간"에 매개된 "마음"의 심연을 응시하면서, 때론 존재론적 비애의 길을 따라 "무상"의 의미론적 층위를 탐구하면서, 구상 시인은 참된 자기를 찾아 떠나고 있다. "안온"에 길들여진 모든 타성을 역겨움으로 치부하면서 진정한 존재의 길을 모색하고 있다. 따라서 진리에 이르는 길은 아주 협소했고, 늘 미궁에 빠진 채 자기 연민에 당도한다. 왜냐하면 "그리스도 폴"이 떠난 진리에의 길은 감히 어느 누구에게도 쉽게 열리지 않는 완벽한 존재의 길이기 때문이다.

오늘도 시인은 그리스도 폴처럼 강의 언저리를 배회하며 "무상"과 "안온" 사이의 의미적 거리를 가늠하고 있다. 어떠한 삶이 진실이고, 또 무엇을 추구할 때, 우리는 진리에 도달할 수 있는가?

오늘도 시인은 무량한 마음을 안고 길을 떠나고 있다. 아마 길 끝에 다다른 순간, 진리의 목소리가 온 천하에 울려 퍼져 올바른 삶의 길을 인도하게 될 것이다.

초토의 시 11
— 적군묘지 앞에서

오호, 여기 줄지어 누웠는 넋들은
눈도 감지 못하였겠구나.

어제까지 너희의 목숨을 겨눠
방아쇠를 당기던 우리의 그 손으로
썩어 문드러진 살덩이와 뼈를 추려
그래도 양지 바른 두메를 골라
고이 파묻어 떼마저 입혔거니
죽음은 이렇듯 미움보다도 사랑보다도
더욱 신비스러운 것이로다.

이곳서 나와 너희의 넋들의
돌아가야 할 고향땅은 30리면
가로막히고
무주공산無主空山의 적막만이
천만근 나의 가슴을 억누르는데

살아서는 너희가 나와
마음으로 맺혔건만
이제는 오히려 너희의
풀지 못한 원한이
나의 바람 속에 깃들어 있도다.

손에 닿을 듯한 봄 하늘에
구름은 무심히도
북으로 흘러가고
어디서 울려오는 포성砲聲 몇 발
나는 그만 이 은원恩怨의 무덤 앞에
목놓아 버린다.

이데올로기의 저쪽 : 화해 혹은 평화에의 염원

주체할 수 없는 눈물이 흐른다. 너는 어떤 이데올로기에 봉사하는 미망인가? 20세기 중반을 강타했던 동북아의 이데올로기 전쟁은 과연 어떤 진실을 추구하는 체제의 모순인가? "눈"도 제대로 감지 못하고 죽은 "넋"이 너무도 많았다. 다시는 이와 같은 죄악의 전쟁을 벌여서는 안 된다. 더불어 6·25사변은 이데올로기라는 허울을 쓴 일종의 홀로코스트와 별반 다르지 않았었음을 명심해야 한다. 왜냐하면 이념과 이념의 충돌은 한 이념을 멸족시킬 때까지 남는 일종의 원한 감정의 극단적인 대립 형식이기 때문이다.

한국은 세계 유일의 분단 국가로 남아 있다. 이미 6·25라는 잔혹한 이데올로기 전쟁도 치렀고, 여전히 남과 북이 서로 대치해 갈등을 일삼고 있다. 사실 통일이니 화해니 하는 말들이 무감각한 알고리즘의 후기산업사회에서 이데올로기를 논하는 것은 그리 생산적이지 않을지도 모른다. 그러나 문제는 한국이 통일이라는 근본 문제로부터 그리 자유롭지 못하며, 이는 현재는 물론이려니와 미래 세대가 반드시 해결해야만 하는 중차대한 사안이라는 사실이다.

동족상잔의 상흔이 아직도 남아 있는 역사적 현실 앞에, 아직도 진보와 보수의 진영 논리, 즉 좌우 이데올로기의 갈등 양상이 전개되는 작금의 상황에 구상 시인의 화해 포즈는 국론 분열만을 일삼는 정치적 상황을 종식시킬 수 있는 소중한 자산이라 아니할 수 없다. 그러나 그러한 시인의 통일에의 염원도 불구하고 점점 통일의 당위성은 기득권 층이나 통일에 무관심한 젊은 세대에게 그리 달가운 명제가 아닌 듯하다.

엄밀하게 말해서 21세기가 추구해야 할 최상의 가치는 알고리즘의 신화를 다양한 방식으로 구현하여 미래 사회 전체를 공학 사회로 만드는 것인지도 모른다. 우리는 AI가 더 나은 사회를 만들어 줄 것이라 믿고 있고, 또 거스를 수 없는 대세라는 것도 너무 잘 알고 있다. 그러나 그러한 현실적 지평에도 불구하고 이데올로기의 침전물에 남아 있는 상흔을 평화와 통일의 기호로 승화시켜 이 세계를 화해의 공간으로 고양시킬 필요가 있다.

아니 역으로 통일에의 염원은 그 무엇과도 바꿀 수 없는 시대사적 명제이자, 반드시 이뤄 내야 할 역사적 사명이다. 특히 구상 시인의 「초토의 시 11 — 적군묘지 앞에서」는 단순하게 국토가 유린되는 전쟁의 비극성을 술회한 이데올로기의 잔영이 아니라, 그 모든 징후를 화해의 포즈로 이끌 수 있는 소중한 작품이라 하겠다. "목 놓아" "은원恩怨의 무덤 앞에서" 울음을 운다. 까닭은 죽음, 즉 "썩어 문드러진 살덩이와 뼈" 때문이 아니라, 아직도 "포성砲聲"을 울린 채 전쟁이 진행 중이거나 남과 북이 대치한 채 상호 비방을 일삼고 있기 때문이다.

물론 시인이 전개한 일련의 시말운동이 "고향땅"을 밟지 못한 죽은 이들의 "넋"을 기리기 위한 죽음 제의를 올리고 있는 것처럼 보이지만,

따라서 "줄지어 누워 있는 넋", 즉 적군묘지를 바라보며 묵념의 예를 올리는 순간을 시말화하고 있지만, 이는 전쟁이 가져온 "미움"과 "원한"의 비극성을 서사화한 것인 동시에 무참히 죽은 원혼의 상처를 치유하는 초혼 행위이기도 하다.

"적막"이 감돌았으리라. 더불어 "가슴"을 억누르는 "죽음"의 무게에 짓눌려 심장이 터지는 듯했으리라. 까닭은 저 적이라고 명명되는 이데올로기의 타자가 바로 같은 한민족 동포였기 때문이다. 이데올로기가 피보다 진한가? 이데올로기는 목숨보다 소중한가? 마르크스-레닌주의와 민주주의 사이에 결코 건널 수 없는 강이 존재하는가?

구상 시인의 「초토의 시 11 — 적군묘지 앞에서」는 역사의 심연에 드리워진 부조리한 전쟁을 상생과 화합의 리듬으로 조율하고 있는데, 이는 현대의 이념이 선취해야 할 시대사적 사명이다. 표면적으로 볼 때, 일련의 시말운동이 죽은 이들의 "넋"을 위무하는 초혼 행위처럼 보이지만, 따라서 "미움"으로 가득 찬 이데올로기의 허상을 적나라한 주검을 통해서 비판적으로 성찰하고 있지만, 어찌 그것이 상생과 화합을 염원하는 시인의 "바람"이 아니겠는가?

오늘도 시인은 적군묘지 앞에 서서 묵념의 예를 올리며 평화와 통일과 화합이 이 세계가 이룩해 낼 지상 과제임을 천명하는 듯하다. 물론 시인이 노래한 일련의 서사가 1950년 6·25전쟁에서 체험한 비극성을 노래한 것이지만, 이는 민족의 이름으로 부르는 화합의 노래이자, 너 또는 내가 반드시 이룩해야 할 통일에의 염원이기도 하다.

노경 老境

여기는 결코 버려진 땅이 아니다.

영원의 동산에다 꽃 피울
신령한 새싹을 가꾸는 새 밭이다.

젊어서는 보다 육신을 부려 왔지만
이제는 보다 정신의 힘을 써야 하고
아울러 잠자던 영혼을 일깨워
형이상形而上의 것에 눈을 떠야 한다.

무엇보다 고독의 망령亡靈에 사로잡히거나
근심과 걱정을 도락道樂으로 알지 말자.

고독과 불안은 새로운 차원의
탄생을 재촉하는 은혜이니
육신의 노쇠와 기력의 부족을
도리어 정신의 기폭제起爆劑로 삼아
정신의 진정한 쇄신에 나아가자.

관능적官能的 즐거움이 줄어들수록
인생과 자신의 모습은 또렷해지느니
믿음과 소망과 사랑을 더욱 불태워
저 영원의 소리에 귀 기울이자.

이제 초목草木의 잎새나 꽃처럼
계절마다 피고 스러지던
무상無常한 꿈에서 깨어나

죽음을 넘어 피안彼岸에다 피울
찬란하고도 불멸不滅하는 꿈을 껴안고
백금白金같이 빛나는 노년老年을 살자.

불멸의 꿈 : 영원의 소리 혹은 사랑과 믿음 사이

100세 시대가 도래했다. 늙어 감에 대한 깊은 성찰이 필요한 시대인 것도 같다. 예전엔 경륜이라는 말로 노인을 공경했지만, 지금은 조금은 냉소적 의미인 노회라는 말로 노인을 지칭하는 경향이 다분한 것 같다. 아름답게 늙어 간다는 것은 무엇이며, 어떠한 노년을 준비해야 하는가? 대저 우리는 저 시간의 경과와 함께 점점 늙어 가는데, 진정 어떤 마음을 견지한 채 "노경"에 이르러야 하는가? 최장수국 대열에 들어섰지만 진정한 어른이 존재하지 않는 시대에, 구상 시인의 「노경」은 참된 어른이 가져야 할 마음의 품새를 정갈하게 그려내고 있다.

어쩌면 시인이 노래한 일련의 금언은 21세기가 요청하는 시의 진경인지도 모른다. 왜냐하면 이제 사람은 100년 동안의 "고독"을 견디는 "불안"한 존재가 아니라, "영원의 소리"에 귀 기울이는 "사랑"의 구도자이기 때문이다. 따라서 "노년"의 삶은 그저 "버려진 땅"으로 치부되거나 무의미한 삶을 의미하지 않는다. 아니 시인이 노래한 노경의 시간은 "관능"의 시간에서 "형이상"의 시간으로 질적 비약해 "잠자던 영혼"을 일깨우는 "백금白金"의 시간으로 탈바꿈하게 되는데, 이는 "불멸하는 꿈"을 노래하는 전혀 다른 의미의 신기원에 해당한다 하겠다.

시인은 연금술사이다. 시인은 자기를 정련하는 구도자이다. 시인은 시말을 공손하게 정련하고 섬기면서 "신령한 새싹"을 다시 만나 키우게 되는데, 어쩌면 그것은 "영원의 동산"을 가꾸는 언어의 투명한 마음이다. 다시 말해서 시말의 품격은 시인의 품격을 드러내 보여주는 의식의 반영물인데, 구상 시인이 전개한 일련의 시말운동은 가공되지 않은 순백의 기호를 존재의 언어로 육화시켜 삶의 진경에 육박해 가고 있다. 따라서 영원은 마음에 있지, 질료적 실물의 세계에 존재하지 않는다.

형이하의 세계를 형이상의 의식으로 지양하기. "믿음과 소망과 사랑"의 탑 쌓기. 시인의 노경은 그렇게 점점 아름다운 의식의 경지에 도달하여, "영원의 소리"에 귀 기울이게 된다. 물론 "육신의 노쇠와 기력의 부족"으로 인해 인생의 무상함을 느끼기도 하지만, 따라서 생에의 시간이 점점 소진되는 것으로 노경의 풍경이 소묘되지만, 시인은 차안의 세계가 만들어낸 꿈과 희망을 "피안彼岸"의 세계로 이월시켜 불멸을 몽상하게 된다.

말하자면 시 「노경」은 단순한 나이듦에 관한 보고서가 아니라, 나이듦을 자연의 한 과정으로 인지하면서 시간의 운동 전체를 본래적인 자기를 성찰하는 시간의 역동적인 운동으로 변주하고 있다. 이제 나이듦에 대하여 "근심과 걱정"을 더 이상 하지 않는다. 이제 나이는 공포의 권력이 지배하는 타나토스의 두려움이 아니다. 이제 거대한 우주 생성의 원리에 몸을 내맡긴 채 사랑과 믿음의 사도로 거듭 태어나 새로운 자기로 살아갈 용기가 생성되었음을 알 것도 같다.

그렇게 시 「노경」은 나이듦을 인간 성숙의 계기로 삼아 인간 완성의 경로를 새롭게 개척했고, 또 삶이 곧 "정신의 힘"에 의해 강화되는 영혼의 운동임을 증명해 보이고 있다. 구상 시인의 시들이 놀라운 점은 언어의 결을 존재의 결로 승화시켜 늘 참된 인간학을 정립하기 위해 혼신의 힘을 다했기 때문이다.

시와 삶을 일치시킨 시인. 더불어 시의 품격을 인간의 품격으로 고양시킨 시인. 그가 바로 인간 구상의 참모습이고, 시인 구상이 처한 자연의 모습이다. 어쩌면 시인이 꿈꾼 "불멸"에 관한 몽상은 삶을 긍정하며 초월로 이행시키는 숭고한 의식의 너무도 자연스러운 결과물임에 틀림없다. 우리는 죽음이 아니라, 불멸에의 의지이다. 비록 몸은 죽어 사라지지만 영혼은 불멸하여 온 우주의 사랑과 함께 공명하며 영원에 도달하게 된다.

날개

내가 걸음마를 떼면서
최초로 느낀 것은
내 팔다리가 내 마음대로
움직여 주지 않는다는 사실이었다.

내가 이제 칠순을 바라보며
새삼스레 느끼는 것도
내 팔다리가 내 마음대로
움직여 주지 않는다는 사실이다.

엄마의 손길을 향하여
기우뚱대며 발걸음을 옮기던 때나
눈에 보이지 않는 손길에 매달려
어찌어찌 살아가는 이제나

내가 바라고 그리는 것은
제트기도 아니요,
우주선도 아니요,

마치 털벌레가 나비가 되듯
바로 내가 날개를 달고
온누리의 성좌星座를 꽃동산 삼아
천사랑 어울려 훨훨 날아다니는
그 황홀이다.

황홀경의 사상 : 어린이의 마음을 훔치다

한자어 '초抄'는 '노략질하다, 베끼다, 가려 뽑다' 등등 의미를 가지고 있다. 시 제목을 동심초라고 정한 이유는 아마 아이의 순수한 마음을 시말로 고양시키고 싶은 간절한 심정 때문이지 싶다. "칠순"을 바라보는 노시인에게 아이는 그 자체만으로도 경이로운 존재이다. 마치 니체가 영원 회귀의 사상적 근거를 어린아이에게서 발견하여 한 시대의 사상을 완벽하게 대변했듯이, 구상 시인의 「유치찬란」 연작도 어린아이의 일거수일투족을 시말로 발화시켜 어린이가 곧 미래의 희망임을 예증해 보이고 있다.

특히 「날개」는 연작의 프롤로그, 즉 서시 같은 역할을 하고 있는데, 이는 고희 무렵 구상 시인의 사상이나 내면 풍경이 고스란히 투영된 작품에 해당하기 때문이다. 그렇다면 시인이 언표한 "황홀"은 어떤 인간학적 경지에 도달한 상태이고, "거듭 태어남"은 어떤 의미의 공식을 만족시키는 시말의 신기원인가?

칠순을 바라보는 시인에게 어린아이의 마음을 시말로 고양시켜 그것을 황홀경으로 삼는다는 것은 가히 놀라운 시적 경지인 것 같은데, 이는 존재론적 전회가 일어나지 않고서는 가능하지 않은 시적 사태라 하겠다. 시인에게 순수는 시가 포획해야 할 최고의 가치이고, 황홀은 순수가 도달할 수 있는 최상의 목적이다. 어린아이와 칠순 노시인의 동일시 혹은 아기 "천사"의 미소. 시인에게 어린아이는 어떤 것에도 훼손되지 않은 순수한 상태로 되돌아갈 수 있는 "천사" 그 자체를 상징한다.

워즈워드가 시 「무지개」에서 어린이를 어른의 아버지로 명명했던 것처럼, 시인도 어린이에게서 훼손되지 않은 영혼의 절대적인 순수의 경지를 추상해 내는 동시에 영원의 무게를 천상의 무게로 기화시켜 이 세계 전체를 절대 사랑의 전언으로 공명시키고 있다. 물론 칠순을 바라보는 시인의 몸은 "걸음마"를 배우는 아이처럼 "팔다리"가 제대로 움직여지지 않는 상황인 것은 분명하지만, 따라서 표면적으로 볼 때 아이의 모습과 할아버지의 모습이 신체로부터 자유를 박탈당한 억압의 상태처럼 느껴지기도 하지만, 기실 아이와 노시인의 상호 유비적 대비는 동일한 것의 다른 이름이거나 영원을 향한 회귀의 전제조건일지도 모른다.

순수는 저와 같다. "엄마의 손길" 혹은 "눈에 보이지 않는 손길". 순수는 진리에 이르는 최적의 장소이자, 인간학과 세계의 균열을 봉합할 수 있는 단 하나의 서사적 장치이다. 어찌 두 "손길"에 포획된 힘에의 의지가 순수를 표상하는 영혼의 동일한 형식이 아니라고 단언할 수 있겠는가? 손길과 손길이 모아져 이 세계는 점점 더 투명한 사회로 발전해 갈 것이다. 물론 한쪽은 무한 성장을 향하여, 또 다른 한쪽은 노쇠의 기운으로 퇴화되는 상호 대극의 지점에 있으나, 니체 식으로 말해서 이는 동일자의 영원회귀가 발생하는 절대 진리의 장소이다. 따라서 노시인의 마음은 아이의 마음과 동일하다.

"나비"의 우화를 꿈꾸며 "온누리의 성좌"가 "꽃동산"으로 변하는 몽상에 젖어든다. 다시 말해서 「유치찬란」 연작은 꿈과 희망이 사라지지 않는 유토피아적 전망을 "천진天眞"(「새해」 중)이라는 시말 속에 응고시키는 작업인데, 이는 거짓으로 가득 찬 어른 세계를 순수, 즉 진리로 이끄는 참존재의 길이라 하겠다. 어린아이의 마음을 훔쳐 온 세상을 순수로 가득 채운다는 것은 그 자체만으로도 가장 황홀한 순간인지도 모른다.

따라서 구상 시인에게 "천사"의 상징적 의미는 아이에게서 밝은 미래가 건설되고 또 희망의 서사가 구축되기를 염원하는 시인의 마음이 표현된 객관적 상관물이다. 더 나아가 천사는 "독선과 편협"은 물론 "본능적 충동"(「거듭남」 중)에 사로잡힌 기성세대의 낡은 가치를 길항시킬 수 있는 일종의 시금석이다. 순수가 온누리에 넘쳐나는 세상의 밝은 모습을 상상해 본다.

구상 시인이 바라는 꿈은 "제트기"나 "우주선"을 통해서 미지의 세계를 탐험하는 것이 아니라, 아이들의 꿈과 희망을 공유한 채 우리 모두가 천사 같은 마음을 가진 순수한 존재로 거듭 태어나 이 세계를 평화의 공간으로 만드는 황홀한 풍경이다.

은행銀杏
— 우리 부부의 노래

나 여기 서 있노라.　　　　오직 너와 나와의
나를 바라고 틀림없이　　　열매를 맺고서
거기 서 있는　　　　　　　종신終身토록 이렇게
너를 우러러　　　　　　　마주 서 있노라.
나 또한 여기 서 있노라.

이제사 달가운 꿈자리커녕
입맞춤도 간지러움도 모르는
이렇듯 넉넉한 사랑의 터전 속에다
크낙한 순명順命의 뿌리를 박고서
나 너와 마주 서 있노라.

일월日月은 우리의 연륜年輪을 묵혀 가고
철따라 잎새마다 꿈을 익혔다
뿌리건만

인륜의 시작 : 신성가족의 뿌리

마주선 둘이 하나 되어 참사랑의 실재가 된다는 것은 이 세상을 가장 아름답게 만드는 삶의 완벽한 전형이다. 마치 암수 은행나무 두 그루가 마주선 채 서로가 서로를 연모하는 순간 결실을 맺어 후손을 번식시키듯, 사람의 일도 서로 마주선 "나 너"의 관계 속에서 문명의 번영을 이룩하게 된다.

그렇다면 인륜이란 무엇인가? 인간과 여타 종들을 다르게 표현하는 방법은 무엇이고, 인간을 특권화시키는 지위는 어디에서 생성되는가? 사실 생로병사라는 공식에 대입할 때, 인간이 여타의 종들보다 우월하다거나 특권적 지위를 점유하는 것은 어딘지 모순이라는 생각이 들 때가 너무 많다. 2000년을 사는 주목에 비하면 인간의 목숨은 일천하기 그지없고, 끊임없이 전쟁을 일삼으며 무수한 갈등을 일으킨다는 점에서 인간이 그리 합리적 존재가 아닌 것도 너무도 명백한 사실이다.

그러한 부조리한 상황에도 불구하고 인간에게 특별함을 부여하는 인륜의 실재는 무엇이고, 너와 나 사이를 매개하는 인간학의 실체란 과연 어떤 의미의 구조로 특화된 실재인가? 그저 지그시 바라만 본다. 그저 나란히 마주서서 빙그레 미소만 머금은 채 사랑의 타자를 온전한 자기의 내적 실재로 받아들인다.

아니마Anima와 아니무스Animus의 변증법적 운동 혹은 인륜을 시작하는 신성가족의 근원. 그렇게 마주선 "은행"나무와 같은 한 쌍의 부부는 비로소 인륜성이 시작되는 역사의 출발점이라 하겠다.

다시 말해서 한 남자와 한 여자가 만나서 부부가 되는 예법은 인륜이 비로소 시작되는 문명의 근원이다. "여기"와 "거기" 사이의 인간학적 거리 혹은 은행나무에 응고된 서사적 진실. 그렇게 마주선 채 바라만 봐도 좋은 황홀한 신혼의 단꿈을 꾸면서 부부는 그렇게 아들딸을 낳아 신성가족을 형성하게 되고, 그 순간 비로소 인륜의 토대에 단단한 "뿌리"를 내리게 된다. 지어미는 지아비를 물끄러미 바라보고, 지아비는 지어미를 우러러보면서, 부부는 살아가는 삶의 공간 전체를 "사랑의 터전"으로 고양시키기에 이른다.

이를테면 구상 시인의 시 「은행—우리 부부의 노래」는 단순한 부부의 일상을 노래한 그렇고 그런 시가 아니라, 한 남자(아담)가 한 여자(이브)를 만나서 가족이 되어 가는 인류의 과정을 담담하게 그려내고 있는데, 이는 삼강의 예법이 시현되는 문화의 초석이자, 너 또는 내가 여타의 종과 구별되는 인륜성의 총아이다.

때론 살가운 정을 나눈 "달가운 꿈자리"에 언표된 사랑의 달콤한 순간을 떠올리면서, 때론 "순명順命의 뿌리"에 기입된 의미의 기호가 무엇인지 성찰하면서, 시인은 인류의 시작이 바로 "넉넉한 사랑"의 여울이었음을 천명하고 있다. 다시 말해서 서로 마주선 암수의 은행나무처럼, 부부는 그렇게 늘 자신의 자리를 올연히 지키고 바라보면서, 삶의 "연륜年輪"을 성숙하게 만드는데, 그것은 바로 인간 완성이 이루어지는 인륜의 마지막이다.

따라서 한 남성과 한 여성이 만나 결혼을 하는 것은 인륜의 시작이고, 그들이 "열매", 즉 자식을 낳고, "종신終身"할 때까지 마주서서 가족의 울타리를 만드는 것은 인륜의 완성이라 하겠다. 어쩌면 시인이 설파한 "부부의 노래"는 너무 낡은 구시대의 부부간의 인륜성처럼 보이지만, 역으로 그것은 너무도 감각적이고 표피적인 이익만을 추구하는 현대성의 모럴 해저드를 반조하는 의식의 거울일지도 모른다.

그러나 그러한 시인의 노래에도 불구하고, 우리는 너무도 쉽게 자본의 노예로 전락하여 인륜성 전체를 물질적 욕망으로 가득 채운 채 점점 야만의 상태로 되돌아가는 경향이 있다. 이제 마주선 둘이 하나되어 같은 곳을 바라보는 고전적 부부애와 같은 사랑은 더 이상 존재하지 않는 것도 같다. 남부여대하는 필부의 순백의 사랑 말이다.

그리스도 폴의 강 11

그저 물이었다.
많은 물이었다.
많은 물이 하염없이
흘러가고 있었다.

흘러가면서 항상
제자리에 있었다.
제자리에 있으면서
순간마다 새로웠다.

새로우면서 과거와
이어져 있었다.
과거와 이어져 있으면서
미래와 이어져 있었다.

과거와 미래가 이어져서
오직 현재 하나였다.

오직 하나의 현재가
여러 가지 얼굴을 하였다.

여러 가지 얼굴을 하고서
여러 가지 소리를 내었다.
여러 가지 소리를 내면서
모든 것에 무심하였다.

무심하면서 괴로워하고
괴로워하면서 무심하고
무심하게 죽어가고
죽어가면서 되살아왔다.

절대성에 기입된 반어의 목소리 혹은 무심에서 부활에로

　　강가에 이르러 물의 소리를 듣는다. 평온한 듯 적막했고, 파문이 일어 온 세상을 혼효하게 만드는 듯했지만, 이내 "무심하게" 흘러내려 이 세계를 부활의 의미 앞에 데려다준다. 물의 신비 혹은 패러독스로 점철된 인간학. 너무도 자명하여 쉽게 이해되는 듯했지만, 모든 의미를 착종시켜 의미의 절대성을 회의하는 난경에 이른다. 현재를 사는 듯 과거로 이어져 있고, 미래와 무한히 연결된 듯하지만, 오늘의 의미에 고착되어 늘 자기 모순을 목격하게 된다. 까닭은 무한으로 흐르는 "물"의 본성이 저와 같기 때문이다.

　　특히 「그리스도 폴의 강 11」은 구상 시인의 시 중 가장 난해한 시인데, 이는 어떤 절대적 경지에 도달하지 않고서는 절대 이해가 되지 않는 작품이다. 도대체 저 반어의 목소리와 공명하는 시말들은 어떤 의미의 공식을 충족시키는 존재의 비의인가?

　　물론 일련의 시말이 그리스도 폴과 연관된 서사를 배경으로 하고 있겠지만, 따라서 저 패러독스 같은 물의 작용이 신적 의지에 매개된 사실로 비추어지지만, 그러나 그것은 인간의 실존적 감각으로는 결코 포획이 가능하지 않은 모순의 사태들이다.

　　부활과 죽음 사이의 거리 혹은 영원으로 흐르는 시간의 균열. 침묵의 소리를 듣는다. 물은 흐르는 듯 고여 있고, 또 정체되어 죽음으로 향하는 듯하지만, 이내 절대 영원으로 부활하여 새로운 생에의 의지를 욕망하게 된다. 도대체 구상 시인에게 물의 원리는 이 세계의 어떤 진리성과 마주한 절대의 원리인가? 인간학의 알레고리화 혹은 상징 너머의 절대성. 그러나 여전히 시말은 모든 이해의 한계 바깥으로 의미의 공식을 유도하게 되는데, 그것은 "과거"와 "미래"를 "현재"의 운동으로 정의하고 복원하는 영원의 반어적 운동일 따름이다.

강물이 "하염없이" 흘러 내려가 미지의 세계에 가닿은 것 같았지만, 늘 "제자리"로 되돌아와 낡았다고 생각하는 모든 것을 새롭게 만들어 버린다. 왜 그런가? 왜 물은 "여러 가지 얼굴"을 하고선 늘 오직 "현재"의 모든 것을 신생의 기운으로 포월하는가? 분명 일련의 사태가 강의 양력과 부력이 만들어낸 일련의 작용인 것 같은데, 왜 물은 천의 얼굴을 하고선 현재의 시간에 부활하는가? 영원성을 지향하기 때문인가? 아니면 물이 가진 정화 능력 때문인가?

삶과 죽음 사이의 거리 혹은 영원을 봉합하는 현재의 시간. 무심히 그리스도 폴이 절대자를 건넸던 그 강가를 회상하면서 거닐어 본다. 대저 나는 무엇으로 존재하는 무심인가? 온갖 "소리"들이 귓전을 맴돈다. 나는 왜 이 강가에 이르러 절대성을 사유하는가? 물론 그 모든 것들이 다시 제자리로 돌아가 인간학과 세계를 새롭게 만들겠지만, 따라서 구상 시인이 체현한 "오늘"은 과거와 미래를 포월한 새로운 오늘이지만, 어찌 그것이 시간의 역사 전체를 포월하는 초역사성, 즉 절대의 운동이 아니겠는가?

그러나 시간의 산책자인 인간이 삶에 관한 모든 것들에 평정심을 유지하면서 "무심하게" 여여한 마음을 견지한다는 것은 그리 쉬운 일이 아니다. 아니 역으로 무심한 마음의 배후에 늘 괴로움의 흔적들이 남아 있는데, 그것이 바로 삶이 변주되는 시간의 원리이다. 때론 죽음의 언저리에 기입된 고통의 흔적들을 무심하게 바라다보면서, 때론 인간학과 세계에 응고된 일련의 시간을 반어의 목소리에 응고시키면서, 시인은 강의 역사를 초자연적인 절대성의 원리로 고양시키고 있다.

마치 강의 천변만화경이 "여러 가지 얼굴"로 변주되어 인간학의 다양체를 읽어 내듯이, 그렇게 시인은 인간학에 기입된 반어의 목소리를 진리의 목소리로 호환시켜 절대의 진리에 다가가고 있다. 괴롭고 고통스러운 듯 파문을 일으키지만 이내 무심하게 흐르는 강가를 거닐면서 구상 시인은 시간이 내파된 반자도지동反者道之動의 숭고한 원리를 깨닫고 있다. 강은 도가 체현된 진리의 절대적인 장소이다.

드레퓌스의 벤치에서

— 도형수徒刑囚 쟝의 독백

빠삐용! 이제 밤바다는 설레는 어둠뿐이지만 코코야자 자루에 실려 간 자네 모습이야 내가 죽어 저승에 간들 어찌 잊혀질 건가?

빠삐용! 내가 자네와 함께 떠나지 않은 것은 그까짓 간수들에게 발각되어 치도곤을 당한다거나, 상어나 돌고래들에게 먹혀 바다귀신이 된다거나, 아니며 아홉 번째인 자네의 탈주가 또 실패하여 함께 되옭혀 올 것을 겁내고 무서워해서가 결코 아닐세.

빠삐용! 내가 자네를 떠나보내기 전에 이 말만은 차마 못했네만 가령 우리가 함께 무사히 대륙에 닿아 자네가 그리 그리던 자유를 주고, 반가이 맞아 주는 복지福地가 있다손, 나는 우리에게 새 삶이 없다는 것을 알게 되었단 말일세. 이 세상은 어디를 가나 감옥이고 모든 인간은 너나없이 도형수徒刑囚임을 나는 깨달았단 말일세.

이 〈죽음의 섬〉을 지키는 간수의 사나운 눈초리를 받으며 우리 큰 감방의 형편없이 위험한 건달패들과 어울리면서 나의 소임인 200마리의 돼지를 기르고 사는 것이 딴 세상 생활보다 좋지도 나쁘지도 않다는 것을 터득했단 말일세.

빠삐용! 그래서 자네가 찾아서 떠나는 자유도 나에게는 속박으로 보이는 걸세. 이 세상에는 보이거나 보이지 않거나 창살과 쇠사슬이 없는 땅은 없고, 오직 좁으나 넓으나 그 우리 속을 자신의 삶의 영토로 삼고 여러 모양의 밧줄을 자신의 연모로 변질시킬 자유만이 있단 말일세.

빠삐용! 그것을 알고 난 나는 자네마저 홀로 보내고 이렇듯 외로운 걸세.

존재의 감옥 : 자유라는 이름의 속박 혹은 진실을 찾아서

강렬한 영혼의 노래가 울려 퍼진다. ⟨Free as the Wind⟩. 영혼의 기호가 여율을 타고 온누리를 가득 채운다. 두 남성 배우의 브로맨스. 스티브 맥퀸과 더스틴 호프만의 강렬한 포옹. 자유란 무엇인가? 그러나 서사는 이해의 한계를 넘어 삶과 죽음 사이의 의미를 완벽하게 말소시킨 채, 우리 모두를 존재의 감옥으로 이끌어 서사학 전체를 난경에 이르게 만든다.

도대체 자유란 어떤 의미의 실재이고 또 인간학 전체를 "도형수", 즉 범죄의 소굴이라 명명하는 이율배반은 어떤 의미의 서사적 진실을 내포하고 있는가? 두 개의 서사가 충돌한다. 다시 말해서 시말은 "쟝"의 입을 통해서 상호 이질적인 세계관을 투영하게 되는데, 이는 시 「드레퓌스의 벤치에서—도형수 쟝의 독백」이 써진 이유이자, 시인이 도달하고 싶은 이 세계의 진실이다.

이것과 저것 사이의 선택은 강렬했고, 삶이 처한 존재의 진실이 너무도 가혹했음도 간과해선 안 된다. 이를테면 "쟝의 독백"은 시인의 사상을 대변하는 의미의 진실로 변환되어 인간학과 세계 사이에 놓인 거대한 균열을 존재의 감옥으로 변주하기에 이르는데, 이는 존재의 "속박"으로부터 벗어날 수 없는 인간학의 한계를 조명한 것이라 하겠다.

"빠삐용"과 "드레퓌스"와 "쟝" 사이에 매개된 일련의 서사는 치명적인 모순을 야기하는 동시에 억압적이다. 까닭은 이 세계 자체가 "창살"이자, "쇠사슬"에 얽힌 그야말로 존재의 감옥으로 표상되기 때문이다.

따라서 우리는 "세계"의 "감옥"에 갇혀 있고, 자유란 그저 허울에 지나지 않는 또 다른 속박이거나 억압을 우회하는 상징적 장치일지도 모른다. 물론 빠삐용이 행한 아홉 번에 걸친 탈출이 참된 용기를 실천하는 모습일 수도 있고 또 자유에 대한 강렬한 열망일 수도 있지만, 이는 또 다른 족쇄를 향한 몸부림에 지나지 않는다. 드레퓌스의 모함 혹은 기만의 현실성. 두 개의 이질적인 서사가 하나의 사물을 통해서 변주된다. 말하자면 구상 시인의 시 「드레퓌스의 벤치에서―도형수 쟝의 독백」은 타자에게 응고된 서사의 진실이 아니라, 존재의 감옥 안에 갇힌 자기를 찾아가는 진실한 시인의 고백에 다름 아니다.

"벤치"에 매개된 두 개의 서사 혹은 이 세계의 본질, 즉 자유에 대한 진정한 깨달음. 역사의 주인은 공간이고 인간학은 그저 스쳐 지나는 과객, 즉 시간의 타자로 휘어진 숙명의 운동이다. 서사는 스쳐 지나는 동일한 목적을 향해 진리와 현실 사이의 거리를 다시 확인하게 되는 부조리한 운동으로 급진화되는데, 어쩌면 그것은 존재 전체를 형이상학의 의미로 옭아매기 위한 시인의 시적 전략인지도 모른다. 왜냐하면 구상 시인에게 이 세계는 그 자체로 존재의 감옥 그 이상도 이하도 아닌 바로 그것이기 때문이다.

그렇다면 자유는 어떤 의미를 옭아맨 인간학의 함정이고, 진실은 어떤 역사성과 마주선 의미의 공식인가? 시인이 "쟝"이라는 인물을 통해서 독백의 형식으로 서사학 전체를 반문하고 있을 때, 혹은 두 개의 서사를 교묘하게 착종시켜 인간학을 존재의 한계 상황으로 고착시킬 때, 시인이 진정 원하는 삶의 방식은 무엇인가?

"빠삐용" 혹은 앙리 샤리에르와 드레퓌스의 변주곡. 진실은 투쟁이 만든 시간의 가열한 음영이다. 스티브 맥퀸과 더스틴 호프만 사이에 매개된 인간학적 진실. 자유는 마음의 운동이지 공간 내부에 존재하지 않는다. "쟝", 즉 더스틴 호프만이 연기한 드가의 입을 통해서 구상 시인은 인간학과 세계 사이에 매개된 자유와 진실을 알레고리로 묘파했고, 더 나아가 인간학의 참된 의미가 "새 삶"의 원리를 통해서 지양 극복되기를 염원했다.

따라서 시 「드레퓌스의 벤치에서—도형수 쟝의 독백」은 진실과 자유를 찾아 떠나는 존재의 여정에 관한 시인 자신의 내밀한 고백이자, 이 세계 속에서 진정한 삶은 무엇이고 어떠한 방법으로 살아갈 때 가능한지를 되묻고 있다. 귓전에 〈Free as the Wind〉가 울려 퍼진다. 과연 그/녀의 삶 앞에 "자유"와 "복지福地"가 기다리고 있을까? 아니면 "새 삶"을 위한 인간학적 탐구의 지난한 여정이 이어질까?

여전히 인생은 외롭고, 그렇게 "홀로" 자신과 대면하는 나날들의 연속일 것이다. 그게 삶이고, 인간에게 허여된 서사의 진실이다.

수치 羞恥

동물원
철책鐵柵과 철망鐵網 속을 기웃거리며
부끄러움을 아는
동물을 찾고 있다.

여보, 원정園丁!
행여나 원숭이의
그 빨간 엉덩짝에
무슨 조짐이라도 없소!

혹시는 곰의 연신 핥는
발바닥에나
물개의 수염에나
아니면 잉꼬 암놈 부리에나
무슨 징후라도 없소!

이 도성都城 시민에게선
이미 퇴화退化된
부끄러움을
동물원에 와서 찾고 있다.

불의의 시대 : 철면피들의 노래

　돈이면 다 되는 세상이 되었다. 호르크하이머와 아도르노가
『계몽의 변증법』에서 말한 것처럼, 인간의 정신성을 대변하는 문화 전
체가 하나의 사업으로 전락한 이익사회가 눈앞에 펼쳐진다. 너무도 뻔
뻔한 불한당들이 사회 전체를 교란시켜도 그들을 제재할 특별한 방법
이 없다. 불의는 시대 의식을 대변하는 철면피들의 진리, 즉 알레고리
적 삶의 현실이다.

　왜 점점 사회가 더 각박해지고 몰인정해져만 가는지 참 알다가도
모르겠다. 예전보다 사는 것도 문화의 수준도 상당한 정도로 좋아지고
높아져 경제 선진국이 되었는데, 점점 우리 사회가 의로움과는 더 멀
어진 듯하다. 왜 그런가? 왜 우리는 타자와 더불어 이 세계를 참된 인
류의 공간으로 만들지 못하는가? 아마 울리히 벡이 『위험사회』에서
말한 것처럼 고도의 산업사회가 만든 개인주의화 경향이 팽배해 있기
때문인 것 같다.

　물론 전통사회에서 빠져나와 자기를 중심으로 새로운 세계를 건설
한다는 점에서 긍정적이지만, 너무도 과도하게 자기에게 몰입해 타자
와의 관계를 비인간화하는 부정적 결과를 낳았다는 점에서 산업사회
의 개인주의화 경향은 그리 권장할 만한 사회적 체계가 아닌 것은 분명

하다. 다시 말해서 자본 중심의 체제가 보편화되면서 우리는 모든 관계를 살가운 정 나누는 사람과의 관계가 아니라, 모든 것을 이해의 관계로 재편하게 되는데, 그것이 "부끄러움"을 모르게 되는 근본 이유이다.

따라서 구상 시인의 시 「수치羞恥」는 단순한 "부끄러움", 즉 개인화된 자아가 직면한 현실성을 설파한 주관화된 의식을 비판한 것이 아니라, 우리가 살아가는 세계 전체, 즉 인간학적 현실이 직면한 의식 전체를 비판한 시대의 명제라 하겠다. 온 세상이 자본의 노예로 전락해 인간학이 의로운 세계와 너무도 멀어진 채 철면피로 살아가고 있다.

맹자가 말한 것처럼 측은하게 여기는 마음은 인의 실마리요, 부끄러워하는 마음은 의의 실마리다(惻隱之心仁之端也 羞惡之心義之端也). 그러나 사람은 어질지 않고, 올바름에서 멀어진 채 부끄러움이 무엇인지 전혀 모른다. 구상 시인의 시말운동이 대단한 것은 시말의 사명이 언어의 신 기원에 당도하게 만드는 것이라고 한 번도 생각한 적이 없다는 사실이다. 둔중한 현의 울림으로 이 세계의 참된 의미와 마주선다. 까닭은 시말이 감당해야만 하는 몫이 인간과 세계 사이에 놓인 거대한 균열을 봉합해 참된 인간학을 건설하는 것이기 때문이다.

따라서 시 「수치」는 지극히 개인적인 감성에 호소하는 자기 성찰의 시말운동이 아니라, 이기주의가 팽배해 있는 우리 사회 전체를 향해 쓴소리를 던지는 비판의 전언이라 하겠다. 점점 우리는 철면피가 되어 뻔뻔하게도 부끄러움을 전혀 느끼지 못하는 "동물원"의 "동물"이 되어 가고 있다. 우리는 점점 자기 향락만을 추구하는 이기적인 동물이 되어 타인과의 공감 능력을 잃어 가고 있다.

어쩌면 시인이 설파한 부끄러움이라는 자기 반성의 전언은 현대성, 즉 모든 가치를 자본과 그것의 구성물로 환원시키는 모럴을 비판하는 최적의 함수인지도 모른다. 왜냐하면 부끄러움은 옳지 못한 것에 대해 침묵하는 혹은 "퇴화된" "시민" 의식으로 인해 점점 철면피가 되어 가는 불한당의 세계를 바르게 정위시킬 수 있는 유일한 인간학적 양심이기 때문이다.

그러므로 "부끄러움을 아는/동물을 찾"아 "동물원"을 가는 행위는 21세기 자본의 징후와 정면으로 맞서는 행위일 뿐만 아니라, 너 또는 나를 정의로 이끄는 참된 존재의 길이기도 하다. 부끄러움을 모르면 사람이 아니다. 부끄러움은 인간을 인간이게 만드는 인간학의 최종 심급이다. 물론 오늘도 우리는 저마다의 손익계산서를 가슴에 품고 살아가는 호모 이코노미쿠스, 즉 경제인이지만, 부끄러움이 짐승, 즉 야만의 상태로 추락하는 것을 방지하는 유일한 길임을 명심해야 한다.

그리스도 폴의 강 20

오늘도 신비神秘의 샘인 하루를
구정물로 살았다.

오물과 폐수로 찬 나의 암거暗渠 속에서
그 청렬淸冽한 수정水精들은
거품을 물고 죽어갔다.

진창 반죽이 된 시간의 무덤!
한 가닥 눈물만이 하수구를 빠져나와
이 또한 연탄빛 강에 합류한다.

일월日月도 제 빛을 잃고
은총의 꽃을 피운 사물들도
이지러진 모습으로 조응照應한다.

나의 현존現存과 그 의미가
저 바다에 흘러들어
영원한 푸름을 되찾을
그 날은 언제일까?

오늘 나를 채워야 할 것들 : 하루와 영원 사이

오늘도 나는 내게 묻는다. 나는 무엇이며 어디에 당도하는 시간의 타자인가? 아포리아에 이른다. 오늘도 시인은 "하루"라는 첨예한 시간 앞에 서서 그것의 참된 의미가 무엇인지를 성찰하고 있다. 대저 나는 하루와 영원 사이에서 어떤 가치를 채워야 하는가? 또다시 미궁에 빠진 채 소중한 하루를 무의미하게 보낸다. "하루"를 놓치면 영원을 놓친 것과 동일하다. 까닭은 영원에 가닿을 수 있는 유일한 방법은 하루하루를 촘촘하게 메워 가면서 깨닫는 "신비"의 숭고한 작용이기 때문이다.

그러나 신비에 다다를 수 없다. 그리고 오늘도 허여된 소중한 하루라는 시간을 "구정물"로 살았다고 고백하기에 이른다. 까닭은 24시간을 성심과 성의로 가득 채워 온전하게 나를 건설하는 것이 쉽지 않기 때문이다. 역으로 하루 24시간을 온전하게 보내는 것은 가장 어려운 존재의 시간이다. 어쩌면 시인은 신독이라는 절대의 경지를 시말 속에 응고시키고 싶은 듯하다. 그러나 홀로 스스로를 삼가며 하루하루를 부끄럽지 않게 온전하게 살아간다는 것이 그리 쉬운 일이겠는가?

아니 역으로 안과 밖을 일치시키며 자신을 예리한 칼날처럼 벼려 시대의 사표가 된다는 것은 그리 녹록지 않을 뿐만 아니라, 종신토록 겸허한 자세를 유지한 채 하루하루를 살아갈 때 비로소 가능한 삶의 진경이다. 하루는 진리에 도달할 수 있는 마지막 출구이자, 진리가 내파된 완전의 장소이다. 따라서 오늘과 맞서 자신을 벼린다는 것은 방만한 자신을 베어 스스로를 정죄하는 참회의 태도이다.

이를테면 구상 시인이 전개한 일련의 시말운동은 영원과 하루 사이에 기입된 모든 의미를 오늘이라는 첨예한 시간에 내파시키면서, 오늘이 곧 진리의 현재임을 증명해 보이고 있다. 오늘은 도달할 수 있는 처음의 순간이자, 도달된 것의 마지막이다. 까닭은 오늘이라는 시간은 결코 놓쳐서는 안 되는 진리 그 자체의 시간이기 때문이다.

그러나 그러한 시인의 신념과 노력에도 불구하고 해와 달은 그 빛을 잃고, "사물"들은 그 "은총의 꽃"을 시들게 만들어 하루하루를 "오물과 폐수"로 가득 채우는 덧없는 삶을 살아가게 된다. 왜 그런가? 왜 우리는 소중한 오늘을 그렇게 무책임하게 허비하며 잘 살았다고 착각하는가?

성자가 된 시인. 진리의 문턱을 넘어선 시살이. 어쩌면 덧없는 삶으로 후회와 번민의 나날을 보내왔던 우리네 삶과 다르게, 구상 시인은 늘 스스로를 반성하면서 자신의 "현존現存과 그 의미"를 "영원한 푸름"에 잇대어 새로운 삶을 살아가기를 열망했다 하겠다.

과거의 나태했던 "시간의 무덤"들을 오늘이라는 예리한 칼날에 벼려 썩은 무 자르듯이 베어 냈으며, 마침내 생으로 허여된 하루하루가 바로 영원히 마르지 않는 "신비의 샘"인 것을 비로소 깨닫게 된다. 물론 여전히 "영원한 푸름"으로 빛날 "그날"이 "언제"일까 하고 기다리고 있지만, 어찌 그것이 바로 지금 여기를 흐르는 "오늘"이라는 즉자적인 시간을 통해서 얻은 깨달음의 전언이 아니겠는가?

하루를 성실하게 보내면 그날, 즉 진리로 투명해진 평화의 세계가 반드시 온다. 따라서 시인에게 매일매일 오는 "오늘"은 그저 그런 일상의 하루가 아니라, 날로 새로워지고 다시 영원으로 회귀하는 푸름의 시간이다. 때론 참회의 "한 가닥 눈물"을 흘리며 지난날의 과오를 반성하면서, 때론 때 "구정물"로 점철되었던 후회의 삶을 "강"으로 흘려보내면서, 구상 시인은 "오늘"이라고 명명되는 하루가 진리의 처음이자 마지막 순간임을 깨닫는다.

오늘을 놓치면 영원을 놓친다. 영원은 너무도 빠르게 지나가는 오늘의 가장 안쪽에 존재하며, 그 가열한 하루를 곡진하게 섬길 때에만 도달 가능한 장대한 서사이다. 다시 말해서 시인에게 오늘은 고밀도로 압축 굴절된 진리의 절대적인 공간이자, 영원에 도달할 수 있는 유일한 입구이다.

백련白蓮

내 가슴 무너진 터전에
쥐도 새도 모르게 솟아난 백련 한 송이

사막인 듯 메마른 나의 마음에다
어쩌자고 꽃망울은 맺어 놓고야
이제 더 피울래야 피울 길 없는
백련 한 송이

오가는 길손들이 너를 탐내
송두리째 떠간다 한들
막을래야 막을 길 없는
내 마음에 망울진 백련 한 송이

온밤 내 꼬박 새워 지켜도
너를 가리울 담장은 없고
선머슴들이 너를 꺾어 간다손
나는 냉가슴 앓는 벙어리될 뿐

차라리 솟지나 않았던들
세상없는 꽃에도 무심할 것을
너를 가깝게 멀리 바라볼 때마다
통통 부어오르는 영혼의 눈시울

영혼을 표백시키는 마음꽃 : 순수 혹은 사랑의 타자

진흙탕에 피어났지만, 속세에 물들지 않는 백련을 바라보노라면 물욕으로 가득 차 있던 마음이 순수해지는 느낌이다. 북송 시대의 대유학자 주렴계가 「애련설愛蓮說」이라는 명문을 쓴 이후 연꽃은 항상 군자의 덕이나 선비의 올곧은 기개를 상징하는 꽃으로 평가되었다. 그윽히 풍겨 오는 연꽃 향기가 온누리에 퍼져 정신을 드맑게 벼리는 듯하다. 한 떨기 하얀 연꽃이 어둠을 뚫고 몰래 피어 온 세상을 환하게 비추고 있다.

그런데 그런 연꽃의 상징적 의미와 달리, 구상 시인은 하얀 연꽃을 불안스레 바라보며 "영혼의 눈시울"을 적시고 있다. 왜 그런가? 왜 시인은 진흙 속에서 나와 더러운 것에 물들지 않고 고고한 자태를 잃지 않는 하얀 연꽃을 걱정스럽게 바라보며 "냉가슴 앓는 벙어리"가 되어 가는가? 도대체 시인을 그렇게도 애타게 만드는 하얀 연꽃의 정체는 무엇인가? 사랑의 타자인가? 아니면 훼손되지 않은 순수성을 상징하는 영혼의 객관적 상관물인가?

하얀 연꽃의 정체를 알 수 있는 중요한 단서는 첫 연 첫 행, 즉 "내 가슴 무너진 터전"이라는 시말과 두 번째 연 "사막인 듯 메마른 나의 마음"이라는 시말 속에 내파되어 있는데, 이는 백련과 시인 사이의 존재론적 거리를 암시하는 자아의 풍경이다. 불현듯 예기치 않은 상황에 나타나 메마른 가슴에 "꽃망울"을 피운 저 백련의 수려한 자태는 어떤 황홀경을 암시하는 시련의 전조인가?

아마 구상 시인에게 하얀 연꽃은 너무도 쉽게 훼손 가능한 순수성을 상징하거나 사랑의 대상, 즉 여성성을 표상하는 그 무엇이라 하겠다. 따라서 그것은 지키고 보호해야 할 대상이지, 그를 통해서 깨달음에 이른다거나 고귀한 그 무엇을 성취하는 대상은 아닌 듯하다. 아니 역으로 시인에게 하얀 연꽃은 희망이 없는 황량한 마음으로 살아가는 현실 속에서 연모의 마음을 키워 준 사랑의 숭고한 대상일지도 모른다.

그러나 문제는 그 백련에의 순백의 사랑이 드높은 사랑으로 고양되지 못한 까닭에 늘 근심걱정을 불러일으키는 불안한 존재를 표상했고, 또 그로 인해 시인은 한 떨기 하얀 연꽃으로 피어난 사랑을 지켜내지 못할까 전전긍긍하며 자신의 무력감만을 느끼고 있을 따름이다. 가닿아 지킬 수도 없고, 그렇다고 수수방관한 채 백련이 타인에게 훼손되는 것을 바라볼 수 없는 지극히 애매한 상황에 시적 화자가 위치해 있다.

따라서 지금 나–시인은 어여쁜 너–연꽃을 지키고 보살필 힘이 없다. 아니 "무심"하게 한세상을 살고자 했으나 너–연꽃에 매혹되어 영혼의 생채기를 남긴 채 늘 "망울진" 마음을 쓸어내리며 눈물짓는다. 때론 "선머슴"들이 너–연꽃을 꺾어 갈까 밤새 잠 못 들면서, 때론 "오가는 길손"이 탐내 몰래 떠갈까 전전긍긍하면서, 시인은 하얀 연꽃을 은혜하는 마음이 점점 더 깊어져만 간다.

물론 사랑이 깊어진 만큼 상처로 되돌아와 시인의 영혼에 칼금을

긋는 것처럼 보이지만, 따라서 시인이 전개한 일련의 시말운동이 눈물로 점철된 연민의 애절한 사랑처럼 보이기도 하지만, 어찌 그 사랑의 여율이 영혼을 순백의 전언으로 고양시키는 승화의 경지가 아니라고 단언할 수 있겠는가?

오늘도 하얗게 수줍은 듯 저만치 피어 있는 연꽃을 바라보며 가닿을 수 없는 마음에 애가 타고 있다. 눈은 "퉁퉁 부어" 올라 붉게 "눈시울"을 적셨고, 영혼은 상처로 얼룩져 비애에 젖어 슬프다.

자수自首

그 어린애를 치어 죽인 운전수도
바로 저구요.

그 여인을 교살한 하수인도
바로 저구요.

그 은행 강도 도주범도
바로 저구요.

(2행 생략)

실은 지금까지 미궁에 빠진 사건이란
사건의 정범正犯이야말로
바로 저올시다.

범행 동기요, 글쎄?
가난과 무지無知와 역사와 악순환惡循環,
아니, 저의 안을 흐르는 카인의 피가
저런 죄를 저질렀다고나 할까요?
저런 악을 빚었다고나 할까요?

이제 기꺼이 포승을 받으며
고요히 교수대絞首臺에 오르렵니다.

최후에 할 말이 없냐구요?
솔직히 말하면 죽는 이 순간에도
저는 최소한 4천만과 공범共犯이라는
이 느낌을 버리지 못해
안타까운 것입니다.

유토피아는 가능한가 : 카인의 피에 흐르는 원죄

사랑의 역사가 범죄의 역사로 전복되어 감시와 처벌이 난무하는 극악무도한 세계로 점점 전락해 가는 것 같다. 까닭은 점점 물질의 노예가 되어 인간을 물화시키는 것은 물론, 비인간화의 경향을 수수방관하는 경향 또한 농후하기 때문이다. 우리는 어디에서 양심을 찾고, 또 사회적 정의가 실현되는 유토피아를 만들 수 있겠는가?

"죄"에 대한 고백은 절박했고, 구원에 대한 확신은 점점 흐려진다. 까닭은 이 세계가 무감각하게 점점 더 잔혹한 범죄를 저지르기 때문이다. 아담이 금단의 과일, 즉 선악과를 딴 이후 인간은 낙원에서 쫓겨나 노동과 방황의 지난한 나날들을 보내야 했다. 그리고 이 세계에 원죄를 가져온 아담과 이브의 맏아들 카인이 자신의 동생 아벨을 시기 살해한 이후 인간학은 늘 갈등과 범죄의 나날들을 역사로 기록하게 되는데, 어쩌면 그로 인해 이 세계는 늘 범죄와의 전쟁을 행하는 절망의 공간으로 전락했는지 모르겠다.

무량하게 역사를 응시한다. 시기와 질투가 만연한 채 서로가 서로를 죽이는 참혹한 광경을 넋 놓고 바라본다. 물론 구상 시인이 전개한 일련의 시말운동이 죄인의 마음으로 인간학과 세계 사이에서 무수히 자행되는 흉악한 범죄 현장을 고발하고 있지만, 따라서 시인이 행한 일련의 자백이 이 세계가 행한 공공연한 범죄 사실인 것 또한 명백하지만, 어찌 그 고백의 전언이 이 세계에 대한 사랑과 연민의 감정이 복합적으로 우러나온 진실이 아니라고 단언할 수 있겠는가?

도대체 이 세계는 어디를 향해 질주하는 미망의 공간인가? 진실은 발화되지 않고, 거짓과 위선만이 판을 친다. 대저 우리는 수많은 범죄가 이루어지는 상황 속에서도 유토피아를 꿈꿀 수 있는 사랑의 아들인가? "포승" 줄에 목을 맨 채 "교수대"에 오른다. 까닭은 이 세계는 "가난과 무지와 역사와 악순환"으로 구성된 원죄의 시공간이기 때문이다.

따라서 구상 시인의 시 「자수」는 이 세상에 횡행하는 무수한 범죄 행위를 반어적 태도로 바라보면서 현대성에 응고된 모순을 적시한 비판의 전언인데, 이는 도구적 이성이 만연한 현대의 병리적인 징후를 원죄와 결부시켜 성찰한 것이라 하겠다. 우리 모두가 "공범"이고 "정범"이자, 온 세계를 핏빛으로 물들인 원죄의 원흉이다.

양심을 마비시킨 현대성 혹은 극단적인 개인주의화. 그렇게 우리는 알게 모르게 자신의 양심을 잃어버린 채 수많은 범죄가 일어나는 현대의 공간을 아무런 죄책감 없이 너무도 잘 살아간다고 믿고 있는지 모른다. 다시 말해서 개인주의화가 너무도 많이 진행된 현대 사회는 진실에 관해 추호도 관심이 없으며, 오로지 개인의 이익만을 추구하는 표피적인 물질사회로 전락해 비인간화의 전형을 극단화하기에 이른다.

따라서 시인의 "범행 동기"에 관한 일련의 자백은 단순한 사회적 징후에 대한 고백이 아니라, 사회 전반에 관한 반성적 진실이다. 이 세계에서 벌어진 모든 범죄 행위, 즉 은행 강도, 뺑소니범, 살인자 등등은 단지 개인의 범죄가 아니라, 사회 전체가 공모해 벌인 한 세계의 자화상이다. 마치 우리 모두를 "카인의 피"가 흐르는 죄인이라 지목했던 것처럼, 우리는 이 사회의 단순한 구성원이 아니라 하나의 문화를 형성하는 공동체이자, 뼈와 살을 나눈 한민족임을 명심해야 한다.

그러므로 구상 시인의 저 죄에 대한 고백, 즉 자수에 대한 일종의 항변은 모럴 해저드가 만연해 있는 현대성에 대한 비판적 고찰이자, 범죄는 단순히 개인의 문제가 아니라 사회 전체의 문제임을 설파한 것이라 하겠다. 너의 범죄는 원인 제공자인 내가 정범이고, 나의 범법 행위는 너에 의해 비롯된 어쩔 수 없는 사회의 필요악이다. 우리는 그렇게 서로가 서로에게 긴밀하게 연결되어 한 세계를 만들어 가는 상호 타자이다.

어쩌면 시인이 말한 것처럼 서로가 서로에게 범죄자임을 고백하며 상호 신뢰가 형성되는 사회가 이룩된다면, 이 세계는 이미 사람이 살기 좋은 세상으로 변해 있을지 모른다. 그러나 안타깝게도 진실을 외면한 채 최소한의 양심도 저버려 가면서, 그렇게 현대 사회는 점점 비인간화를 강화시켜 가는 것 같다. 어느 누구도 자기가 이 세계를 어지럽힌 공범이자 정범, 즉 죄인이라고 말하지 않는다.

그리스도 폴의 강 16

강은
과거에 이어져 있으면서
과거에 사로잡히지 않는다.

강은
오늘을 살면서
미래를 산다.

강은
헤아릴 수 없는 집합集合이면서
단일單一과 평등平等을 유지한다.

강은
스스로를 거울같이 비워서
모든 것의 제 모습을 비춘다.

강은
어느 때 어느 곳에서나
가장 낮은 자리를 택한다.

강은
그 어떤 폭력이나 굴욕에도
무저항無抵抗으로 임하지만
결코 자기를 잃지 않는다.

강은
뭇 생명에게 무조건 베풀고
아예 갚음을 바라지 않는다.

강은
스스로가 스스로를 다스려서
어떤 구속拘束에도 자유롭다.

강은
생성生成과 소멸을 거듭하면서
무상無常 속의 영원을 보여준다.

강은
날마다 판토마임으로
나에게 여러 가지를 가르친다.

침묵의 가르침 : 영원으로 흐르는 현자의 길

현재 너머의 가치를 안다는 것은 불가능하고, 그러므로 그리스도 폴처럼 우리는 미혹의 길을 걸으며 진리 전체를 의심하게 된다. 더 나아가 우리는 늘 눈앞에 보이는 실질적인 가치를 믿고 의지하지, 영원으로 흐르는 현자의 길 같은 그 무엇을 결코 지향하지 않는다.

그런데 시인은 초지일관 진리라고 호명되는 일체의 것들과 정면으로 마주선 채, 자기에게 이르는 존재의 길을 겸허하게 찾아 떠나고 있는데, 이는 시인의 사명이 존재의 집 전체를 진실로 구조화하는 숙명의 타자인 까닭에 그러하다.

강가에 이르러 시간과 공간과 삶에 관한 모든 것을 성찰한다. 구상 시인의 시들이 난감한 것은 너무도 명확하다고 믿는 시대의 진리를 일거에 무화시키면서 진정성이 구현되는 그 무엇인가를 시말 속에 응고시키기 때문이다.

따라서 시인에게 시란 문자의 조형력이 만들어내는 신기원이 아니라, 더 나아가 문학사적 전망이 빚어낸 황홀한 문자적 제의가 아니라, 단지 언어로만 표현되지 않는 그 무엇인가를 존재의 심연에 각인시켜 그 모든 것을 진리와 대면시키기 때문이다. 어쩌면 그러한 시적 행위는 인간학과 세계의 한계를 진리의 전언으로 봉합하는 초월에의 의지, 즉 절대성이 육화되는 숭고의 최고 경지인지도 모른다.

특히 「그리스도 폴의 강 16」은 인간학과 세계 사이의 거리를 침묵의 가르침으로 묘파하고 있는데, 그것은 바로 말할 수 있는 말을 통해서 얻어지는 교언영색하는 기어가 아니라 강, 즉 대자연이 몸소 보여주는 실천적 운동 속에서 참된 존재의 길을 깨닫는 진리의 전언이다. 그것은 초월로 나아가는 초역사적 깨달음의 전언이자, 진정한 자기에 이르는 최단거리이다. 그것은 시간에 관한 모든 것, 즉 과거와 미래와 현재를 상호 매개시키는 절대적인 운동이다. 그것은 모든 것을 하나로 모으는 "집합"의 운동이면서 "단일"로 향하는 절대 "평등"의 운동이다. 어쩌면 그것은 단지 그것으로밖에 호명되지 않는 절대적인 신인 동시에, 인간학을 주재하는 유일신의 형상을 하고 있는지도 모른다.

그러나 그러한 진리에의 확고한 의지에도 불구하고 시인이 전개한 시말운동의 최종 목적지는 "자기"에게 응고되어 있다는 사실을 명심해야 한다. 왜냐하면 이 세계에 현상하는 진리, 즉 시간과 공간을 탐구하는 존재의 여정 전체가 바로 "자기"에게 이르는 진정한 구도자의 여정이기 때문이다. 따라서 시인에게 자기는 찾아야 할 모든 것이자, 시말이 도달해야 할 전부이다. 그리고 그러한 자기에의 추구는 구상 시인이 지향하는 시말의 총체적인 모습인데, 이는 그리스도 폴, 즉 강의 서사성이 현시하는 이 세계의 참된 모습이다.

세상의 이욕에 전혀 물들지 않고 항상 겸허하게 시살이에 정진할 수 있었던 이유는 바로 자기를 투영하는 존재의 투명한 "거울"이 시인의 영혼을 지배하고 있었기 때문이다. 시의 거울을 존재의 거울로 육화시켜 인간학과 세계 사이에 놓인 균열을 봉합했으며, 마침내 시가 곧 진리를 대변하게 된다.

따라서 시인에게 시는 "영원"을 표지하는 단 하나의 기호이다. 시인에게 시는 육신의 "구속"에서 벗어날 수 있는 단 하나의 기제이자, 자기 자신과 대면할 수 있는 단 하나의 신적 질료이다. 때론 "생성과 소멸" 사이에 기입된 무수한 존재론적 양태를 주밀하게 관찰하면서, 때론 "오늘"에 응고된 실존의 가치를 "미래"의 시간으로 간주하면서, 시인은 강의 탈속적인 모습처럼 항상 스스로를 낮추어 가장 낮은 곳에 위치하는 겸양의 미덕을 겸비하게 된다.

이욕을 탐하거나 염두에 두지 않았으며, 늘 "폭력이나 굴욕"에도 "무저항"으로 일관했지만, 언제나 "자기"를 잃는 법이 없었다. 마치 강의 전언이 "무상 속의 영원"을 "판토마임", 즉 침묵의 목소리로 가르쳐 주었던 것처럼, 시인은 강의 다양한 실천적 모습을 자신의 것으로 고양시켜 그리스도 폴처럼 현자의 길을 걷고 있다.

따라서 시인의 집을 가득 채운 존재의 언어는 참자유를 추구하는 진실의 언어이고, 너 또는 내가 참구해야만 하는 이 세계의 본질이다. 더 나아가 시인이 그리스도 폴의 강가에서 배우고 익힌 연금술적인 지혜는 인간학이 나아가야 할 진리의 길일 뿐만 아니라, 우리 모두가 반드시 가야만 하는 숙명의 길이기도 하다. 오늘도 시인은 유유히 흐르는 강가에서 온전한 자기가 되어 가는 길을 건설 중이다.

내가 모세의 선지先知와 진노震怒를 빌려서

내가 모세의 선지와 진노를 빌려서 말하노니
너희가 사람다운 삶을 되찾으려면
너희가 지금 우러러 섬기고 있는 황금 송아지를
먼저 몰아내야 한다.

너희가 너희 식탁에서 유해식품을 사라지게 하려면
너희는 먼저 그 황금 송아지를 몰아내야 하고
너희가 너의 고장에 매연을 없애려면
너희는 먼저 그 황금 송아지를 몰아내야 하고
너희가 너희 집안에서 단란을 누리려면
너희는 먼저 그 황금 송아지를 몰아내야 하고
너희가 너희 형제나 이웃과 화목을 이루려면
너희는 먼저 그 황금 송아지를 몰아내야 하고
너희가 너희 어린것들을 역사轢死에서 구해내려면
너희는 먼저 그 황금 송아지를 몰아내야 하고
너희가 너희 지아비와 아내의 정조貞操를 지키려면
너희는 먼저 그 황금 송아지를 몰아내야 하고
너희가 백주白晝에 살인강도殺人强盜를 만나지 않으려면

너희는 먼저 그 황금 송아지를 몰아내야 하고
너희가 뭍에서 바다에서 떼죽음을 면하려면
너희는 먼저 그 황금 송아지를 몰아내야 하고
너희가 학원에서 불변의 진리를 가르치고 배우려면
너희는 먼저 그 황금 송아지를 몰아내야 하고
너희가 병원에서 인술로 병을 고치려면
너희는 먼저 그 황금 송아지를 몰아내야 하고
너희가 법의 공정한 보호를 받으려면
너희는 먼저 그 황금 송아지를 몰아내야 하고
너희가 가진 자와 못 가진 자의 간격을 메우려면
너희는 먼저 그 황금 송아지를 몰아내야 하고
너희가 서로 비정과 소외 속에서 벗어나려면
너희는 먼저 그 황금 송아지를 몰아내야 하고
너희가 저 6·25의 참화를 다시 겪지 않으려면
너희는 먼저 그 황금 송아지를 몰아내야 하고
그리고 너희가 영원이나 믿음이나 사랑과 같은
보이지 않는 힘과 삶의 보람들을 되받들어
마음의 평정 속에서 꿈과 일을 일치시키려면
너희는 먼저 그 황금 송아지를 몰아내야 한다.

내가 모세의 선지와 진노를 빌려서 말하노니
너희가 밝고 떳떳한 삶을 이룩하려면
너희가 지금 우러러 섬기고 있는 황금 송아지를
먼저 몰아내야 한다.

욕망하는 자아와 진리 사이의 거리 : 자본의 저쪽

자본을 가르는 분할선에 무엇이 존재하는가? 그리고 이 세계를 개선하기 위해 "먼저" 우리가 해야 할 당면한 과제는 무엇인가? 시인이 "모세"의 "선지"와 "분노"를 빌려서 인간학과 세계 사이에 기입된 총체적 현실성을 비판적으로 기술할 때, 그가 원하는 세상은 과연 어떠한 모습인가? 진리와 욕망 사이의 거리 혹은 자본의 저쪽에 위치한 유토피아. 그러나 현실은 늘 "황금 송아지"에 매혹되어 그것을 우상으로 숭상하는데, 이는 구약, 즉 아론의 시대나 현대 사회나 별반 다르지 않다.

만약 현실이 그와 같이 물신숭배에 빠져 있다면, "사람다운 삶"이나 "떳떳한 삶"은 어떠한 이념이 지배할 때 가능한가? 구상 시인이 반복적으로 "너희가 먼저 그 황금 송아지를 몰아내야" 한다고 강력하게 경고할 때, 그 경고가 지시하는 인간학의 진실은 무엇인가? 21세기 자본에 대한 강렬한 비판인가? 아니면 현대성에 대한 총체적 비판인가? 이도저도 아니면 진리에 관한 총체적인 물음, 즉 인간학적 진실에 대한 알레고리적 탐문인가?

이 세계가 진리에 의해 움직이고, 또 진실을 추구하는 것이 최대의 목적인 한, "황금 송아지"는 갈등과 분열을 일으키는 근본 원인이다.

따라서 시인이 말한 것처럼, 그것은 축출해야 할 첫 번째 과업이자, 반드시 가장 "먼저" 행해야 할 이 시대의 실천적 과제이다. 그러나 그러한 시인의 요청에도 불구하고 현대성은 모든 이념의 실천적 행위가 자본 중심으로 전개되는데, 이는 욕망하는 자아가 추구하는 최고의 이상이라 하겠다.

자본은 현대의 진리를 표현하는 최적의 함수이다. 마치 21세기 자본에 응고된 일련의 서사가 잉여를 축적하는 과정에서 생성된 환상의 서사이듯이, 현대성은 인간화를 지향하는 인륜적인 세계가 아니라, 비인간화, 즉 "비정非情과 소외疎外"에 의해 철저하게 물화된 세계를 만들어 가고 있다. "유해식품" 혹은 "매연". 삶의 중심에 이익만이 있고, 사람은 안중에도 없다. "황금 송아지"가 세계의 중심에 떡 버티고 있는 한, 진실은 자본을 앞설 수 없고, 진리 또한 자본에 의해 매개되거나 자본의 표현법을 완수하는 타자로 전락하게 된다.

따라서 구상 시인의 시 「내가 모세의 선지와 진노를 빌려서」는 로고스, 즉 빛의 전언으로 공명하는 진리의 전언이자, "단란"한 "집안" 과 "화목"한 "형제"와 "이웃"을 만들기 위한 실천적 덕목이라 하겠다. 물론 여전히 현실은 자본 중심의 비인간화 경향에 의해 "가진 자와 못 가진 자"의 간격間隔을 극대화시켜 불평등이 만연해 있지만, 따라서 "법의 공정한 보호"가 전혀 이루어지지 않은 채 늘 서민들이 "떼죽음"을 당하기 일쑤이지만, 어찌 그것이 "황금 송아지", 즉 물질적 욕망이 만든 비인간화의 극단이 아니라 단언할 수 있겠는가?

오늘도 시인은 선지자 모세의 시대로 되돌아가 십계명이 만들어지는 추상같은 현재의 상황을 재현하고 있는데, 어쩌면 그것은 자본의 저쪽, 즉 참된 인간학이 실현되는 유토피아적 전망을 시말 속에 응고시키기를 원했기 때문인지도 모르겠다. 불의에 모세처럼 진노했고, 다시는 동족상잔의 비극 같은 "참화慘禍"가 일어나지 않기를 염원했으며, 마침내 이 세계가 "불변不變의 진리"에 의해 운용됨을 증명하기 원했다.

마치 선지자 모세가 행했던 일련의 서사학적 전망처럼, 시인도 따스한 인간애가 전이되는 인술仁術이 행해지고, 살인강도가 전혀 출몰하지 않는 이상세계를 꿈꾸고 있다. 따라서 "선지"는 이 세계를 더 나은 삶의 공간으로 만드는 이상사회에 대한 비전이고, "진노"는 황금 송아지를 우상화한 채 자기 욕망에만 충실한 현대 사회의 풍조를 경계하는 시적 태도라 하겠다.

따라서 시인이 지향하는 이 세계의 참모습은 "영원"과 "믿음"과 "사랑"이 넘쳐나는, 눈에 "보이지 않는 힘과 삶의 보람"을 존중하는 참 인간학이 구현된 사회이다. "꿈과 일"이 일치하는 삶 혹은 "마음의 평정平定". 황금만능주의가 판을 치는 사회에서 시인은 자본의 저쪽을 향해 한 보 내디디면서 더 나은 삶과 떳떳한 삶을 희망하고 있다. 설령 현대성에 내파된 자본의 기호가 구약 시대의 "황금 송아지"와 너무도 닮아 있기는 하지만, 따라서 자본의 21세기가 욕망과 탐욕으로 이루어진 불평등한 세상이지만, 구상 시인은 선지자 모세의 선지와 분노를 모범으로 삼아 진정한 삶이 무엇인지를 고지하고 있다.

현재에 만족하고, 일과 삶과 꿈을 일치시켜라. 그러면 진정한 자기를 만나, 진리 안에서 행복한 삶을 누릴 것이다.

오늘

오늘도 신비의 샘인 하루를 맞는다.

이 하루는 저 강물의 한 방울이
어느 산골짝 옹달샘에 이어져 있고
아득한 푸른 바다에 이어져 있듯
과거와 미래와 현재가 하나다.

이렇듯 나의 오늘은 영원 속에 이어져
바로 시방 나는 그 영원을 살고 있다.

그래서 나는 죽고 나서부터가 아니라
오늘서부터 영원을 살아야 하고
영원에 합당한 삶을 살아야 한다.

마음이 가난한 삶을 살아야 한다.
마음을 비운 삶을 살아야 한다.

오늘, 영원에 이르는 방법 : 마음이 가난한 자의 삶

시간이 마물魔物이고 존재는 덧없음의 표상이다. 마법 같은 오늘이 사라지고 나면 우리는 어떤 의미의 존재로 변이되는가? 까닭은 시간이라는 마물은 한시도 가만히 있지 않고 늘 변화의 도정 속으로 우리 모두를 이끌어 가 죽음의 형식으로 변이시키기 때문이다. 그런데 그러한 운명의 천변만화경 속에 불변의 "오늘"을 심도 있게 성찰하면서, 구상 시인은 우리 모두를 "영원"이라는 저 절대의 순간으로 이끌어 가는데, 어쩌면 그것은 "-도"에 응고된 오늘의 불변성을 삶의 영역으로 확장하는 것인지도 모른다.

오늘이 문제가 아니라, 저 무한 반복을 지시하는 "-도"의 오묘한 마법을 어떠한 방식으로 처리하느냐가 영원에 이를 수 있는 단 하나의 방법적 전략인 것 같다. 오늘도 우리는 저 반복이라는 늪을 차이의 공식으로 살아가지만, 따라서 인간학이라는 것이 차이의 욕망에 휘둘리는 가열한 존재의 운동인 것 또한 사실이지만, 매양 덧없는 동일성에 매몰되어 차이의 특이성을 무화시키는 미망의 세계에 가닿는 것으로 생명의 서사가 종료하게 된다.

들뢰즈의 추락 혹은 절망이라는 불안. 우리는 영원일 수 없고, 또 늘 죽음이라는 절망에 불안을 느끼거나 날개가 꺾인 채 추락이 예정되어 있다. 그러나 그러한 사실에도 불구하고 구상 시인은 아포리아의 덫에 결코 침몰하지 않는다. 아니 역으로 시인은 자신에게 속해 있는 시간의 여율을 유연하게 탄주하여 인간학적 진실을 "오늘"이라는 시간 속에 응고시키고 있는데, 이는 "-도"에 내파된 자기를 발견하여 "시방", 즉 '현재 바로 지금 여기'에 존재함을 진리의 "하루"로 고양시켜 인간학 전체를 영원성으로 수렴시켜 가고 있다.

보는 관점에 따라서 "-도"에 내파된 일련의 서사가 들뢰즈가 말한 반복의 작용을 의식화하는 것처럼 보이지만, 따라서 진리 앞에 호명되는 일련의 서사가 동일성으로 환원되는 획일화의 과정을 영원히 반복하도록 예정된 숙명성을 재차 확인하게 되겠지만, 그러나 그러한 사실에도 불구하고 구상 시인은 "오늘"의 모든 것을 "-도"에 응고시켜 진리가 생성되는 절대의 순간임을 고지하고 있다.

"마음"의 작용은 진리의 작용이자, 너 또는 내가 염원하는 영원의 본질이다. 따라서 오늘은 결코 마르지 않는다. 오늘이 가고 나면 모든 것이 사라져 소멸하는 징후처럼 느껴지지만, 그러나 그 오늘은 단순한 사라짐의 소멸 운동이 아니라, 영원에 도달하는 입구로 변환되어 인간학 전체를 영원이 전유되는 가장 아름다운 순간으로 극화시키기에 이른다. 물론 그 모든 것이 마음먹기에 따라 전혀 다르게 펼쳐지는 이 세계의 풍경이기는 하지만, 어찌 영원에 이를 수 있는 존재론적 태도가 바로 오늘에 내파된 마음의 풍경이라 아니할 수 있겠는가?

오늘도 감사의 기도를 올리며, 참나와 만나기를 염원해 본다. 때론 "신비의 샘"인 "하루"를 영원을 구성하는 진리의 오늘이라 여기면서,

때론 "산"과 "강"과 "바다"가 이루어 내는 저 인과의 과정을 진리와 하나 됨의 과정이라 인식하면서, 시인은 인간학과 세계의 균열을 파생시키는 시간 그 자체를 섬김의 대상으로 고양시키고 있다.

모든 것은 "하나"다. 모든 것, 즉 인간에 속했던 "과거와 미래와 현재"의 서사들은 "하나", 즉 영원이 표현된 차이들의 다양한 역량일 뿐, 종국에는 그 모든 사태가 마음의 문제라는 사실을 깨닫게 된다.

구상 시인에게 시간의 일은 결국 마음의 일이다. 오늘과 영원 사이를 매개하는 하루 혹은 마음의 비움과 가난한 마음. 결국 인간학과 세계에서 벌어지는 그 모든 사태들은 저 "마음"이라는 작용에 의해 결정되는데, 이는 선악을 넘어선 곳에 위치한 진리의 절대적인 양태이다. 외물에 흔들리지 않았고, 일체 욕망으로부터 벗어나 마음을 자성청정하게 비운다. 그러므로 시인은 마음이 가난한 자이자, 진리와 정면으로 마주선 채 "오늘" "하루"에 집중하며 탐심을 비워 내는 현자이다.

구상 시인의 시말운동이 대단한 것은 세상의 이욕에 물들지 않고, 늘 정신을 올곧게 벼린 채 철저하게 자기 검열에 몰두하고 있다는 사실이다. 오늘도 시인은 "신비의 샘"인 "하루"에 머물며 인간학과 세계의 거대한 균열을 영원성으로 봉합하고 있다. 모든 하루는 영원의 하루이고, 인간학은 영원을 추구하는 존재의 과정이다. 마음이 가난한 자와 더불어 가장 낮은 곳에 임한 채 오늘 하루를 영원의 하루로 간주하며 묵묵히 자신의 소임을 다하고 있다.

4 영혼의 초대

구상 시인과의 상상적 대화

나는 종종 절벽가에 꽃을 피우고 하늘 향해 웃고 있는 꽃을 보면 항상
떠오르는 생각이 있다. 그것은 바로 두 개의 무한성 사이에서, 즉
끝이 없는 높이와 끝이 없는 깊이 사이에 피어나는 사랑이다.
— 파울 만테가차의 『사랑의 생리학』 중

시인으로 산다는 것은 무엇인가. 우리는 무엇을 일러 '진정
한 시인'이라 하고, 또 무엇을 일러 '사이비 시인'이라고 말하는가. 시인
으로 삶-시간-세계를 살아가면서 일체의 욕망을 마음자리에서 비워
낸다는 것은 가능한가. 시를 연구하고 비평하는 한 인간으로서 늘 어
떤 삶의 방식으로 살아가야 하는지를 고민하고 있다. 아니 우리는 어
떤 방식으로 삶-시간-세계를 살아낼 때, 가장 온전하게 잘 살아냈다
고 말하는가.

물론 소식蘇軾은 「송맹동야서送孟東野序」에서 천명은 하늘에 달려 있
으니 주어진 운명대로 살아가라고 하지만, 따라서 생은 인간이 주체가
아니라, 저 절대적인 그 무엇인가에 의해서 기획되고 조율되는 것이
기도 하지만, 대저 우리는 왜 이 땅 위를 피부호흡하면서 주유하여야
만 하는가. 공자의 30년 동안의 철환轍環이 그렇고, 맹자의 교설敎說이
그러하듯이, 우리는 왜 생의 형식 전체를 이념의 층위로 논변하는가.

산다는 것은 고통의 기록이다. 산다는 것은 늘 절망과 친숙해지면

서 스스로를 비워 내는 과정인데, 그것은 삶 옆에 늘 죽음이 음습해 있기 때문이다. 교만한 인간들! 하늘을 향해 바벨의 탑을 쌓고 스스로가 신이 되기를 열망하는 인간들! 니체가 신의 죽음을 선언한 순간부터 우리는 절망을 모르는 자이거나 영원한 현재만을 향유하는 자로 전락하게 된다. 하여 우리는 희망이 아니라 유희 속에서 생을 마감하는 소멸에의 욕구이다. 비록 우리가 신을 이 땅 위에서 몰아낸 이후 절대적 자유를 누리는 것처럼 보이지만, 따라서 그 자유로 인해 방종에 빠지는 경우가 대부분이지만, 우리는 늘 불완전한 그 무엇으로 휘어진 운명의 소산인 한에서만 자유롭다.

불안 불안한 생. 삶의 정확한 의미도 모른 채 죽음의 덫에 휘감긴 미망의 생의 바다. 우리는 어떤 영혼의 형식으로 생을 마감해야 하는가. 대저 우리는 혼돈 속 같은 이 세계를 어떤 운명의 형식으로 건너가는가. 늘 피곤하다. 늘 머리가 혼란스럽다. 늘 어떤 강박관념 같은 그 무엇인가가 명치끝에 걸려 옴짝달싹하지 못한다. 생은 늘 그렇게 우리를 극한으로 몰고 가 다른 생에의 형식을 꿈꾸게 하는데, 아직도 우리에게 이 세계를 구원할 힘이 남아 있는가. 우리는 마르틴 부버가 『나와 너』에서 말한 것처럼, 나는 당신이라는 너(신)를 불러 우리를 만들 수 있는가. 설령 그것이 종교적 구원의 색조를 띠고 있을지라도, 신의 죽음이 선언된 이후에도 우리는 이 땅 위에서 너라는 신을 부르면서 완전한 우리에 이를 수 있는가.

모르겠다. 정말 모르겠다. 왜 우리는 자신의 존재 의미를 추구하면서 아포리아 같은 열망에 휩싸이는 모순과 같은 존재여야만 하는가.

신이 완전이라면, 완전한 신이 창조한 인간 또한 완전이어야 하지 않는가. 알 수 없다. 전혀 알 길이 없다. 우리는 저 끝모를 비애의 터널 속을 헤매다가 죽음이라는 미망에 가닿을 것이다. 우리는 모든 욕망의 함수 값을 제로로 수렴시키면서, 혹은 차근차근 자신의 욕망이 부질없음을 자인하면서 완전한 무에 이르거나 신국神國에 이를 것이다. 허나 역시 모르기는 마찬가지이다. 허나 진정 우리가 생에의 형식을 부여안고 이 세계를 살아가야만 하는 이유를 정확하게 모른 채 미망에 당도하는 것은 너무도 자명한 이치이다.

하여 영혼의 초대는 가슴 한켠에 울체된 그 무엇과의 만남이자, 생의 사표師表인 구상 시인을 이 땅 위로 다시 초빙하는 대화적 상상력의 양식이다. 이는 시인의 인간학적 삶-시간-세계를 재조명하는 서사 행위이다. 그것은 역으로 구상 시인의 시적 위의를 새롭게 밝히는 것인 동시에, 시인의 인간 품이 어떠해야 하는지에 대한 반성적 고찰이기도 하다. 문학장 자체가 점점 경화되고 물화되는 이 순간에, 혹은 21세기의 물질적 욕망들로 인해 점점 더 비인간화의 극단적인 경향으로 치달아 가는 이 시대의 자화상을 들여다보면서, 우리는 진정한 시인의 모습이 어떠해야만 하는지를 반성하게 된다.

어쩌면 구상 시인과의 만남은 생에의 존재론적 전회를 예비하고 있는지도 모른다. 왜냐하면 우리 모두는 욕망의 포로이거나 욕망의 함수 안에 갇힌, 그야말로 비루한 속물적 존재에 지나지 않기 때문이다. 물론 욕망이 모두 나쁘다고 말할 수는 없지만, 혹은 그 욕망의 절대 운동로 인해 삶-시간-세계의 거대한 역사가 발전한 것 또한 사실이지만,

우리가 구상 시인의 저 고매한 삶의 자화상을 통해서 이제까지 이룩된 역사적 초상의 허위 의식을 반성하는 것은 너무도 당연한 시대사적 임무이다.

선생님! 저는 마음이 가난한 자입니다. 저는 늘 존재론적 고민에 휩싸인 채 삶-시간-세계를 살아가는데, 늘 음울한 그림자가 드리워진, 그야말로 비루한 중생입니다. 하여 저는 선생님의 영혼을 초대하여 감히 이 글을 쓰고 있습니다. 우리는 삶이 아닌 죽음을 응시하는 존재론적 아포리아에 빠진 미욱한 존재입니다. 아니 더 정확하게 말해서 우리는 늘 욕망이라는 존재의 구멍(틈)을 통해서 삶-시간-세계를 응시하게 되는데, 그 욕망 자체가 삶의 덫인지도 모른 채 살아가는 모순 덩어리입니다. 하여 시인의 위대한 시혼이 강림하셔서 제 문학의 공간 속을 활보하시기를 앙망합니다. 선생님의 인간 품을 듣자오니 앞에 나서서 당신을 내세우시기보다는 늘 뒷자리에서 이 세상의 모든 존재를 포용하신다 했습니다만, 오늘은 제 글판 위에서 자랑도 하시고 허풍도 떠셨으면 합니다. 불쾌해하지 않으시고 물색없이 날뛰기만 하는 이 비천한 비평가를 나무라지도 않으신 선생님의 고매한 인품에 고개가 숙여집니다. 그럼, 이제 영혼의 초대를 시작하겠습니다.

비평가 : 제 글방으로의 초대에 흔쾌히 응해 주셔서 감사합니다. 저는 성정이 불같아서 이 세상과 타협하지 못할 뿐만 아니라, 교언영색으로 치장하지도 못하는 그런 부류의 인간형입니다. 하여 대화 도중에 저도 모르게 무례를 범할지도 모릅니다. 소위 말해서 저는 싹바가지가 없는 놈입

니다. 그래서 많은 시인들이 저를 일러 교만하기 짝이 없는 야멸찬 비평가라고 하지요. 그래도 저의 초대에 응하실 것입니까? 마음이 바뀌시면 지금 당장 되돌아가셔도 됩니다.

구상 시인 : 여보시게 젊은 평론가 양반, 그게 뭐 그리 중요한가. 요즘 젊은이들은 너무 나약하고 상황 논리에 따라 눈치만 살피는, 그야말로 얄팍하기 그지없지 않은가. 따라서 자네 같은 눈매 서늘한 비평가가 문학장을 정위시켜야 한다고 생각하네. 아니, 문학은 그 형식을 불문하고 인간의 영혼을 감화시키는 지고한 것인데, 어찌 이 세계의 욕망에 찬 천박한 논리와 타협할 수 있겠는가. 여보시게 김군. 자네의 소임이 막중함을 잊지 말게나. 천상에서 바라본 지상은 그야말로 아비규환이나 진배없지. 아니 하느님께서 사랑과 은혜로 이 세계를 창조하신 뜻을 망각한 채, 저마다의 주판알을 튕기며 손익계산서만 뽑고 있지. 지구 한편에선 사치와 향락이, 다른 한편에선 기아와 기근에 시달리고 있지 않은가. 왜 이 세계가 이 모양으로 돌아가고 있는지 모르겠네. 곡식이 남아돌아 창고에서 썩어 가도 작은 시혜조차 베풀지 않는 통탄할 현실이네. 정말 이 세계가 미쳐 가고 있다고 느껴지네.

(약간의 정적이 흐른다. 비평가는 멍하니 어떠한 상념에 젖은 듯 침묵하고 있다. 아니 거대한 산봉우리 같은 구상 시인의 모습에 약간은 압도당한 듯도 하고, 약간은 경애의 눈길을 던지면서 숙연해하는 것 같다.)

비평가 : 선생님, 무엇보다 진짜 묻고 싶었던 질문 하나가 있습니다. 좀 어려우시더라도 이 문제만은 대답해 주셨으면 합니다. 왜냐하면 이 문제는 이 세계를 정위시킬 수 있는 중차대한 문제이기 때문입니다.

구상 시인 : 알겠네. 내가 아는 범주 내에서 최대한 성실하게 답변할

것이네. 그러니 뜸들이지 말고 빨리 질문하시게.

비평가 : 네. 진짜 약속하셨지요? 질문의 골자는 이렇습니다. 천국에도 공산주의자가 있고, 민주주의자가 있습니까? 선생님은 6·25 한국전쟁 당시 종군기자로 활동하시면서 이념의 갈등이 빚어낸 비극상을 직접 목격하셨기 때문에, 공산주의나 사회주의를 나쁜 것으로 생각하시는 줄로 알고 있습니다만, 제 생각은 좀 다릅니다. 저는 하느님이 진정한 의미의 최초의 공산주의자라고 생각합니다. 왜냐하면 하느님은 그 누구에게나 자애로우신 사랑의 존재이십니다. 물론 막시즘이 정신을 부정하는 유물론적 사유에 기반하고 있기는 하지만, 19세기 자본주의의 상황을 비추어 볼 때, 마르크스의 유물론적 견해는 타당하다고 생각합니다. 그 당시 자본가와 지주가 노동자와 농민을 수탈했다는 것은 엄연한 현실입니다. 그리고 저의 사견입니다만, 19세기적 현실이나 21세기적 현실은 모양만 조금 다를 뿐, 그 속 사정은 똑같다고 생각합니다. 현재 다국적 기업들이 벌이는 무자비한 이윤 추구는 19세기의 노동 착취보다 더 극심합니다. 선생님이 앞서 말씀하셨듯이, 21세기에도 굶주려 죽어 가는 아이들이 너무 많습니다. 그것은 어떤 의미에서는 자유민주주의가 만든 모순이 아닙니까?

(의표를 찔린 듯, 구상 선생은 말을 잇지 못한 채 곰곰이 생각에 잠기는 듯했다. 아니 약간은 당황한 듯 보이지만, 이내 평정심을 찾은 표정으로 미소를 머금었다. 그리고 반격이 시작되었다.)

구상 시인 : 그대는 유신론자인가, 무신론자인가?

비평가 : 저는 정신적 막시스트, 즉 무신론자입니다.

구상 시인 : 이 문제는 인류 역사 전체를 놓고 볼 때, 가장 중차대한 문제 중 하나라고 보아도 과언이 아니지. 그런데 진정한 문제의 본질은 신이 있느냐 없느냐라는 존재 유무에 있는 것이 아니라, 신성을 바라보는 시선에 있지 않을까? 그것은 완전과 불완전의 문제도 아니네. 더 나아가 인간과 신 사이에서 빚어지는 관계도 아니지. 뭐랄까……, 뭐라 딱히 적확한 용어가 머릿속에 떠오르지 않는 상태네만, 이것만은 분명하다고 말할 수 있지. 우리는 늘 천박한 욕망의 구속으로부터 벗어나 신성 쪽으로 휘어지기를 열망하는 존재이지. 아니 인간학을 구성하는 삶-시간-세계를, 그 논리를 마르크스적으로 표현하면 어떻고, 종교적인 감정으로 표현하면 어떤가. 말은 신성에 도달할 수 없네. 물론 말을 통하지 않고, 또는 이념적 논리를 통하지 않고서는 신성성을 표현할 수 없지만, 말은 그저 말일 뿐이지 않겠나. 젊은 비평가 양반, 이 세계를 말의 논리적 함수로만 판단하지 말아 주게. 물론 비트겐슈타인은 『논리철학 논고』에서 말의 한계가 세계의 한계라고 말하기는 했지만, 어찌 말로 저 지고한 절대를 완벽하게 언설할 수 있다고 생각하는가. 관념주의든 유물론이든 상관없이, 논리는 세계의 함정이지. 왜냐하면 우리는 논리라는 형식을 통해서 이 세계의 본질이나 신성 같은 숭고함을 정확하게 기술할 수 없기 때문이네. 따라서 민주주의든 사회주의든, 또는 보수든 진보든 상관없이 이 양자는 이 세계를 운용하는 불완전한 방식이지. 허나 그럼에도 불구하고 이것 하나만은 명심해야 되네. 하느님은 사랑이라는 사실, 그리고 그 하느님의 품은 인간이 상상할 수 없을 만큼 넓다는 사실을 가슴 깊이 새기시게.

(두 사람의 대화가 서로 다른 지점에서 작동하는 것 같았다. 물론 선문답 식으로 문제의 중심점을 교묘하게 비껴가는 것 같은 느낌이 들었지만, 아무튼 영혼의 초대가 잘 마무리될 것이라는 예감이 들었다.)

비평가 : 543쪽 분량에 달하는 선생님의 추모문집인『홀로와 더불어』를 읽으면서 한편으로는 그 놀라운 삶의 방식으로 인해 감동을 받고, 다른 한편으로는 약간의 자괴감 같은 것을 느끼게 되었습니다. 대저 산다는 것은 무엇입니까? 대저 우리는 왜 죽음의 임계점에 도달하는 바로 그 순간에만, 생에의 욕망이 부질없다는 사실을 깨닫게 되는 것입니까? 선생님의 삶-시간-세계를 한마디로 말하자면 단독자로 살아갈 수밖에 없는 '홀로'인 생을 '더불어'로 사신 분이라는 느낌이 듭니다. 인간의 몸으로 어찌 그렇게 철저한 베풂의 삶을 살아가실 수 있는지 경외심을 느끼기까지 합니다. 욕망 덩어리인 저 자신이 부끄러웠습니다.

구상 시인 : 아닐세. 생은 그런 것이 아니네. 나 역시 그대와 똑같은 인간일 뿐이네. 정도의 차이만 있을 뿐, 나 또한 평범한 속인과 결코 다르지 않네.

비평가 : 아니 선생님, 그게 말이 된다고 생각하십니까? 제 생각으로는 그 조그만 정도의 차이가 성인이 되기도 하고 야차가 되는 것이 아닐까요? 우리는 그 조그마한 마음의 싹을 어떻게 키우느냐에 따라 전혀 다른 생을 살 수도 있는 가능적 존재입니다. 따라서 선생님의 인간 품은 이 세계에 속한 것이 아니라, 보다 큰 섭리의 세계를 지향하고 있음에 틀림없습니다.

(우리는 그 조그마한 정도의 차이로 인해 상호 이질적인 삶을 살아간다. 아니 우리는 마음속에 자리한 소중한 맹아萌芽를 잘 키워 갈 때, 이 세계의 평화를 완벽하게 실현할지도 모른다. 구상 시인의 표정이 안온해 보였다.)

구상 시인 : 아무튼 그대의 글방에 나를 초대해 주어서 고맙기 그지없네.

비평가 : 이제 그럼 본격적으로 질문을 하겠습니다. 선생님은 사제가 되시기 위해 신학교를 입학했다가 퇴교하시고 일본으로 건너가 니혼대학에

서 종교학을 전공하셨는데, 여기에 어떤 특별한 이유가 있습니까?

　　구상 시인 : 나는 사제가 될 깜냥이 못 되는 사람이지. 사실 신학교를 다니는 내내 마음의 갈등이 심했지. 주 예수 그리스도를 마음으로 영접해 그분만을 위하는 삶을 살 자신이 없었어. 아니, 나 역시 사랑하고 사랑받고 싶은 평범한 인간이라는 사실을 안 순간, 더 이상 신학교에 붙어 있을 수 없었지. 하느님을 섬기는 마음은 여전히 변함이 없었지만, 하느님만을 알고 하느님의 품속에 계속 머무는 삶이 아니라 하느님을 사랑하는 그 마음을 확장해 사람을 섬기기로 작정했지. 불현듯 머리를 스치고 지나가는 그 어떤 돈오頓悟의 순간 같은 느낌이었어. 원래 내 성정도 불같은 데가 있는데, 사람을 섬기며, 사람과 함께 사람 속에서 사람을 사랑하는 그 마음이 하느님의 마음인 것을 깨달았을 때, 이 세계가 그 자체로 하느님임에 틀림없다는 사실을 알게 되었지. 참 마음이 편해졌어. 아니, 사랑을 실천하고 사람이 유일한 희망일 수 있다는 것은 내 삶에서 일종의 신비 체험 같은 것이었지. 마냥 기뻤지. 아니 온 천하를 얻은 듯한 느낌이었네. 그리고 신학교를 자퇴한 이후, 어떤 삶─시간─세계를 그려 나가야 하는지를 고민했지. 하느님을 더 잘 알기 위해, 또는 이 세계를 섬기기 위해서는 새로운 돌파구가 필요했던 것이지. 종교학이었어. 그래. 종교학은 내 마음속에 남아 있는 유일한 희망이었어. 아마 그것만이 이 세계를 구원할 수 있는 유일한 방법적 대안을 제시할 수 있을 것이라고 생각했어. 왜냐하면 기존의 수많은 이즘들은 영혼의 본질적인 문제들을 건드리는 것이 아니라, 도구적인 말단이나 진배 없었기 때문이지. 이를테면 이 세계를 이끌어 왔던 제도적 절차들은 우리가 사는 세상을 지배하기 위한 하나의 교묘한 권력 담론에 지나지 않는다는 말일세. 특히 미셸 푸코의 글 거의 대부분은 그 방법적 절차들을 너무도 예리하게 비판하고 있지 않은가. 그런데 내게 종교학은 그야말로 제도의 개조가 아니라, 영혼의 개조가 가능한 유일한 학문이라는 느낌이 들었

지. 비록 종교의 형태가 다양해 서로 통합이 불가능하다는 사실은 인정하지만, 따라서 종교는 인륜적 삶이 스며 있는 고유한 문화적 형태를 띠고 있다는 사실을 인정하지 않을 수 없지만, 종교는 그 형식을 불문하고 인간애를 기반으로 한 숭고한 의식Ritual이지. 설령 그것이 이단의 형태를 띠고 있을 때조차도 종교의 본질은 사랑의 타자 전체를 포용하는 대승적 사랑이나 진배없다는 말일세. 그런 의미에서 볼 때, 나의 종교관은 가톨릭에 기반하고 있기는 하지만, 그 성격은 범신론에 가깝다고 보아야 마땅하지. 왜냐하면 모든 종교는 그 방법이나 절차상의 차이에도 불구하고 예외 없이 심혼의 정화를 겨냥하기 때문이네.

(너무도 진지한 표정을 지으면서 구상 시인은 과거의 시간 속으로 회귀해 들어가 자신의 존재론적 국면을 성찰하는 듯했다. 선생의 모습이 너무 커보였고, 비평가는 자신이 점점 작아지고 있다는 사실을 직감적으로 깨달은 표정이었다. 건방진 표정은 어디론가 사라져 버리고, 이제는 순치된 야생마 같았다.)

비평가 : 선생님의 종교관이 그렇게 넓고 크신 줄 몰랐습니다. 그런데 현대의 종교들은 서로 소통하지 않고 교조화된 도그마에 빠지는 경향이 있는데, 그 점에 대해서는 어떻게 생각하십니까? 기실 종교의 본질이 선생님이 말씀하신 내용을 지향한다는 사실은 인정하지만, 어쨌든 요즘 돌아가는 종교의 행태를 보자면 진짜 가관이 아닙니다.

구상 시인 : 맞네. 그대의 말이 맞네. 요즘 종교는 권력처럼 세습되고 교세 확장을 위해 돈벌이만을 일삼는 경향이 없지 않네. 문제는 프락시스, 즉 실천이지. 실천은 아무리 강조해도 지나치지 않네. 그리고 종교적 실천은 언제나 희생의 바탕 위에서 이루어져만 하네. 예수님이 이 세상의 모든 죄를 대속代贖하기 위해 십자가에 못박히셨던 것처럼, 우리는 타자의 타자성을 삶으로 이끌기 위해 신 앞에 죄를 청하는 희생을 감수해야만 하네.

비평가 : 물론 워낙 선한 일을 많이 하셔서 천당에 계신 걸로 알고 있습니다만, 요즘 천국에서는 무슨 일을 소일거리 삼아 하루하루 지내십니까? 너무 편해서 무료하지는 않으신지 궁금합니다.

구상 시인 : 무료할 짬이 어디 있겠는가. 요즘 매일 이중섭 화백이나 공초 오상순 시인과 막걸리를 마시며 한가롭게 한담이나 나누면서 내내 평화로운 일상을 보내고 있네. 최근 들어 지상은 웰빙 바람이 불어 막걸리가 불티나게 팔린다지?

비평가 : 편안하시다니 마음이 놓입니다. 지상의 삶은 여전히 전전긍긍하는 불안의 연속입니다. 그런데 선생님께 문학은 어떤 계기로 다가왔습니까? 특히 시라는 문학 장르는 여타 예술과 달리 광기에 휩싸이는 분열증적 언어이거나 울체된 그 무엇으로 표상되는 경우가 비일비재합니다. 그렇다면 종교적 신념과 시 의식 사이에는 어떤 연관 관계가 있는지 알고 싶습니다. 사실 직감적으로 종교와 시는 서로 매치가 잘 안 된다는 느낌이 들기 때문입니다.

구상 시인 : 나는 전혀 그렇게 생각하지 않는다네. 가장 위대한 시는 종교적 심성으로 시작해서 종교적 성정으로 완료될 때 나온다고 생각하네. 왜냐하면 시란 본시 이쪽과 저쪽을 매개 소통시켜 부드러운 언어의 결 위에 넘쳐나는 세계 정화의 언어가 아니겠는가. 아니 더 정확하게 말해서 젊은 평론가가 자주 언급하는 시말이라는 말은 종교적 현전성을 의미하지 않는가. 왜냐하면 시란 대화적 상상력을 촉발하면서 인간학 전체를 길항시키는 존재의 언어이기 때문이지. 따라서 시와 종교는 서로 잘 어울릴 뿐만 아니라, 시 속에 종교적 심성이 내재되어 있을 때 가장 훌륭한 시가 될 수 있다고 생각하네.

비평가 : 그러면 어떤 계기로 인해 시인이 되셨는지요?

구상 시인 : 인간은 사실 그렇게 무거운 존재가 아니네. 아니, 인간은 그 자체로 너무도 가벼워 바람 앞에 서 있는 나약하기 그지없는 촛불과 같다네. 우리는 생의 이러한 본질적 국면에 대해 어떻게 생각해야 할까? 아니, 우리는 이러한 존재적 아포리아에 직면해 철학자나 종교인이 되거나 영매 같은 시인이 되는 것이 마땅하지 않은가? 물론 나는 미당 서정주 같은 천재성을 지닌 시인은 아니지만, 최소한 시인이란 삶-시간-세계를 위무하는 영혼의 안내자라고 생각하네. 『바르도 퇴톨』이라고도 하고 『티벳 사자의 서한』이라고도 하는 저 죽은 영혼들을 제도濟度하는 고매한 안내서처럼, 시인의 직분은 절대와의 만물 조응을 통해서 이 세계를 순치시키는 것이네. 내게 있어 시인의 길은 그렇게 운명처럼 다가왔는지도 모르네. 저 끝모를 존재의 덫을 뚫고 폐결핵과 죽음 본능을 건너서 시가 숙명처럼 눈앞에 현시되었다고 생각하네.

비평가 : 금방 미당을 언급하셨는데요. 저의 개인적인 견해입니다만, 시인의 시와 그 시인의 삶이 일치될 때에야 비로소 시도 더욱 빛나지 않을까 합니다. 이런 측면에서 미당이나 고은 시인 같은 분들에게 지닌 안타까움이 없지 않습니다. 물론 그 시인들의 시가 훌륭하다는 점에는 이의를 달고 싶지 않습니다. 그러나 그분들의 시 외적인 삶에 대해서는 그렇게 존경하고 싶은 마음이 들지 않습니다. 왜냐하면 에즈라 파운드가 말한 것처럼, 시란 그 자체로 '민족의 안테나'이기 때문입니다. 그런데 한국을 대표한다 할 수도 있는 미당이나 고은 시인은 그러한 점에서 결격 사유가 있지 않을까 생각합니다. 구 선생님 정도의 인품이라면 마땅히 존경의 대상이 될 수 있겠지만, 미당이나 고은 같은 시인은 시와 시인으로서의 삶을 더불어 조망할 때 생각해 볼 결점들이 너무도 많은 듯합니다.

구상 시인 : 여보시게 젊은 평론가. 너무 인색하게 굴지 마시게나. 사람의 아들인 인간은 결코 완전한 존재일 수 없지. 나 또한 완벽할 수도 없고 완벽하지도 않은 사람이네. 그저 주어진 천품대로 사는 것이 인생이 아닐까? 미당은 미당답게 사는 것이고, 고은은 고은답게 사는 것이 아닐까? 세상을 크게 보시게. 우리는 그렇고 그렇게 한 세계를 살아가다가 또 다른 세계로 넘어가는, 그야말로 나약한 존재에 지나지 않을 뿐이네. 고은이나 미당의 삶도 나름의 의지가 있었다는 걸 이해하고 연민의 시선으로 바라봐 주시게.

비평가 : 선생님, 죄송하지만 저는 선생님의 말씀에 전적으로 동의할 수는 없습니다. 이 세상엔 옳고 그름에 대한 시비 판단이 있어야 한다고 생각합니다. 어떤 시인이 한 민족의 시세계를 대변한다고 한다면 그 시인의 삶도 마땅히 시와 일치되어야 하지 않을까요? 시인이 아무리 위대한 시를 썼다고 하더라도 인간적인 삶이 올바르지 않다면 시적인 사표師表로 삼기에는 문제가 있지 않겠습니까? 테리 이글턴이라는 비평가가 말하기를, 비평은 사회의 공기公器라고 했습니다. 제가 아는 범주에서 볼 때, 문학은 영혼의 형식입니다. 아무리 아름다운 말로 치장하고 사람들을 현혹하더라도 글쓴이가 바르지 못하다면, 그것은 바로 사상누각이 아니겠는지요?

구상 시인 : 물론 자네 말이 결코 틀리지 않았네만, 한 가지 주요한 점을 간과하고 있다는 사실을 명심하길 바라네. 인간의 삶-시간-세계란 길다면 길고 짧다면 짧네. 그런데 문제는 인간에게 허여된 시간이 영원이 아니라는 사실이네. 우리는 그저 좀 긴 순간을 사는 것뿐이네. 우리는 고만고만한 존재에 지나지 않는다는 말일세. 물론 삶에 대한 시비 판단은 이 세계를 살아가는 데 없어서는 안 될 소중한 기준이지만, 그것 역시 인간이 만든 기준일 뿐이네. 다시 말하면 인간은 자신이 만든 논리라는 함정에

빠져 실질적으로 중요한 '인간의 본질'을 외면하는 경우가 많다는 것이네. 인간은 현실적인 삶의 논리만으로는 설명이 불가능한 존재이네. 아니, 인간은 논리 너머에 존재하는 그 무엇이네. 인간에게 있어 논리는 때로 필요악이 될 수도 있지. 젊은 비평가 양반, 자네가 살아가고 있는 이 세상을 대승적인 시선으로 응시하시게. 용서와 연민의 시선만이 이 세상을 구원할 수 있는 최선의 방법이자 스스로를 구원하는 유일한 길임을 명심하시게.

(구상 시인의 나무라는 듯한 태도는 단호했다. 아니, 그것은 단호한 그 무엇이기보다는 신념이 흘러넘치는 일종의 확신이나 진배없었다. 진정 우리는 무엇으로 사는 것일까. 아니, 구상 시인의 말대로라면 우리는 왜 이 땅 위를 욕망의 존재로 살아내는가. 비평가는 도무지 알 수 없다는 표정을 지으면서 어렵사리 한 세계를 건너 또 다른 경외의 세계로 도달하는 것만 같았다.)

한참 동안 침묵이 흘렀다. 대화는 더 이상 진전되는 것이 불가능한 듯했다. 옆에서 아무 말도 하지 않고 두 사람의 대화를 진지한 태도로 경청하던 참관인이 30분간의 휴식 시간을 가진 뒤에 다시 영혼의 초대를 시작했으면 좋겠다고 제안했고, 구상 시인과 비평가 모두 동의해 격렬했던 분위기를 가라앉혔다. 그랬다. 대화나 토론은 하버마스가 말한 것처럼 의사소통적 합일을 만드는 것이 무엇보다 소중하다. 그리고 더 나아가 대화란 생-세계를 풍요롭게 하는 상상력의 보고이기도 하다.

(약간은 냉랭한 분위기였지만, 구상 시인은 먼 데를 바라보면서 상념에 젖은 듯했다. 시인은 순간 어떤 존재론적 결단을 내리는 듯한 태도였지만, 이내 선한 눈매로 젊은 평론가를 맞이했다.)

구상 시인 : 무엇을 그리 분노하는가. 무엇을 그리 분노하고 서글퍼하는가. 현재의 생이란 것이 별것이나 된다고 생각하시는가. 아까도 말했지만, 산다는 것은 그저 순간보다 좀 긴 시간을 살아내는 것에 지나지 않네. 우리

는 그렇게 생에의 시간을 살아내다가, 절대자가 존재하는 아름다운 세계로 귀의하게 된다네. 그대가 나를 이 대화의 글방에 초대한 것도 이 세상의 욕망이 부질없다는 것을 듣기 위함이 아니었겠는가. 세상을 그렇게 빡빡하게 살아가지 마시게나.

비평가 : 선생님의 말씀을 들으니 제 얼굴이 붉어지는데요. 그렇지만 이 문제는 좀 더 숙고해 보겠습니다. 이야기를 바꾸어, 선생님의 『응향』 시절 필화 사건에 대해 상세하게 듣고 싶습니다. 사실 1946년 언저리는 선생님의 글쓰기에 있어 영도의 지점이거나 원점에 해당하는 시기인 것도 알고 있습니다만, 『응향』 사건이 선생님의 문학적 운명에 어떤 함수로 작용합니까?

구상 시인 : 사실 나는 과거지향적인 사람이 아니라 미래지향적인 사람일세. 물론 사람과의 인연을 아주 소중하게 생각하는 경향이 있고, 그렇게 맺어진 인연을 평생의 길동무로 생각하는 사람일세. 이를테면 나는 삶-시간-세계를 하나의 역사적 사실로 인지하는 사람이지. 따라서 『응향』 사건은 내 개인의 문제라기보다는 우리 민족의 비극적 현실을 드러내는 단면도라고 생각하고 있네. 뭐랄까……『응향』 사건은 원산에서 발간한 그렇고 그런 문예동인지에 얽힌 일화 정도로 보면 마땅하지만, 그 사건을 그리 단순하게만 보아서는 안 되네. 왜냐하면 『응향』 필화 사건은 당대의 문제점을 총체적으로 노정하고 있다고 보아도 무방하기 때문이네. 이념적 이데올로기 때문에 문학적 행위를 매도하고 비판한다는 것은 그야말로 가장 옳지 못한 야만적인 행위에 다름 아니네. 문학의 죽음은 표현의 자유가 말살되는 것인 동시에 올바른 언로가 형성되지 못하는 것이기도 하지. 우리나라는 말일세. 참으로 잘못된 역사를 써왔다고 생각하네. (약간의 침묵이 흐른다. 구상 시인이 무슨 감회에 사로잡힌 듯, 눈자위 주변이 붉어졌다.) 프랑스의

침략에 신음하던 베를린 시민을 위하여 피히테는 〈독일 국민에게 고함〉이라는 연설을 통해서 독일 정신을 일깨우고 민족혼을 불러 일으켜 세우지 않았던가. 그런데 우리나라는 어떤가. 8·15 독립에 이은 좌우 이념의 대립으로 같은 민족끼리 유혈 투쟁을 벌이면서 온전한 나라 만들기에 실패했지.

(이 순간 구상 시인의 모습은 처연하기까지 했다. 선배 세대로서 후배 세대에게 제대로 된 역사를 만들어 주지 못한 일종의 원죄 의식 같은 회한의 눈물을 참는 듯했다.)

비평가 : 1960년대 말 하와이대학교 동서문화센터의 한인 유학생 학술 모임인 단산학회에서 선생님께서 다음과 같이 말씀하셨다는 기록이 있습니다. '어떻게 운명적 인간으로서가 아니라 역사적 인간으로 살 것인가? 이는 오직 의식혁명으로써만 가능한 것이다. 우리에게는 인문혁명이 절실하다. 미국 문명과 군인들이 가져다준 기술적 사고가 우리 사회와 생활을 혼란으로 이끌었다. 대한민국을 망친 자는 미국 유학생들이다'라고 극언을 하셨는데, 그렇다면 의식혁명으로써의 인문혁명의 실체가 무엇인지 참으로 궁금합니다. 왜냐하면 1960년대의 상황보다 2010년대를 살아가는 제가 보기에는 그 당시보다 지금이 미국식 천민자본주의가 더욱 활보하고 있다는 느낌이 들기 때문입니다. 물론 보는 관점에 따라 현대의 삶이 풍요롭고 발전된 것으로 비춰지기는 하지만, 제가 볼 때 우리의 정신문화는 늘 패거리 짓고 파당 만들기를 좋아하는 파행 일색입니다. 다시 말해서 정신 문명적 풍요로움을 좇아가지 못하는 게 우리나라의 현재 상황인 것 같습니다.

구상 시인 : 아닐세. 분명 1960년대보다 지금이 훨씬 풍요로운 것은 물론이고, 정신적으로도 많이 성숙했다고 보는 것이 마땅하네. 그런데 문제는 정신의 성숙 속에 도사린 정신적 가치의 죽음이 진짜 문제가 되네. 아

니, 이 시대는 정신 같은 지고한 가치를 열등한 것으로 간주하고 물질적인 우상들만을 좇고 있지. 이 시대가 기표의 시대가 아닌가. 번지르르한 겉모습이 알맹이를 대신하는 시대가 아닌가. 이러한 모습이 이 시대 우리의 자화상이라고 해도 과언이 아니네. 물질이라는 파랑새를 좇아 가면서 그것이 죽음에 이르는 병인지도 모르는 사람들이 너무도 많지. 어쩌면 이 시대가 말세일지도 모르지. 여보시게, 젊은 비평가 양반! 지금부터 하는 이야기는 진짜 명심해야 할 걸세.

(구상 시인의 모습은 너무도 숙연해 보였다. 아니, 천상의 논리로 지상적 욕망이 별것이 아니라는 사실을 논증하고 싶어 하는 모습이었다. 약간의 정적이 흐르고, 구상 시인이 다시 말을 이어가기 시작했다.)

어느 시대를 막론하고 사람들은 자기가 살아가는 시대를 가장 불행한 시대라고 생각하는 경향이 있네. 그것은 모든 인간이 겪게 되는 일종의 시대에 관한 공통감이라고 보아도 무방하네. 그런데 문제는 불행한 시대를 살아가는 인간의 태도이지. 어쩌면 불행은 삶-시간-세계를 운명의 형식으로 인식하는 순간에 나타나는 그 무엇이지. 따라서 운명은 까뮈류의 부조리이거나 존재가 맞닥트리는 궁극적 실패에 다름 아닐세. 말하자면 우리는 이 세계를 살아갈 의무가 있는데, 그것은 죽음이라는 운명을 자인하면서 자신의 존재적 국면을 역사라는 거대한 물줄기에 기투해야만 하네. 물론 인간은 그 자체로 운명적인 존재일 수밖에 없네. 아니 인간은 죽어야만 하는 운명의 소유자인 것만은 분명하지만, 우리는 그 운명의 형식을 총체적으로 반성할 수 있는 역사적 존재이기도 하다는 사실을 명심해야 하네. 그런데 우리는 묘하게도 그 역사의 한복판을 가로지르면서 늘 똑같은 실수를 되풀이하는 모순적인 존재이지. 그것은 역으로 우리들이 살아낸 삶-시간-세계 전체를 무의미하게 허비하는 것이거나 역사적 존재로 살아가지 않는 방식일세. 역사란 그 자체로 반성이지. 아니, 역사란 그 자체로 운명적인 생에의 형식과 맞서 싸우면서 신세계를 만들기 위한 열망의 한 표현이라고 보아야만 하네. 드보르작의 〈신세계 교향곡〉처럼 우리는 우리가 존재했었고, 앞으로 존재할 이 세계 공간을 이상향으로 만들 의무가 있네. 따라서 역사는 인간에게 부과된 의무이자 미래의 자화상이네.

(구상 시인의 말 속에는 단호한 결기 같은 그 무엇인가가 깊숙이 자리하고 있는 듯했다. 아니 시인은 우리 인간이 걸어야만 하는 운명을 역사 속에 투영시키면서 생의 아름다움을 꿈꾸는 듯했다.)

비평가 : 선생님, 그렇다면 '인문혁명'은 어떠한 방식으로 가능합니까? 사실 이 세계는 자본의 거대한 물결에 종속되어 의식이니 정신이니 하는 것들을 너무도 가벼운 것으로 치부하고 있지 않습니까? 사실 선생님이 지향하시는 '인문혁명'은 불가능할 것 같습니다.

구상 시인 : 아닐세. 지금이 바로 적기일세. 악화가 양화를 구축構築(驅逐이 아니라)한다고 하지 않았는가. 이를테면 인문혁명의 시작은 존재의 거울에 이 세계를 비추어 보는 순간에 가능하지. 존재의 거울은 역사의 거울이기도 한데, 그것은 생 그 자체를 진리의 절대값으로 환원시킬 때 가능하게 되네. 말하자면 인간에게 허여된 삶-시간-세계를 허망한 그 무엇으로 보는 것이 아니라, 이 세계에 존재하는 그 모든 것들에서 존재의 의미를 깨닫는 방식일세. 따라서 '인문혁명'은 아시아적 가치를 복원하는 운동이거나 그것에서 의미를 재발견하는 것에서 시작되지. '인문혁명'은 범신론적 관점 위에서만 기술되는 생태학적 원리이거나 이 우주를 물활론적 관점 위에서 기술하는 동태적인 운동이라고 해도 과언이 아닐세. 그리고 그것은 더 나아가 만테가차가 말한 사랑의 형식일 수도 있네. 존재의 높이와 깊이를 동시에 헤아리는 사랑, 혹은 존재의 온전한 의미를 비추는 사랑. 우리는

그 사랑의 형식을 통해서만 존재의 신기원에 도달하지. 만일 이 세상에 혁명이 있다면, 그것은 예수의 죽음 속에 새겨진 대속代贖적 사랑 의식이거나 부처의 고뇌, 즉 자비에의 사랑이 아니었을까. 우리는 혁명을 제도적인 것으로만 생각하는 경향이 있네. 특히 우리에게 진정으로 필요한 그 혁명의 주체가 '인문혁명'일 때, 그것은 제도의 문제가 아니라 의식의 문제일세. 아니 더 정확하게 말해서 내가 지향하는 혁명의 진정한 주체는 인간 영혼의 문제일세. 키에르케고르가 그랬고, 마르셀이 그러했듯, 우리는 우리 안에 내재한 모순적 욕망을 신성한 그 무엇으로 되돌려 온전한 자기를 발견하는 그곳에 '인문혁명'의 참모습이 있다고 생각하네. 어쩌면 이미 21세기의 물화된 현상을 내다보고 그 '인문혁명'을 이룩하기 위해 노력한 철학자가 있네. 바로 에리히 프롬일세. 유태인이었기에 독일에서 모진 박해를 받고 수난을 당했지만, 끝내는 사랑과 존재의 의미를 범신론적인 신비주의적 세계종교 관념으로 통합할 수 있다고 주장했던 바로 그 사람이 에리히 프롬이네. 따라서 이 세계는 아시아의 범성성凡性性, 즉 모든 것을 동일한 것으로 인식하는 평등 의식을 구현시켜 그것을 프롬적 세계종교관으로 승화시킬 때 '인문혁명'이 완벽하게 실현되네. 왜냐하면 내가 지향하는 인문혁명은 물화되어 죽어 가는 이 세계를 살림의 정신으로 되살리는 운동이자, 존재의 존재성을 응시하는 전방위적 운동이기 때문이네. 진정 우리에게 필요한 것은 정신, 혹은 의식에 의한, 정신을 위한, 정신의 살림 속에서 세계의 살림을 꿈꾸는 희망의 원리라고 해도 과언이 아니네. 이를테면 내가 지향하는 '인문혁명'은 살림의 경제학적 지평 위에 움터 나오는 인문적 상생의 원리이지.

(구상 시인의 모습은 마치 정오의 철학을 설파하는 초인 차라투스트라처럼 보였다. 영원을 꿈꾸지만 현세의 삶이 영원으로 휘어지기를 열망하는 영혼의 구도자 같았다.)

비평가 : 물론 지금 선생님이 말씀하신 인문혁명에 대한 언급이 한 치의 오차도 없다는 것은 인정합니다만, 선생님의 말씀은 21세기 현대 사회의 물질적 욕망 앞에서는 무기력하기 그지없다는 느낌이 듭니다. 왜냐하면 현대인들은 정신적 가치를 믿지 않을 뿐만 아니라 역으로 물질을 진리의 모든 것이라 생각하기 때문이지요. 다만 눈앞에 보이는 화려하고 유혹적인 도상적 기표에 현혹되어 감각의 노예로 전락하는 경향이 있다고 생각합니다. 그렇다면 선생님께서는 이 시대의 최대 가치인 물질적 욕망이나 감각적인 인식을 어떤 방식으로 정신화할 수 있습니까?

구상 시인 : 참 답하기 어려운 질문이네. 아니, 내 생각으로 이 문제는 그리 간단하게 답해질 수 없는, 그야말로 중차대한 문제이네. 이 문제는 인문혁명을 시대적 시의성과 관련시켜 이야기할 필요가 있네. 분명 21세기가 내적·외적으로 물질적 전망이 지배하고 있다는 것은 부인할 수 없네. 허나 여기에는 하나의 모순이 지배하고 있지. 이를테면 물질은 물질을 통해서 욕망을 향유 충족시키고 물질적 신세계를 만들어 가지만, 물질은 영원한 현재를 향유하지 못하네. 왜냐하면 물질은 엔트로피 법칙, 혹은 열역학 제2법칙의 지배를 받기 때문이지. 우리는 좋든 그렇지 않든 간에 상관없이, 물질의 존재 방식처럼 소멸의 기호일 뿐일세. 따라서 우리에게 예정된 외길 수순은 바로 추락이지. 물질은 물질에 의해 영원히 되돌아오지 못하는 길로 우리를 인도해 이 세계 전체를 완벽하게 파멸에 이르게 만든다네.

(사유의 깊은 심연으로 내려가 진지하게 이 세계의 의미를 반추하는 듯이 보였지만, 시인은 마치 예언자적 태도로 자신의 말을 술회하는 것 같았다. 맞다. 구상 시인의 모습은 미래를 내다보는 영매처럼 서기瑞氣 어린 표정을 지우면서 한 세계를 내다보고 있었다. 시인은 침착하게 다시 말을 이어가기 시작했다.)

내가 생각하기에 삶-시간-세계의 진정한 주체는 삶도, 시간도, 세계도 아니네. 물론 이 세 요소가 거대한 우주를 만들어 가는 개별적 실체라는 점은 부인할 수 없지만, 우리가 진정 명심해야 할 것은 이 세 실체를 통어할 수 있는 인문적 가치이네. 다시 말해서 '인문혁명'의 인문은 '홀로'인생을 '더불어'로 사유하는 방식인데, 그것은 개인주의에 저항하는 인간만이 지닌 일종의 공통감이네. 우리는 결코 혼자서 살 수 없네. 우리는 '더불어'라는 공생의 정신적 심혼 속에 아름다운 불꽃을 피워 이 세계를 보듬어 안아야만 하네. 사실 내가 말하는 '인문혁명'은 그렇게 지고한 것이라고는 생각하지 않네. 왜냐하면 그것은 우리의 의식 속에 내재한 생에의 감각을 일깨우면 그것으로 끝나는 것이기 때문이지. 다시 말해서 '인문혁명'은 맹자의 불인지심不忍之心의 확장적 국면이거나 그 발로에 드러나는 측은지심惻隱之心 같은 마음의 문제이네. 맞네. 확언하건대, 인문혁명의 진정한 주체는 올바른 심학心學 속에 생성되는 정신개조론에 가깝다고 보는 것이 마땅하네. 이를테면 정신개조론의 일종인 노블레스 오블리주 같은 실천적 나눔의 미학인데, 그것은 미국식 실용주의도 아니고 그렇다고 유럽의 귀족적 실천 개념도 아니네. 정신개조론은 불교적 공空 개념을 기독교적 사랑으로 승화시키는 진정한 의미의 혁명적인 의식 운동이네. 모든 섹터적 인식을 불식시키면서 다多와 일一 사이에서 빚어지는 그 모든 갈등을 하나의 말씀으로 응결시키는 운동일세. 젊은 비평가 양반, 내가 너무 어렵게 철학적으로 말했는지 모르겠네만.

비평가 : 아닙니다. 참 재미있는 발상이시네요. 사실 선생님이 이렇게 깊게 이 세계를 성찰하고 계신 줄 몰랐습니다. 계속 말씀하셔도 됩니다. 왜냐하면 이 부분은 선생님의 올곧은 정신세계의 진경이기 때문입니다.

구상 시인 : 그렇게 이해해 주니 고맙네.

비평가 : 고맙기는요. 제 대화의 글방에 선생님께서 흔쾌히 와주신 것만으로도 제게는 무한한 영광입니다.

(글방 분위기가 화기애애해졌다. 분명 구상 시인의 인품에 관람자와 비평가 모두가 감화되었다는 사실이 그 반증이었다. 처음에는 약간 살벌한 분위기였는데, 이제는 나이를 초월해서 서로가 서로를 지기知己로 생각하는 느낌이 감돌았다. 참으로 멋진 광경이었다. 사제지간이었던 세기의 물리학자인 닐 보어와 베르너 하이젠베르크의 아름다운 우정처럼, 고령의 노시인과 젊은 비평가는 아름다운 세계를 몽상하면서 서로의 세계를 완벽하게 이해하는 듯이 보였다.)

구상 시인 : 우리는 말일세. 으흠~ 진정 우리는 말일세. 상호 대극, 혹은 상호 모순이 되는 그 지점에서 이 세계를 응시해야 하네. 분명 물질과 정신은 상호 대립하는 가치임이 분명하네. 그런데 우리는 정신만으로 존재하지 못하고, 그렇다고 물질만으로도 존재하지 못하네. 우리는 이 양자 사이에 존재하는 오묘한 그 무엇이네. 역으로 우리 인간은 데카르트적 코기토로 존재하는 동시에 마르크스적 물질로도 인식되어야만 하네. 문제는 바로 이 지점에 있지. 문제는 인간이라는 존재 양식이 항상 정신과 물질이라는 이중성으로 휘어진 소멸 운동이라는 점이네. 분명 우리는 물질이라는 토대 위에서 사네. 아니 우리는 물질이라는 기반이 없다면 자신의 존재 근거를 가질 수 없네. 물론 창조론에 입각한 종교−신학적 관점에서 볼 때, 자고로 물질이란 일고의 가치도 없는 것으로 폄하되긴 하지만, 아무튼 우리는 이기일원론적理氣−元論的 관점 위에서 물질과 정신이라는 상호 모순성을 초극해야만 하네. 원리와 질료가 하나라는 이념 위에, 혹은 정신과 물질의 조화라는 관점 위에서 현대 사회를 진단하는 것이 현명하다고 보네. 분명 우리가 사는 이 세계는 물질이나 물질적 가상이 만들어낸 이미지들의 천국

이나 진배없네. 화려하다 못해 현란하기까지 한 부유하는 기표들이 마치 메피스토펠레스처럼 인간을 유혹해 정신을 싼값에 사들이고 있는 것이 바로 우리들이 살아가는 이 시대의 현실이네. 이를테면 현란한 이미지와 물질적 욕망은 정신을 팔아 버린 대가로 얻은 달콤한 과실이지. 우리는 점점 더 망고나 멜론 같은 달콤한 맛에 길들여지고, 저 지고한 정신 같은 것들은 무가치한 것으로 판단하게 된다네. 이것이 우리 시대의 자화상이네. 이제 우리에게 필요한 것은 스콜라적 금욕주의나 막스 베버가 『프로테스탄티즘과 자본주의 정신』에서 말한 금욕적 소명 의식으로 되돌아가는 길뿐이네. 물론 금욕이나 직업적 소명calling은 소모와 축적의 변증법적 운동을 주장한 조르주 바따이유나 보드리야르가 말한 현대의 자본적 이념에 모순적 가치를 지니고 있기는 하지만, 우리는 이 양자를 통해서 현대성의 오만한 자본적 기획을 조정할 수 있네.

비평가 : 선생님, 참으로 놀랍네요. 어떻게 그렇게 방대한 사유 체계를 형성할 수 있는지 경이롭기까지 합니다.

구상 시인 : (빙그레 겸연쩍게 웃으시면서) 나는 독서를 참으로 좋아하지. 내가 병석에 누워 소천하기 전까지는 특별한 일이 없는 경우에는 늘 하루에 몇 시간은 책읽기를 즐겨 했네.

비평가 : 그렇다면 이 시점에서 참으로 궁금한 것이 하나 있습니다. 선생님께서는 방대한 독서 체험을 통해서 정신적 깊이와 넓이를 동시에 형성하신 것 같은데, 선생님의 시세계는 너무도 명징하다 못해 투명하기까지 합니다. 선생님의 이러한 시쓰기 경향에는 특별한 이유가 있습니까? 제가 얼핏 본 기억으로는 1981년 12월 상재하신 작품집 『까마귀』에 실려 있는 「시법詩法」이라는 작품에서 다음과 같이 소묘하신 걸로 알고 있습니다. 제가 그 구절을 낭송하겠습니다. "그 언제나 사과가 / 사과로 그려지고 / 배

가 배로 그려지고 / 그 사과와 배의 속살과 맛을 / 나타내 보일 수 있을까? // 난의 눈과 손에 신령한 힘이 깃들고 내려서 / 실재實在의 안팎을 고대로 그려낼 / 그날은 언제일까?" 제가 생각하기에 이 구절은 선생님의 시 정신을 읽어 낼 수 있는 단초가 된다고 생각하는데, 선생님은 어떻게 생각하시는지요? 사실 영혼의 초대가 끝나면 선생님의 작품을 총체적으로 읽으면서 저 자신만의 눈으로 선생님의 시세계를 조명하고 싶습니다.

구상 시인 : (밝은 웃음과 격려의 어조로) 그거 그지없이 기쁜 일이지. 그대 젊은 비평가가 서늘한 눈매로 내 작품들을 읽고 비평의 글을 써준다면 한량없이 황송하기 그지없는 일이네.

(구상 시인과 비평가와의 대화를 들으면서 참으로 많은 것을 깨달은 것 같다. 우리는 늘 진정한 대화적 국면에 도달하지 못한다. 아니, 우리는 늘 타자와의 논쟁을 통해서 이해에 이르는 것이 아니라 이해득실에 의한 손익계산서만 뽑거나 호승심好勝心만 발동시키고 있다. 이 세계에서 빚어지는 많은 문제들은 분명 잘못된 소통 방식에서 비롯되고 있음에 틀림없다. 진정 산다는 것의 의미는 이해하고 이해받는 순간에 생성되는 공감대에 있다는 사실을 오늘에 비로소 깨달았다.)

비평가 : (응석을 부리며 보채는 듯한 태도로) 선생님, 이 대목은 제가 선생님을 제 글방에 초대해 선생님께 묻고 싶었던 가장 중요한 질문 중 하나입니다.

구상 시인 : 서두르지 마시게. 나는 천국에서 별로 할 일도 없다네. 이중섭 화백과 오상순 시인과 막걸리나 마시면서 이 지상의 세계를 관망하고 있네. 이 술자리에는 간혹 걸레스님 중광과 천상병 시인도 합석을 하지. 그대 젊은 비평가의 불같이 성마른 성정이 늘 문제이네. 멀리 보시게. 생은 그렇게 짧지 않네. 아니, 생은 보는 눈에 따라 더없이 긴 시간일 수도 있네.

그러니 서두르지 말고 때론 뒤를 돌아보면서 자신의 살아온 삶-시간-세계에 대해 반성도 하시게. 그러다 보면 생을 즐겁게 사는 방법을 체득할 것이네. 아니, 지상에서의 삶은 그냥 조금 긴 과정이라고 생각하고 늘 존재론적 반성에 이르시게.

비평가 : 선생님의 말씀 잘 알겠습니다.

(약간의 정적이 흐른다. 맞다. 우리는 너무 바쁘게 사는 척한다. 우리는 이해와 공감대를 형성하기보다는 늘 싸우고 경쟁하기에 바쁘다. 우리는 자신의 자리를 내주고 타자를 보살피는 이타행으로부터 너무도 멀리 떨어져 자신의 욕망만을 충족시키는 데 익숙해져 있다. 우리는 공수래공수거의 삶을 실천하신 구상 시인의 저 숭고한 풍모 앞에 깊이 감화되어 읍揖의 예를 올리지 않을 수가 없었다.)

구상 시인 : 내가 너무 분위기를 썰렁하게 만들었나. 그럼 이제 살살 내 시세계에 대해 이야기하지. 나는 일제강점기와 6·25전쟁을 온몸으로 체험한 세대의 사람일세. 그리고 이 두 가지 사실이 수인처럼 내 몸에 들러붙어 옴짝달싹하지 못하도록 내 시세계를 떠받치고 있기도 하네. 아니, 나의 시는 우리 역사의 비극적 현실을 관통하고 있다고 보아도 상관없네. 따라서 나의 시는 현학이 아니네. 나의 시는 고발이자 참회의 기록이네. 저 거대한 역사의 소용돌이 치는 물줄기 속을 굽어보면서, 혹은 우리가 살아가는 일상적인 삶-시간-세계의 존재론적 문양들을 응시하면서, 이 세계의 아픔을 순치시키는 쪽으로 시말길을 내어 놓았네. 나의 시는 시대의 아픔이네. 나의 시는 시대 속에 기입된 수많은 문양들을 읽어 그 문양을 그대로 재현하는 데 있네. 나는 결코 언어의 연금술사는 아니네. 왜냐하면 우리는 가혹한 역사 앞에 선 희생양들에 지나지 않기 때문이지. 내가 살아낸 시간들에는 너무도 가혹한 시련들이 예비되어 있었네. 무지했고, 가난했고, 그리고

이념에 휘둘려 잔혹한 역사 속을 살아간 노예나 진배없는 시간이었네. 따라서 내게 있어서 시란 그 자체로 시말로 환원된 삶이거나 삶의 대리 표상 작용일 뿐이네. 그렇다고 나는 리얼리즘 시처럼 시를 이념의 도구로 사용하지는 않았네. 아니, 나의 시는 역사를 살아낸 삶-시간-세계의 부침 현상에 대한 진정한 기록이네.

비평가 : 제가 알기로는 예술이란 A를 B나 C로 표현하는 은유 작용이거나 데포르마시옹이라고 생각합니다. 그런데 선생님께서는 A를 A로, B를 B로 표현하되 실재의 안과 밖을 그대로 그려내는 것이 시인의 임무이자 시법이라고 생각하십니다. 이것은 너무 나이브한 생각이 아닌가요?

구상 시인 : 젊은 비평가 양반, 잘 생각해 보시게. 인간이 과연 대상을 완벽하게 재현할 수 있을까. 천만에! 우리 인간은 대상의 본질적인 국면을 완벽하게 알 수도 없고, 그 사물의 외적 실상實像은 물론 그 내적 실재 또한 정확하게 모르네. 아니 우리는 사물이 생성되고 소멸하는 그 궁극적인 원인을 알 길 또한 전혀 없네. 내 생각으로는 A를 B, C, D 등등으로 변용하는 것은 A, B, C, D 등등의 외적 실상과 내적 실상을 적확하게 표현할 때만 가능하지. 물론 이러한 일련의 과정들이 이제까지 통용되는 이미지의 창조적 국면이라는 사실은 인정하네. 허나 내게서 문학이란 본질을 직관하는 행위에 가깝네. 아니, 산을 산이라고 말하고 물을 물이라고 말하되, 산과 물의 본성을 정확하게 꿰뚫는 그 경지가 내가 지향하는 시말성의 본질이네. 따라서 나의 시살이 전체는 본질로 향하는 몸짓에 다름 아니네. 그리고 나의 시말길 전체는 어쩌면 신성과 맞닿아 있는 그 무엇인가에 대한 열망의 한 표현이라고 보아도 과언이 아니지. 잘 생각해 보시게. 우리 인간이 이 세상을 왔다 가는 이유가 무엇인지, 혹은 왜 우리가 사람으로 태어나 삶-시간-세계를 살아내다가 궁극에 가서는 저 절대를 몽상하게 되

는지를 말일세. 물론 이제까지 통용되는 인간의 예술적인 창조적 욕망은 칸트적 의미의 형식의 창조이거나 헤겔적인 이념의 구현으로 환원되는 경향, 즉 내용이 있네만, 나의 경우는 칸트적이기보다는 헤겔에 더 가깝다고 보아도 무방하네. 허나 여기에는 하나의 유보 조항이 필요하네. 왜냐하면 나는 미학적 인간형이라기보다는 역사적 인간형이기 때문이지. 다시 말해서 나의 시말은 순수한 미적 형식을 추구하는 언어에의 욕망이 아니라, 언어가 삶-시간-세계와 만나는 접점 위에서 피어오르는 존재의 숨결을 언어의 결 위에 재현하는 행위에 다름 아니네. 하여 나의 시말은 영혼의 표징에 관한 흔적이거나 영혼의 아스라한 잔상이네. 그러한 까닭에 나의 시 속에 언제나 기경奇警의 언어가 잠입하는 것을 허락하지 않고 늘 경계했네.

(구상 시인의 예술에 대한 생각은 그야말로 숭고한 경지에 도달한 듯이 보였다. 아니, 시인의 시에 관한 사유는 평범 속의 비범함을 용탈하고 있었다. 어쩌면 시인이 말한 것처럼 예술은 있는 그대로의 삶의 다양한 문양들을 재현하면서 그 삶 속에 기입된 아픔을 위무하는 행위인지도 모른다.)

비평가 : 선생님의 시적 지향점을 잘 들었습니다. 이제부터는 시인으로서의 삶이 아니라 자연인 구상의 면모에 대해 이야기하는 것이 어떨까요?

구상 시인 : 그렇게 하지. 너무 무겁고 진지했네.

비평가 : 개인적으로 생각하기에 거인의 형상을 하신 선생님의 앞모습과 달리 선생님의 삶-시간-세계는 불행의 연속이라고 생각하는데요. 6·25동란 시절의 종군기자 생활을 포함해서 선생님께서는 다양한 언론 매체에서 기자 생활을 오래하셨습니다. 기자 생활은 어떠셨고, 기자의 소명은 어떠해야 한다고 생각하시는지 간략하게 말씀해 주셨으면 합니다.

구상 시인 : 내 삶은 불행으로 점철된 유랑자와 같다고 생각하네. 특히 『응향』 필화 사건 이후 내 삶은 앞을 내다볼 수 없는 오리무중 같은 역사의 비극과 함께 살아왔다고 해도 과언이 아니네. 그렇네. 내 삶은 개인적으로도 그렇고, 가족사적으로도 그렇고 그리 순탄한 삶을 살지 못했네. 몸은 병약해 폐결핵으로 두 번의 수술을 했네.

(구상 시인의 모습은 비감에 젖어 저 끝모를 불행의 심연을 응시하는 듯했다. 아니, 이미 초인 같은 풍모는 어디론가 사라지고 평범한 필부의 모습으로 지나온 삶-시간-세계를 회감하는 듯 깊은 상념에 젖어들었다.)

참! 내가 어떻게 살아왔는지 잘 모르겠네. 그렇게 질곡 많은 역사적 현실에 떠밀려 한세상 고단하게 살아왔지. 허나, 후회 같은 것은 없네. 나는 나를 위하는 삶보다 늘 인연이 만들어낸 사람과의 관계를 소중하게 생각하며 살아왔네. 기자 생활은 그런 의미에서 볼 때 두 가지 의미를 가진다네. 하나는 역사 앞에 어떠한 모습으로 삶-시간-세계를 대면해야만 하는지를 깊이 숙고하게 되었네. 정직과 성실을 금언으로 삼고, 일체의 사리사욕과도 타협하지 않는 삶을 선택하게 만들었네. 특히 사회평론집 『민주고발』은 기자가 취해야 할 올바른 태도를 고스란히 간직하고 있다고 생각하네. 다른 하나는 기자라는 직업의 속성상 많은 사람들을 만날 수밖에 없는데, 중요한 건 그 만남이 빚어내는 인연의 소중함이네. 아마 나의 긍정적 인식은 많은 사람들과의 만남 속에서 비롯된 것인지도 모르네. 아니, 더 정확하게 말해서 이 세상엔 정말 신이 말씀하신 사랑의 전언처럼 악한 사람이 없네. 무릎 맞댄 채 탁배기 한 잔 걸치고 사람들의 속사정을 들어 보면, 누구나 다 상황에 떠밀려 악하게 된다는 것을 알게 되었네. 그리고 많은 사람과의 대화를 통해서 진정한 이해의 소중함을 깨달았네. 다시 말해서 기자의 소명은 자기를 이해시키는 것이 아니라, 세상의 약자들을 위한 항변의 전달자이자 이 세계를 정위시키는 시금석이네. 나도 인간인지라 크고 작은 과오가 없을 수 없겠네만, 최소한 올바른 기자로서 행동하려고 노력했네.

(다시 한 번 구상 시인의 인간 품이 어떠한지를 느낄 수 있었다. 맞다. 긍정적 인식만이 이 세계를 상생의 기운으로 넘쳐나게 함을 알게 되었다. 설령 이 세상에서 가장 악한 사람으로 치부되는 경우에도 우리는 사람이 희망임을 깨닫게 되었다.)

비평가 : 선생님, 그러면 박삼중 스님과 함께 사상죄를 지어 사형수가 된 이원식 씨 구명 운동이나, 사형수 최재만의 구명 운동도 사람에 대한 신뢰에서 비롯한 것입니까? 아니면 사람과의 인연 때문입니까?

구상 시인 : 뭐랄까…… 인간 세계는 결코 약육강식에 의해 지배받을 수 없네. 비록 니체가 르쌍띠망, 즉 원한 감정이라는 것을 통해서 인간 속에 내재한 악마적 본성을 이야기하기는 했지만, 어찌 복수와 같은 원한 감정으로 인간의 삶-시간-세계를 정의할 수 있겠는가. 이 세계는 사랑이 작용하는 아름다운 곳이네. 이 세계는 증오와 미움의 공간이 아니라, 사랑의 심급이 펼쳐내는 용서의 공간이네. 물론 이창동 감독이 만든 〈밀양〉이라는 영화를 천국에서 나도 보았네. 아들을 살인한 사람을 하느님의 이름으로 용서하려 했지만, 하느님께 회개하고 죄 사함을 받아 너무도 편안한 얼굴을 하고 있는 죄수의 모습에 여주인공인 전도연이 하느님을 부정하는 묘한 아이러니를 연출한 작품이었지. 영화를 보는 순간 너무도 묘했네. 뭐랄까…… 이럴 수도 있겠구나 하는 생각이 들었지. 고통스러운 피해자와 죄 사함을 받고 너무도 편안해하고 있는 가해자 사이에서 빚어지는 묘한 광경으로 인해 나도 혼란스러웠지. 그런데, 보다 중요한 것은 원한은 원한을 낳고 이 세계를 아비규환으로 만들고, 용서는 용서를 낳아 이 세계를 사랑하게 만든다는 사실이네. 우리에게 허여된 삶-시간-세계는 사랑이네. 왜

냐하면 하느님의 아들인 예수께서 이 세상에 오신 까닭은 사람들이 지은 죄를 대속代贖해 이 세계에 사랑이 넘쳐나게 만드는 것이었네. 나 역시 그러한 마음으로 구명운동을 했지. 그리고 나는 종교적인 입장에서 사형제도를 철저하게 부정하네. 설령 그것이 야차이거나, 요즘 문제가 되는 사이코패스적인 연쇄살인범일지라도 나는 사형제도를 완강히 거부하네. 야차나 연쇄살인사건 같은 범죄의 사례들을 단순히 개인의 문제로 치부하고 그들을 교수형에 처한다는 것은 분명 문제가 있네. 왜냐하면 이들의 문제적 행동은 개인의 문제이기에 앞서 사회가 만든 것일지도 모른다고 생각하는 것이 타당하기 때문이네. 아니, 이들의 범죄는 사회가 만든 범죄이거나 병든 사회의 부정적 사례에 해당한다고 생각하네. 물론 이원식 씨의 사례는 사상죄를 뒤집어써서 사형수가 된 경우이고, 양아들인 최재만의 사례는 분명 무죄인데 누명을 써서 사형수가 된 경우이지만, 만약 이들에게 사형이 집행되었다면 어떻게 되었을까. 아무런 죄도 없는 사람을 죽이고 마는 꼴이 되는 것이 아닌가. 나는 아무튼 그 형태 고하를 막론하고 사형제도는 반대하네. 사형제도는 비인간적이다 못해 야만적이라 해도 과언이 아니네.

비평가 : 선생님, 이 문제의 연속선상에서 질문하겠는데요, 1959년 야당 편에 서서 하신 자유당의 이승만 독재 반대 운동 강연이 빌미가 되어 반공법 위반죄로 검찰에서 15년을 구형했고, 6개월 동안의 옥살이 끝에 무죄 판결로 출소하신 사건으로 인해 이 두 사람을 구명 운동하신 것은 아닌지요?

구상 시인 : 꼭 그렇지는 않네. 그 사건은 내 인생에서 처음이자 마지막에 해당하는 정치 활동일 걸세. 그리고 그 사건을 기화로 해서 정치에는 일체 관심을 두지 않고 시인으로서의 삶을 살아가기로 마음먹었네. 정치적 권력이란 참으로 무자비하다는 것을 느끼게 되었지. 뭐랄까…… 나는 내 기자적 양심이나 정의감 같은 그 무엇인가에 이끌려, 아니 더 정확하게 말

해서 1953년 출판하자마자 판매금지 처분을 받은 『민주고발』의 연속선상에서 반독재 운동을 역설했지만, 당시 우리나라 정치판 자체가 민중은 안중에도 없고 권력 잡기에만 혈안이었지. 무엇인가 잘못되어 간다는 느낌이었네. 그러한 역사적 현실 앞에서 나는 너무도 참을 수가 없었네. 그래서 야당의 민권수호국민총연맹 문화부장을 맡았고, 그에 응당 이승만 독재를 반대하는 강연을 하게 되었네. 여기까지는 좋았네. 그리고 그것이 내가 마땅히 해야 할 일이라고 여기기까지 했네. 그런데 문제는 나를 감옥에 잡아넣기 위하여 공작 정치를 했다는 사실에 있네. 이적 병기를 북한에 밀반출했다는 혐의를 씌워 반공법 위반죄로 몰아붙이더군. 참 어처구니가 없었네. 이 땅 위의 백성이라는 사실을 참을 수가 없었네. 그래서 법정에서 이렇게 항변했네. "조국을 모반한 죄목을 쓰고 유기형수가 되느니보다 무죄가 아니면 사형을 달라"고 말일세. 그런데 그 말이 통했는지, 아니면 그 맹랑한 기개에 눌렸는지, 판사가 무죄를 선언해 6개월여 만에 풀려났네. 나의 사례에 비추어 볼 때, 지금도 우리 사회의 저 깊숙한 곳에서는 알게 모르게 죄 없이 감옥에 갇힌 사람이 있거나 억압적인 고통에 신음하는 사람들이 있을지도 모르네. 아! 그리고 이야기가 나온 김에 한 가지 더 이야기할 것이 있네. 1974년 '문학인 간첩단' 조작 사건이 일어났네. 정확히 기억나지는 않네만 1월이었던 것 같네. 그때 「문인 61인 개헌 지지 성명」이 비화가 되어 이호철, 김우종, 정을병, 장백일, 그리고 임헌영 등 다섯 명의 문인이 보안사령부 대공분실에 끌려가 취조를 받고 급기야는 재판이 벌어지는 해프닝이 벌어졌네. 세칭 『한양』지 사건이라고도 하네. 1962년 창간된 이 잡지는 재일동포가 발간하는 교양 월간지로 국내의 여러 문인들이 필진으로 참여했고, 한국 보급 총책이 바로 나였네. 그런데 『한양』지의 발행인과 편집인이 북괴 공작원이라고 조작해 다섯 명의 문인을 구속하는 초유의 사건이 벌어진 거네. 참으로 어처구니없는 처사였네. '문학인 간첩단'

조작 사건은 바로 앞으로 다가올 유신 체제를 공고히 하기 위한 고도의 전략이었네. 말하자면 가장 골치 아픈 문인들을 길들이자는 속셈이었지. 그런데 나는 6·25 전쟁을 기화로 해서 그 이후 박정희 대통령과 개인적인 친분이 있었네. 만약 내가 법정에서 『한양』지 발행인인 김기심과의 친분 관계를 증언하기만 하면 다섯 명의 문인들은 무죄로 방면될 것이 명약관화했네. 허나, 일이란 그런 것이 아니네. 나는 약간의 술책을 썼지. 아니, 술책을 쓸 수밖에 없었지. 만약 내가 먼저 증언을 하겠다고 공표하게 되면 온갖 풍설이 난무해 문인들에게 악영향을 끼쳤을 것이네. 분명 그랬을 거야. 아마도 법정에 나가서 증언하지 말라는 각종 수사기관의 요청뿐만 아니라, 수사요원들을 붙여 감시와 미행을 했을 것이 뻔했네. 그래서 나는 고의로 증언을 하지 않는다고 소문을 냈지. 다들 깜빡 속았지. 이 소문을 들은 다섯 명의 문인은 나를 비난했겠지. 그때를 생각하면 우습기도 하고 재미있기도 하네. 그러던 참에 나는 재판 날을 손꼽아 기다렸지. 그리곤 소리 소문 없이 법정에 느닷없이 나타나 당장 증인석에 서게 해달라고 요청했네. 그다음은 말하지 않아도 알겠지. 그냥 그것으로 모든 일이 일사천리로 끝났네. 다섯 명의 문인은 무죄로 방면되었지.

(공자가 말한 것처럼 옳은 것은 옳은 것이고 그른 것은 그른 것이라는 너무도 명백한 말을 실천하고 산다는 게 그리 쉬운 일이 아니다. 아니, 우리는 이 너무도 자명한 말 앞에 무기력하게 거짓말을 하는 존재이다. 어쩌면 구상 시인은 신실한 내면 보살의 마음자리를 외면 보살처럼 실천하신 분인지도 모른다. 참따스하고 안온한 분이라는 느낌이 들었다. 구상 시인의 인간 품을 닮고 싶다.)

비평가 : 실례가 되지 않는다면, 박정희 대통령과의 개인적인 친분 관계에 대해 묻고 싶은데요. 답해 주실 수 있습니까?

구상 시인 : 지금에 와서 뭐 못 할 말이 있겠는가. 그냥 부담 없이 이야기하시게.

비평가 : 저는 개인적으로 박정희 대통령이 功이 많다기보다는 過가 많은 사람이라고 생각합니다. 두 가지 점에서 그렇습니다. 하나는 군부독재로 인한 올바른 민주주의의 성장을 저해한 점이고, 다른 하나는 개발독재라는 점입니다. 이 두 가지 사실은 우리 사회의 현재의 자화상을 그대로 반영하고 있다고 여겨집니다. 왜냐하면 군부독재는 자율성에 기반한 민주적 힘을 함양하는 데 있어 실패의 원인이 되고, 개발독재는 선성장후분배 先成長後分配라는 기형적 경제 체제로 인해 대기업 중심의 족벌경영 체제를 양산하기에 이르렀기 때문입니다. 분명 박정희 정권을 통해서 우리나라가 경제성장을 한 것은 분명합니다. 그러나 부의 분배가 이루어지지 않고 있을 뿐만 아니라, 재벌가가 자본의 과실인 잉여를 사유재산처럼 독점하고 있다고 느껴지기까지 합니다. 분명 이러한 결과는 박정희 경제정책의 부정적 단면도라고 생각합니다. 그리고 더더욱 나쁜 점은 타성에 빠진 국민성입니다. 사실 이 문제는 진짜 심각합니다. 아니, 상의하달식 군사문화는 창의성을 말살시켰을 뿐만 아니라 국민 전체를 무사안일에 빠지게 만드는 경향이 있습니다. 그리고 군인이 정치 하는 나라는 반드시 망하게 됩니다. 특히 우리나라의 경우는 30년 넘게 군사정권이 지배한 나라입니다. 고려시대 무신의 난 이후 지난 30년간은 제2의 무신의 난이라고 해도 과언이 아닙니다. 군사정권 속에서는 숭고한 정신에 기반한 문화가 꽃필 수 없을 뿐만 아니라 제반 학문이 퇴보하게 됩니다.

구상 시인 : 물론 자네 말이 맞네. 그분이 군부독재를 했고, 개발독재를 했다는 것이 다 맞네. 허나 이것만은 알아주시게. 최고의 권력자와 일개 시인 사이의 관계는 그냥 인간적인 관계였네. 그는 나와의 만남에서 한

번도 군림한 적이 없네. 아니 나보다 두 해 선배이지만 그는 어딘가 모르게 쫓기는 사람 같았지. 아니, 뭔지 정확히 모르지만 그는 나를 자신 옆에 두고 같이 무엇인가를 도모하길 원했지. 뭐랄까…… 이상하게도 그렇게 칼 같고 날카로운 분이 내게는 그렇게도 관대했지. 아마 그 양반은 내가 진짜 욕심이 없는 사람이라는 사실을 알아챘기 때문에 편안해하는 것 같았네. 내 눈에는 그가 한 나라를 경영하는 권력자로 비추어지기보다는 한낱 평범한 사람으로 느껴졌네. 물론 그는 나에게 국가재건최고회의 고문, 대학총장, 국회의원, 장관 등의 자리를 마련해 놓고 해보라고 요청했지만, 나는 그때마다 그냥 일개 시인으로 살아가겠다고 말했네.

(놀랍고 경이로웠다. 어찌 그럴 수가 있을까. 김춘수도 서정주도 권력 앞에서는 개처럼 꼬리를 흔들고 아양 떨며 권력을 탐했는데, 아니 이 땅 위에 많은 문학가들이 늘 권력자에게 줄 대기에 바쁜데, 구상 시인의 풍모는 선계에 도달한 듯이 보였다. 그와 동시에 역으로 구상 시인이 그토록 청빈한 삶을 선택했는지 그 이유가 궁금하기까지 했다.)

비평가 : 선생님, 참 이상한 분이시네요. 어떻게 그렇게 개인적 욕심이 없으실 수 있어요? 저라면 그냥 못 이기는 척하고 그중에 마음에 드는 하나를 받아들였을 텐데요. 시인이 그렇게 높은 직책인가요?

구상 시인 : 이 미련한 비평가 양반아, 어찌 하나만 생각하고 둘은 생각하시지 못하는가. 어찌 앞은 보되 뒤는 못 보는가. 참 어리석기 그지없네. 그래 가지고 좋은 비평을 할지 모르겠네. 삶-시간-세계란 늘 두 가지를 한꺼번에 얻을 수 없네. 우리는 그렇게 자신에게 부여된 소임대로 한평생 살다 가면 그만 아닌가. 내 주위에는 종교인, 정치인, 경제인, 언론인 등 이루 헤아릴 수 없을 정도로 많은 사람이 있었지만, 그들을 한 번도 하나의 수단으로 만나지 않았네. 아니, 나는 사람을 가리지 않았네. 힘이 있고 돈이

많다고 해서 그 사람을 높이 보고 비굴하지 않았고, 가난하고 힘이 없다고 해서 그들을 낮게 대한 적이 없네. 진정으로 말하건대, 나는 사람을 귀천고하로 구분해 만난 적이 없네. 세상 사람들은 모두가 다 그냥 사람이고 이 세계의 사랑의 실재이네. 그냥 사람을 사람으로 대하고, 사람과 호흡하고, 사람 속에서 울고 웃고 부대끼며 사는 것이 인생이라고 생각하네. 만약 내가 이 세상에서 얻을 수 있는 명예와 권력을 다 소유한 사람이라면, 그대가 나를 그대의 글방에 초대했겠는가. 생은 그런 것이 아니네. 하나를 버리면 다른 하나를 얻게 되지. 나는 명예와 권력을 버리고 시인이라는 이름을 얻었네. 물론 내가 기어綺語를 경계했기 때문에 내 시가 명징하다 못해 밋밋하게 보일 수도 있겠네만, 나는 결코 시인이 간직해야 할 위의威儀를 한 번도 저버린 적이 없네. 나는 시인이라는 이름만 들어도 가슴이 벅차네. 어찌 시인을 일개 장관이나 국회의원 따위와 비교할 수 있겠는가. 시인이란 그야말로 정신이나 심혼의 영역을 건드리는 영혼의 사도이지. 어찌 비평을 한다는 젊은이가 그렇게 속물적일 수 있는가. 그대 젊은 비평가여! 정신 좀 차리시게. 그냥 올곧게 자신에게 허여된 삶-시간-세계의 문양대로 살아가시게나.

(분위기가 갑자기 냉랭해졌다. 아니, 숙연해졌다는 것이 맞을지도 모른다. 어찌 자본이 지배하는 후기산업사회를 구상 시인과 같은 태도로 살아갈 수 있겠는가. 어찌 시인의 위의를 그와 같이 한껏 높일 수 있겠는가. 맞다. 영혼의 매개자인 시인은 결코 낮은 존재가 아니다. 아니, 시인은 그 자체로 아름다운 영혼을 담보로 자신의 생을 갉아먹는 고매한 자이다. 우리 모두는 구상 시인의 고매한 인품에 다시 한 번 감화되어 경외의 마음을 품은 표정을 짓지 않을 수 없었다.)

비평가 : (밝게 웃으면서) 말씀을 나누다 보니 선생님이 편해져서 농담 비슷하게 드린 말씀인데, 제가 많이 혼났습니다. 선생님 말씀이 다 옳으십니다. 이제 제 대화의 글방에서 행한 영혼의 상상적 초대가 거의 갈무리되어 갈 시점입니다. 아직 두서너 개 정도 질문할 것이 남아 있기는 하지만, 저는 선생님의 웅혼한 영혼을 접하면서 많이 위로받고 생을 어떻게 살아야 하는지를 다시 배운 것 같습니다. 저는 글에 대한 욕심이 많고 고집도 엄청 센 편입니다. 그리고 남의 말을 잘 듣지 않는 편이기도 합니다. 그러한 성격적 결함이나 잘못된 성정으로 인해 늘 제가 손해를 본다고 생각하면서 살았습니다. 그런데 자분자분 말씀하시는 선생님의 모습을 통해서 좀 더 겸허한 자세로 삶-시간-세계를 살아야겠다고 반성하게 되었습니다. 선생님 영혼과의 만남은 제 삶의 빛이자 희망입니다. 저는 거듭 다시 태어나겠습니다. 교만하지 않겠습니다. 성실하고 묵묵하게 제 길을 가겠습니다. 선생님, 제 글방에 강림해 주셔서 감사합니다.

구상 시인 : (환한 미소를 지으면서) 그렇게 생각해 주니 고맙네. 처음에 나도 자네 글방에서의 대화가 순탄하지 않으리라고 생각했네만, 의외로 자네가 솔직담백하다는 것을 안 순간, 그렇게 마음이 편할 수가 없었네. 나 역시 그대의 글방에 초대되어 기쁘기 한량없네.

비평가 : 아휴~ 제가 영광이지요. 감히 저 같은 소인배가 선생님을 만나 뵙고 글을 쓰는 게 큰 복을 받은 것이지요. 그건 그렇구요. 박정희 대통령의 평가에 대한 부분은 전혀 언급이 없으셨는데, 왜 그러셨어요?

구상 시인 : 다시 말하지만, 그분이 1917년생이니까 내게는 두 살 많은 그냥 형님일세. 6·25동란 무렵부터 그렇게 맺어진 인연일세. 나는 그분을 대통령으로 만난 적이 한 번도 없네. 내가 왜관에서 살았고, 그분은 구미가 출생지니까, 그냥 그분은 고향 선배님 정도이네. 나는 그분의 공과에 대

해 언급하고 싶지가 않네. 이 문제는 그냥 그렇게 넘어가시게나. 자네 말이 다 맞다 했으면 그것으로 끝이 아닌가? 사람에게는 그냥 말하고 싶지 않은 부분이 있지 않겠나?

비평가 : 예, 잘 알았습니다. 선생님께서는 20여 년 전에 소장하고 있던 이중섭 화백의 그림을 판 돈 1억 원을 신학생들을 위한 장학금으로 쾌척하셨고, 소천하시기 몇 해 전에는 『솟대문학』이라는 잡지를 위해 2억 원을 기부하신 것으로 알려져 있습니다. 어떻게 그럴 수가 있지요? 설령 한 터럭의 머리카락을 뽑아 이 세상을 구원할 수 있다 하더라도 남을 위해 한 올의 머리털 뽑기를 꺼리는 시대에, 어찌 그렇게 큰돈을 기부할 수 있습니까?

구상 시인 : (급하게 말을 끊고 농담조로) 나도 내 머리털은 아까워서 뽑지 않았을 것이네. 돈이야 있다가도 없고 없다가도 있기도 하지만 머리는 한번 빠지면 그것으로 끝이네. 아무렴. 나는 머리털 하나는 아까워도 수억의 돈은 아깝지 않네.

비평가 : 선생님도 농담을 하시네요.

(우리 모두는 그렇게 즐겁게 환담을 나누며 박장대소했지만, 썩 명쾌하다는 느낌이 들지 않았다. 왜냐하면 자본주의 시대를 살아가는 우리가 자식에게 재산을 남기지 않고 사회에 환원한다는 것이 그리 쉽지만은 않은 일이기 때문이다.)

구상 시인 : 뭘 그리 깊이 생각하시는가. 돈이라는 것이 도대체 무엇이건대, 그대 젊은 비평가 양반을 상념에 들게 했노.

비평가 : 선생님께서 나무라셔도 어쩔 수 없습니다. 솔직히 말해서 우리가 살아가는 이 시대의 총아는 자본 아닙니까? 불가능을 가능하게 만들고 무능을 유능으로 만드는 것이 바로 돈의 마력이라고 생각합니다. 그런데

진짜 돈 많은 재벌들은 돈벌이에만 혈안이 되어 무참하게 서민경제 체제를 무너트리고 있습니다. 지금 자본의 논리는 상생의 논리가 아니라, 제대로 된 상속세 한 번 내지 않은 채 자본을 세습하고 있습니다. 이것은 근본적으로 우리 사회가 안고 있는 병폐이자, 미래 세대에게 물려주지 말아야 할 첫 번째 폐단입니다. 만약 우리가 살아가는 이 시대가 자본주의 체제라면, 부자가 반드시 존경받는 사회가 되어야만 합니다. 그런데 우리 사회는 부자가 부러움의 대상이지 존경의 대상이 아닙니다. 그것은 재벌이나 부자들이 부도덕하게 돈을 벌었거나 수단 방법 가리지 않고 편법을 써서 자본을 증식했기 때문이라고 생각합니다.

구상 시인 : 뭘 그리 흥분하시는가. 무엇을 그리 진노하시는가. 물론 자네가 한 말이 맞네. 자본주의 체제가 유지되려면 부자가 존경받아야 한다는 그 말, 진짜 옳은 말이네. 그리고 이 시대의 부자들이 존경받지 못한다는 것 또한 알고 있네. 그런데 문제는 부를 소유한 자의 문제가 아니라, 그렇게 소유하도록 만든 역사 구조 속에 있네. 아니 우리 사회의 병폐는 분배나 부의 의무라는 차원에 대한 교육이 전무한 상태가 만들어낸 일종의 성장증후군이라고 보아야만 하네. 이를테면 이러한 사회 현상은 박정희 식의 선성장후분배 논리가 만들어낸 악습이네. 미국의 사회학자 존 롤스의 저서인 『정의론』을 보면 우리가 얼마나 잘못된 길을 걸어왔는지를 알 수 있네. 우리는 타자성이라는 개념이 없을 뿐만 아니라, 타자를 상생의 운동으로 만드는 배려 의식 또한 부재한 상태이네. 그리고 더 나쁜 것은 일등지상주의로만 치달아 가는 현실이네. 이제까지는 적은 땅덩어리에서 살아남기 위해 교육이 하나의 방편으로 도구화되었겠지만, 우리는 이제 교육을 통한 진정한 의식혁명에 도달해야만 하네. 영혼을 치유하는 교육, 영성을 되살리는 교육만이 우리가 다음 세대를 위해 할 수 있는 유일한 일이네. 그렇게 되면 자연히 분배의 문제는 해결되리라고 보네. 어쩌면 우리 시대가 안

고 있는 그 모든 문제는 올바른 마음을 가꾸는 심성 교육이 부재했기 때문인지도 모르네. 그런 면에서 볼 때, 그대 또한 그러한 사회 현실이 만들어 낸 피해자가 아닌가 우려되네.

(글이라는 공간은 참으로 오묘하다. 글이란 삶-시간-세계에서 벌어지는 그 모든 현상을 순치시키는 그 무엇인가가 작동하는 영혼의 향기라는 느낌이 들었다. 역으로 글이 분노의 공간으로 접어들어 증오와 미움과 시기의 말을 토해내는 순간에도 이미 씌어진 글은 미움이나 증오의 말들이 아니라 스스로를 반성하는 성찰의 언어로 휘어져 이 세계를 미적 공간으로 승화시킨다. 글을 쓰고 읽는 것은 참으로 오묘하다. 글의 방, 문학의 공간, 뮤즈가 거처하는 그 방. 우리는 언제나 글의 세계 속을 배회하면서 절대의 순간을 몽상하게 된다. 참 아름답고 행복한 시간이었다. 참으로 영혼이 감회된 시간이었다. 스스로를 되돌아보고 스스로를 반성하는 시간이었다. 우리는 그렇게 한 세계를 아슬아슬하게 건너 참된 깨달음에 이르게 된다.)

비평가 : 이제 진짜 두 개의 질문만 남았습니다. 선생님께서는 역사의 한복판을 시인이라는 이름으로 사셨는데, 시인에게 역사란 무엇이라고 생각하십니까? 저의 일천한 생각으로는 이제까지의 대화를 통해서 역사가의 역사나 정치가의 역사와는 전혀 다른 선생님만의 역사관이 있으시다는 느낌이 들었습니다. 잘은 모르지만, 그냥 그런 느낌이 번뜩 들었습니다.

구상 시인 : 잘 질문하셨네. 시인에게 언어란 그 누구를 막론하고 숭배의 대상처럼 여겨지지. 헌데, 나는 그렇게 생각하지 않네. 나에게 언어란 그 자체로 생령生靈들을 만나는 접점에 위치하는 대리자일 뿐이네. 마치 우리가 온전하고 편안한 죽음을 맞이한 채 소멸하기를 원하는 것처럼, 시인이라는 부류의 인간형은 역사의 역사를 굽어보네. 시인의 역사는 초역사이네. 이를테면 시인은 흘러 소진되는 삶-시간-세계의 흔적들을 역사성으로

관통시켜 언표 불가능한 그 무엇인가를 겨냥하는 운명의 형식이지. 헤겔이 『역사철학』이라는 방대한 저서에서 말한 '그렇게 살지 않으면 안 되는 세계사적 개인'처럼, 시인은 존재의 현상을 꿰뚫어보는 것이 아니라 존재의 존재성을 응시하면서 존재의 존재, 메타 존재로 비약하는 인간형이네. 헌데, 통상적으로 시인들은 기어를 통해서 그것을 이룩하려고 시도하는데, 그 기어로는 아무것도 이루어낼 수 없네. 아니 기어란 진리나 절대성을 대리 표상하는 하나의 도구일 뿐, 진리 전체를 표상할 수 없는 한계점을 지니고 있네. 따라서 시인은 평범한 시말 속에 역사의 역사, 즉 면면히 이어져 내려오는 인간학적 역사성을 공통감으로 형상화해 내야만 한다네. 시인에게 역사란 구체적 사실이 아니라, 구체적 사실이 사실로 현상하게끔 만드는 내적 원리나 진배없네. 내 말이 황당하게 들릴지도 모르겠네만, 내가 방금 한 말은 시말이 견지해야만 하는 절대적 진리이네. 시인의 역사는 역사의 단편 속에 내재한 편린들을 미루어 짐작해 본질 직관에 이르는데, 그것은 공시를 아우르는 통시적 비전이네. 자네는 내 말이 역사가 아니라는 표정을 짓고 있는데, 그것은 잘못된 편견이네. 시인이 시말 속에 역사를 응고시킬 때, 혹은 시인의 시말성이 역사를 응시한 순간, 그 역사는 원형적 질료로서 존재해 인류 역사—전체를 총체성으로 구현하게 된다네. 왜냐하면 시인의 역사는 시말의 역사가 아니라 영혼들의 접점들이 중층결정된 그 지점에 존재하기 때문이네. 이를테면 시인의 역사는 역사 너머에서 작동하는 그 무엇인데, 그것은 언표 불가능한 그 무엇인지도 모르네. 마치 신성성이 임재하는 종교적 깨달음의 순간처럼, 시인의 역사는 신성과의 마주침이자 발터 벤야민적인 정지의 변증법, 즉 역사가 정지하는 절대 순간에 현현되는 그 무엇인가로 육화되는 것이네. 물론 내 말의 일정 부분은 종교적 관념과 겹치는 부분이 있기는 하지만, 그렇다고 그것이 곧 종교가 되는 것은 아니네. 시인의 태도와 종교인의 태도가 일정 부분 일치하고 다른 부분이 있는 것처럼 말이네. 아무튼 시인의 역사는 역사의 역사, 즉 초역사성을 굽어보는 그 무엇에 있다는 사실만은 명심하시게.

(비평가와 참관자는 구상 시인이 언급한 말에 적잖이 놀란 표정을 지으면서 역사가 무엇인지를 곰곰이 생각하는 것 같았다. 아니 구상 시인이 말한 역사관이 이 세계를 관통하는 참된 진리일지도 모른다는 예감을 하면서 두 사람 공히 신비의 세계를 응시하는 듯이 보였다.)

비평가 : 마지막 질문입니다. 따님 구자명 소설가와 사위 김의규 화백에게 들은 이야긴데요, 선생님께서는 다른 사람들에게는 자애로우셨지만 가족들에게는 매우 엄하셨습니다. 거기에 무슨 특별한 사연이 있으셨나요?

구상 시인 : (빙그레 웃으시면서) 뭐 특별한 사연이 있겠나. 시인이랍시고 애비 노릇 한번 제대로 못한 것이 너무 미안해서 그렇게밖에 표현 못했네. 어쩌면 아버지로서 자식을 사랑하는 나만의 방식인지도 모르지. 아무튼 그 친구들한테는 참으로 미안한 점이 너무 많네.

비평가 : 제 글방에 귀한 걸음 해주셔서 진심으로 감사합니다. 못다 하신 말씀이 있으시면 글방 문을 닫기 전에 하셔도 됩니다.

구상 시인 : 그대 젊은 비평가와 헤어지는 것이 못내 아쉽네. 마지막으로 이 말만은 해야겠네. 나는 팔십 남짓 살아오면서 늘 여분의 삶을 살아간다는 감사의 마음뿐이었네. 두 번에 걸친 폐결핵 수술을 하고도 이렇게 오랜 생을 살았다는 것은 축복이기도 하지만, 내 심신이 얼마나 괴로웠겠나. 늘 피곤하고 힘들었지. 허나 두 번째 수술 이후 나는 나머지 생을 나를 위해 사는 것이 아니라, 감사하며 나눔을 실천하는 삶을 살기로 마음먹었네. 그리고 실천 없는 앎과 믿음은 거짓이요 자기 기만이라는 신념은 더욱 굳어졌고, 그것만이 이 세상을 올바르게 섬기고 사랑하는 일이라고 생각했

네. 이제 헤어져야 할 시간이네. 하늘에서 이중섭 화백과 오상순 시인이 막걸리 한잔 하자고 신호를 보내오고 있네. 부디 사랑하고 관용을 베푸시게. 그것이 선연으로 풀려, 그대의 삶–시간–세계를 편안하게 할 것이네. 부디 내 말 명심하시게. 사랑하고 사랑받으시게. 그것이 한 생을 가장 잘 살아가는 유일한 방법일세.

　구상 시인을 만나기 위해 내게 주어진 2개월여 동안의 시간들은 한편으로 너무 힘들기도 했고 다른 한편으로는 생의 새로운 전기를 마련하게 된 보람찬 시간이기도 했다. 늘 새로운 인연 맺기에 대한 거부감 때문에 실수를 자초하는 나. 허나 글을 읽고 쓰는 내내 상상의 세계 속에 들어가 구상 시인이 펼쳐낸 삶–시간–세계의 진경을 만날 수 있었던 것은 일종의 행운인지도 모른다. 강박관념으로 인해 늘 무엇엔가 쫓기는 듯한 기분으로 살아왔는데, 구상 시인의 일대기와의 운명적 만남을 통해서 내 안에 존재하는 욕망이 그리 건강하지 못하다는 것을 깨달았다. 이제 마음이 편안해졌다. 늘 밝은 웃음을 지으며 살아갈 용기가 생겼다. 글을 쓰는 내내 조급했고, 신경줄이 날카롭게 서 있기는 했지만, 점점 편안해지고 내 지친 영혼이 위무받고 있다는 것을 알게 되었다.
　한 시인을 만난다는 것은 한 세계와 만나는 것과 같다. 특히 청렴 결백하게 나눔을 실천하면서 이 세계의 인연들을 소중하게 생각하는 거인과도 같은 구상 시인. 선생님, 짧은 시간이었지만, 행복했습니다. 아니, 저는 저 하늘에 계신 당신으로 인해 새로운 문학적 지평을 열 것입니다. 그 길이 천형같이 어려운 길임을 너무도 잘 알고 있습니다. 허나, 저는 새로운 문학의 길을 내기 위해, 혹은 이 세계를 사랑의 전언으로 가득 채우기 위해 겸허하게 제 자신을 되돌아보고 반성하겠습니다. 천국에서도 늘 공명정대하게 모든 일을 처리하시리라 믿습니다. 저는 선생님의 시말 속에 새겨진 심혼을 적확하게 읽어 선생님의 시적 위의를 드높이겠습니다. 내내 건강 유의하시고, 다음 기회에 다시 한 번 선생님의 영혼을 초대해 즐겁게 담소를 나누었으면 합니다.